以爱的名义

陈绪伟 著

陕西出版传媒集团
太白文艺出版社

图书在版编目（CIP）数据

以爱的名义 / 陈绪伟著. -- 2版. -- 西安：太白文艺出版社，2017.9（2022.1重印）
ISBN 978-7-5513-1227-1

Ⅰ. ①以… Ⅱ. ①陈… Ⅲ. ①散文集－中国－当代 Ⅳ. ①I267

中国版本图书馆CIP数据核字(2017)第180118号

以爱的名义

作　　者	陈绪伟
责任编辑	李　玫
封面设计	陈　涛
出版发行	陕西新华出版传媒集团 太白文艺出版社
经　　销	新华书店
印　　刷	三河市华东印刷有限公司
开　　本	787mm×1092mm　1/16
字　　数	250千字
印　　张	18
版　　次	2017年9月第2版
印　　次	2022年1月第2次印刷
书　　号	ISBN 978-7-5513-1227-1
定　　价	45.00元

版权所有　翻印必究
如有印装质量问题，可寄出版社印制部调换
联系电话：029-81206800
出版社地址：西安市曲江新区登高路1388号（邮编：710061）
营销中心电话：029-87277748

散发着泥土芳香的大爱之花
——陈绪伟散文集《以爱的名义》序

陈良学

　　《读者》杂志曾刊出一则寓言故事：某君散步，偶然发现路旁一堆泥土散发着芳香，遂用袋子装回家中置于一隅，不想家中竟变得香气四溢。此君初以为这泥土是来自名山大川的珍宝，抑或是某种稀有名贵的香料。后来，在与泥土的一番对话中方得知，这不过是一堆在玫瑰园和玫瑰花朝夕相处的普通泥土。原本没有香味的泥土，长期浸润在玫瑰园里，也和玫瑰花一样染上了迷人的芳香。这大概正应了大诗人陆游"零落成泥碾作尘，只有香如故"的意境了。

　　好友陈绪伟先生的第二部散文集《以爱的名义》，就是这样一簇成长于散发着芬芳香味泥土之中的大爱之花。

　　绪伟饱含着对故乡、对乡亲的深厚感情，用他清新朴实的笔触，把我们带到历尽沧桑的汉水两岸、巴山深处，让我们认识了一大群默默无闻地与命运抗争的"小人物"。在这里，我们惊奇地发现了生活在社会最底层的老百姓的生存境况，听到了"小人物"们充满痛苦与欢乐的心声。最美丽的风景在乡村，最感人的故事在民间。绪伟在乡村这座文学的"富矿"里开掘得很深，以至于挖出了五彩斑斓的宝藏。他走进了芸芸众生的心灵世界，在火热的实践中体察伟大时代的变迁，真正做到了心里有底，说话有力；靠民众的喜怒哀乐来启发思路，激发灵感，从而焕发精神，创新思维，创作出这个时代最动人的篇章。

　　《以爱的名义》大多是写乡村的芸芸众生，凡人琐事，家长里短，田园生活，写得如此细微，如此精致，如此感人至深。书中大多描述的是凤凰山麓南北乡村中的春夏秋冬，春耕冬藏，日出日落中的亲情友情、来来往往。那一篇篇爱意四溢、行云流水般的篇章，读来备感亲切，越读越有

滋味，给人一种轻松自然、天人合一的美感。你看，他笔下的凤江梯田：

> 凤江梯田，从水流湍急的东沟、黄龙洞两大河系攀越到云雾缭绕的凤岭、象鼻梁等无数个叠峰，从草木葱茏的罗家湾匍匐到悬崖峭壁的牛家山，这梯田仿佛无数条飞龙一样绕山梁、随沟湾绵亘不绝。时而迤逦行进，时而回旋如盘，那充满野性的青春活力闪烁着灵动的光芒。
> ——《大地浮雕》

一个作家能否写出好的作品来，除了具有过硬的文字功底，更重要的是，要有深厚的生活底蕴和厚实的知识积淀，才能写出好的作品。而那种没有生活的基础和厚实的知识积淀，无病呻吟的东西，读起来令人乏味。正如绪伟所言：

> 一些平凡的人就在我们身边，他们用和风细雨的一言一行做了回答，那就是上善若水的人。这样的人，他们秉承了水的坚韧与灵性，在尘世中静守一份自己的净土，在名利中坚守一份自己的平淡，在做事中操守一份自己的理念。那就是：待人接物永远笑脸谦和，做事尽责永远童叟无欺，岁月流年永远厚德载物；只求淡泊一生，别世心安理得；只留似水淌过的痕迹——人品的光辉与人性的伟岸。
> ——《上善若水的人》

在绪伟的笔下，有善良朴实的老人，也有聪明幼稚的孩子；有贫困的盲人，也有瘸腿的强汉；有撑起破碎家庭的坚强妻子，也有纯朴憨厚不善言语的丈夫；有默默奉献的山区教师，也有大爱无疆的乡村医生；有"移动着橘黄色背影"的清洁工，也有"布满皱纹黝黑脸"的"茗哥"；有朝夕相处的近邻，也有素不相识的陌生人……你看，那一个个鲜活的形象从字里行间向我们扑面而来：

> 雪虽然越下越大，羊娃的心却敞亮了，爸妈就要回来了。他

一口气跑到猴子崖与老君关相接的村道上,可是只看见雪花纷纷落,寒风呼呼地刮,大雾袅袅地升,却没瞅见爸妈的影子。不会的,真的不会的,吴大叔在这个村里是最善良最诚实的人,他说,爸妈回来了,那爸妈一定是走在路上的。就在羊娃忐忑不安的时候,村道上远远的,有两个人影向猴子崖走来。就是爸爸妈妈,就是爸爸妈妈,羊娃喜出望外,又快步向那两个人影奔去。

——《羊娃的年》

那是一次偶遇,男人单臂背着瘸腿的母亲在医院看病,挂号要排队,满头大汗的他喘着粗气,站在那里腿不停地在打战。"儿啊,走了那么远的路了,放下我吧,我不疼,能在墙边下坐着。"是一个母亲慈弱的声音,她在队子前面听见了,也听清了。于是她回头望了望,那男人的汗已滴湿了地面,没有言语,仍那样背着有些苍老的母亲。轮到她挂号时,她挂了内外两科的号,走出队子,拉开那男人说:"你母亲看内科还是外科?"那男人感到突然,离开队子有些生气,瞬间又转为疑惑,然后不解却又实情地回答说:"母亲腿瘸了,拄着拐杖为我做饭,炒菜倒了拐杖,把手摔断了。""那就是外科,上二楼,我带你们去。"她不由分说就扶着他们上了楼,到了外科室。

——《一个女人走进来》

暴雨,夜以继日地猛灌,广袤的土地被呛得微微颤抖;洪魔吞噬河岸家园农田,泥石流似猛兽直扑山边的农户村院。鸭蛋河村的杨宗兴,当机立断,顶暴雨、踩泥泞,连续几天转移群众,当他救走最后一位七十多岁的五保户、智障老人李支禄后,不幸被泥石流吞噬了生命。

——《生命之美》

著名散文学家秦牧说:"散文这个领域是海阔天空的,不属于其他文学体裁,而又具有文学味道。一切篇幅较短的文章都属于散文的范围。它是文艺性的政治、社会论文……它或者是如实记事,也许夹叙夹议,也许气象万千,也许三言两语。"秦牧的这些主张,颇有代表性地反映了当今关于散文含义与范围的一种看法。南帆在《文学的纬度》中说:"散文可以兼容诗的

成分，小说的片段或者论文的雄辩。"这就是说，散文的最大特点就是"散"。作为一种独立的文体，散文在写作上具有相当大的包容性和自由度：它既可以叙述平易近人的闲情逸致，又能描绘大千世界的琐事趣闻。

同小说、剧本比，散文的篇幅是短小的。唐代柳宗元《永州八记》之一的《钴鉧潭西小丘记》，只有四百字。有叙事，有议论，不仅写景细致生动，还表现了他抑郁的情怀，很耐人寻味；宋人周敦颐的《爱莲说》更短，不到四百字。因为散文不像小说、剧本那样必须具备较完整的故事情节和鲜明的人物形象，所以题材可以十分广泛，甚至可以用一些片段作为材料。在我们的现实生活中，凡是我们所见所闻所感，虽然只是一个片段、一个场景、一点思想的火花、一曲感情的波澜。所有这些，无法用小说或剧本反映的内容，却往往是散文的好材料。可以说，绪伟很好地把握了这一思路，观察生活很细腻入微，他笔下的一些感人至深的事物，往往是被别人所忽略的，这真是他的作品出新和独到之处。他每篇散文构思巧妙，有形散而神不散之感，仿佛一气呵成，酣畅淋漓。散文中的语言朴素无华，贴近生活，散发着泥土气息的芳香，而其中语言流畅又是一大特色，读之，像小溪的流水欢欢乐乐，潺潺而去。例如：

两个年幼的孩子，一个半截男人，所有人都没想到，这分明是塌到底了的天，一个女人竟能顶起来，而且撑得稳稳的！儿女们都该上学的那天，爱珍把新书包挎在儿女身上，同时把儿女叫到男人床前跪下，她说："你爸都是为这个家没了腿，你两个就该更有志气和智慧，我不会让穷字永远住在蒲家，你们两个的任务就是必须考上大学！"一对双胞胎儿女泪流满面地使劲点头，那时他们才刚满七岁。

——《直到把你背上天堂》

坑坑洼洼又狭窄的马道巷，因这一盏灯笼的照明而顿时光亮起来。这样的黑夜有打灯笼的行人不足为奇，亮光微动地一摇一晃，大家谁也没在意，当灯笼越靠越近的时候，我隐约听见有"嘀嘀咄咄"的声音，这"嘀咄"声也越来越近。我正在疑惑时，打灯笼的人就要与我们相遇了，只见他立即停下来，站在一旁，举高灯笼，明显在给我们照路，示意让我们过去。我们走近仔细一瞅，全都惊呆了，原来他是个盲人，两眼望天，左手举着灯笼，右手紧紧握着一根竹棍哪！显然是他听到了我们的脚步声，停下让我们先过哦。

我终生忘不了盲人那句话："你们好走路，我就路好走。"

——《不灭的灯笼》

王国维在《人间词话》中说："散文易学而难工。"因为它朴实，却从中见神采；它平易，却从中见炽烈；它简洁，却从中见充实；它自由灵活，却易写难工。散文犹如青春少女，神备则"淡妆浓抹总相宜"。题材广泛，特别是在"小"题材方面有宽阔的天地，是散文的主要特点。绪伟就非常善于运用这一个特点，这使得他的散文更迅速地从不同的生活侧面来讴歌、来反映我们这个伟大的时代。

散文的构思是指文章在孕育过程中，作者所进行的思维活动。它包括选取提炼题材，酝酿确定主题，考虑散文的谋篇布局，探索最适当的表现手法。情有所动，有感而发；借助形象，以情为文，行文方可挥洒自如。在这方面，绪伟非常善于寻觅"动情事"，捕捉"动情点"。你看，他笔下的那些"动情事"和"动情点"，犹如电影"蒙太奇"镜头一样，鲜活地展现在读者面前：

那年的九月，也是桂花香的时候，她被一辆红色富康从姑娘拉成了女人，在一串噼里啪啦的鞭炮声中炸成了那家男人的婆娘。月圆的亲密才刚刚品出个滋味，男人说让婆娘能过上更好的日子，能穿更体面的衣服，等今后有了儿子能上更好的学校，过上更幸福的生活，他说，他先得离开这山沟，去南方挣更多的钱。一张火车票，就把她判定为留守女人。

"月亮走，我也走……"可月亮已经由东梁走下西山，再从东梁升起又从西山下去，而且这月亮由圆走成缺，又由缺走成圆，她却走不出这条山沟。每夜就这样，她从房里走向门前，颤抖的脚步——走到这一天，她就禁不住双眼溢满泪水，恨不得把月亮望穿。

——《望月女人》

以爱的名义

　　植根于什么样的土壤，就会获得什么样的营养。民间是文学创作的源头活水，蕴藏着最鲜活、最生动的文学资源。尽管我们今天处于信息时代，互联网上有着海量般的信息，然而不论网上信息多么丰富，都代替不了作家的亲身感受和直接体验。因而绪伟深深感受到：

　　　　每当没有思路的时候，没有创意的时候，没有灵感的时候，没有想法的时候，我就到乡下去接地气，去眺望窗外的风景，去了解憧憬的生活。在努力的工作中去收获思考，去赞扬人生的美好，去感悟人生的真谛。

　　　　　　　　　　　　　　　　　　——《感动的空间》

　　深入乡村"接地气"，使他从穷山僻壤、街头巷尾挖掘到了带着玫瑰芳香的泥土，听到了老百姓的心里话，感悟到了人生的真谛；深入乡村"接地气"，使他有了对当今社会、对黎民百姓的深刻认知，于是便有了创作的灵气，有了写不完的题材，进而以敏锐的时代眼光提炼散文的主题，以深厚的生活积淀丰富散文的内涵。正因为如此，在他的笔端，才源源不断地涌流出散发着泥土芳香的文字，作品因深入而生动，因真切而感人。你看，那些充满乡土气息的语言，给人以家书般的亲和力和感染力：

　　　　吃泡汤肉，是山里人的情义也是延续的习惯。杀了年猪，当天要请上坎下屋、三亲六眷、村里组里的一些人来吃泡汤肉，满院坝摆满几大桌，粉条搞肥肉、酸辣炒猪肠、千洋芋炖蹄子、白萝卜焖排骨、皮豇豆炒猪肝，几大碗几大盘地上，再提出几塑料壶刚热的苞谷酒，任其划拳、猜宝、打杠子，吼声想多大就多大，哪怕把山梁吼颤，把溪水吼喷，把雀鸟吼飞，山里人才感到尽兴，才觉得开心。

　　　　　　　　　　　　　　　　　　——《杀猪过年》

　　托物言志或寄情于景，作为间接抒写感情的艺术手法，在绪伟的散文里随处可见。用这种手法来抒情，蕴涵深厚，更富有诗意，耐人寻味。绪伟在运用这一手法时，特别注意到了"形"与"神"似，"物"与"志"

同。所以，他的文章生动形象，饱含感情。写人惟妙惟肖，写景有声有色。你看：

  几棵小树，长在城市的河边。城市扩建要修河堤，有人说，毁了它，城市会更宽一些；工程师说，留着它，城市会更美一些。就这样它们被保留下来，原地站在新修河堤上的霓虹灯下，坚守着一方。
  冬去春来，夏过秋临，几棵树始终默默地追求着阳光，把根钻进土地深层，在城市的空间和水泥沙浆浇灌的河堤缝隙里无语地生长，快乐地成长，已成参天大树……终于那一夜，倾盆大雨，河水暴涨，上游河堤垮塌，城池被洪水淹没，新建楼房倾斜，古桥被冲毁，求救声一片呼号。这时，几棵树倒了，并排横卧在河的两岸。几棵树搭成便桥，老的少的男的女的，这些鲜活的生命，沿着几棵树跨过了地狱，走向了生存延续的地方，有了活着的希望。

——《几棵树》

  散文同诗一样，需要有联想。联想是一种思维活动，所以，联想常和激荡的感情联系在一起，人们在感情激荡时，往往浮想联翩；没有联想，有些感情就无从表现，而散文又往往是需要抒情的。没有联想，散文就散不开。绪伟善于借助于联想，运用诗的意境形象思维，将一幅幅生动图画在我们面前徐徐展开，他突破了题材局限，开拓了散文的广阔天地，真切自然。将鲜明的艺术形象与深厚的感情统一起来，以精练形象的语言表达深刻思想、深厚感情，达到了一种耐人寻味的艺术境界。深刻的思想或深厚的感情又通过精练的耐人寻味的语言，通过动人的形象来表现，这是诗意的又一不可缺少的因素。

  乐观开心的性格，使凤江女人长于满足，喜好暗自乐观。她们几挑粪换来坡梁上那个大双托的苞谷，几担水浇出层层梯田的金黄，她们会抿着嘴甜甜地笑一冬；在自家树扒里扎一转篱笆，养几百只土鸡，屋后圈里喂十几头大肥猪，笑声会在心里荡漾一

年；男人外出打工挣回的钱加上自己汗水换来的家庭副业收入建起了楼房，上坎下屋和外来人投出羡慕的目光时，她们总是把场院和屋里收拾得干净利索，躲藏在自己男人的背后幸福一辈子。功不自夸，钱不乱花，富不外现，乐不张扬。

——《凤江女人》

除了素描般的人物描写之外，绪伟的散文也不乏睿智的思辨。思辨是散文核心的内涵，如果没有了思辨色彩，也就没有了散文的深刻与丰富。绪伟的散文或即事论理，寓理于物；或旁征博引，以古喻今；或寓理于情，情理交融。在对人物的素描之后，往往是直抒胸臆，有感而发，表达得充分，说得准确。例如：

有的人会在单调冗长的旅途中昏昏欲睡，抵达终点时，却发现自己实在是白走一遭；有的人在不断地变换自己的目的地，当他的激情与生命耗尽时，依然徘徊在最初的原点；有的人不加思考地去适应生活，却一味地焦虑、困扰、不安和无所适从；有的人还没做什么事，满脑就被虚无功利主义和浅薄的享乐主义而主宰，竟然让潜藏在唯美衣衫内的欲望之虱骤然风行。

……广阔的世界，盛开鲜花无数。玫瑰有玫瑰的娇艳，菊花有菊花的清香，小草有小草的坚韧……所有的一切，只有用心体会，才会明白什么叫作无与伦比的生命之美。

——《生命之美》

矢志不渝地潜心投入乡土文学的创作之路，说到底，是与作家的生活体验密不可分的。绪伟出生在汉阴本土，他的童年和少年时代，是在凤凰山南麓、汉江两岸的崇山峻岭中度过的。他放过牛，砍过柴，吃过树叶草根，攀爬过悬崖峭壁；青年时代，他当过民办教师，有幸进入高等学府深造。后来，他当过中学校长、县委办主任、宣传部长，最后在政协领导的岗位上风雨兼程十余年。一路走来，历尽了人生道路的艰难坎坷，品味了人世间的酸甜苦辣。丰富的人生阅历，给他的文学创作提供了取之不尽的源泉。繁忙的政务工作之余，他几乎把所有的业余时间都用于文学创作和新闻写作上。童年时岁月的苦涩，饥饿的求学之路，都在他记忆深处留下了深深的烙印；而改革开放后的大好岁月，又正值他的青春年华，曾经的苦，眼下的甜，全都融入他的血脉，形成了难以割舍的"故土情结"。作为一个业余作家，绪伟选择了现实主义的道路——为养育了他生命的贫瘠土地树碑，为他所熟知的、创造了历史的底层群众立传，实在难能可贵。

我和绪伟是汉阴老乡，我们有着同样的生活和工作经历，也有着共同的爱好和追求。大概十几年的时空之隔，我们先后在同一张办公桌上夙夜兼程，伏案笔耕。他曾经是新闻领域的"快枪手"，汉阴每有重大新闻，他的报道都会及时见诸报端。曾几何时，在新闻写作的同时，他的文学创作也悄然发轫，且收获颇丰。

几年前，他的第一部散文集《乡村的牛》问世，在文学界和党政干部中已经是轰动不小。不料几年过去，他在各报刊发表的散文又集腋成裘，一部新的散文集躁动于母腹之中，不能不令人刮目。勤奋、谦和、低调、包容，是他留给我最深刻的印象。诚如他自己所言："做一个上善若水的人，秉承水的坚韧与灵性，在尘世中静守一份自己的净土，在名利中坚守一份自己的平淡，在做事中操守一份自己的理念。"正是由于他的大爱之心，才使他善于发现和描写人类之爱的闪光点，这一株株散发着泥土芳香的大爱之花，既熏陶了他自己的情操，也必将感染读者，这正是本书的可贵之处。

《以爱的名义》即将付梓，绪伟嘱我为之作序。通读书稿，感触颇深，看到动情之处，竟使人热泪盈眶。于是挑灯夜战，秉笔疾书，写下些许感想，仓促之际，未加雕琢，虽显粗疏，却是发于心声，是为序。

2014 年 8 月 8 日于北京香留园

目 录

散发着泥土芳香的大爱之花
　　——陈绪伟散文集《以爱的名义》序 ………………… 陈良学/1

一、亲情难忘
　　我爱山城的冬天/3
　　幸福哪里找/5
　　以爱的名义/8
　　写给母亲/10
　　清明雨/12
　　清石河桥/14
　　玫瑰花溅泪/16
　　不是为了省钱/20
　　羊娃的年/22
　　那年父亲五十三岁/26
　　做客张老师家/30

二、心灵美好
　　一个女人走进来/35
　　牵着春光去散步/38
　　生命之美/40
　　望月女人/44
　　瘦骨梁人/46
　　牟子河南岸北岸/48
　　温暖/50
　　不灭的灯笼/53

上善若水的人/56

直到把你背上天堂/61

为胆小者壮胆/65

三、乡村风情

凤江女人/69

初夏的凤堰/72

乡村的夏夜/75

黑沟的风水/77

乡村男人（一组）/80

杀猪过年/89

乡村的新年/92

大地浮雕/94

双河石板瓦的记忆/97

晚秋的初冬/101

捧一把乡土/103

四、街市缩影

狗娃的城市梦/107

美丽的背影/110

茗哥的期盼/112

安康春曲（三章）/115

黑人/117

丢失的"主见"/118

江堤夜色/121

做事的态度/123

品味安康/125

龙城水乡之行/128

沛县城市的色彩/132

五、古城遐想

魅力汉阴/137

感动的空间/139

文峰塔赋/142

山城六月/144

汉阴雨/146

"无"是幸福/148

酸楚的暖流/150

城市之美——好人彰显/155

山城冬雪/158

登安澜楼/160

六、思索自然

怀念一条江/165

几棵树/167

五月的声音/169

凤江菖蒲/171

思考河流/173

金州汉江边/175

春声/178

夏天的雨/180

北山的秋/182

今年立冬时/184

想说山高不容易/186

七、人文写真

心灵需要文化滋润/191

龙年说龙节/194

马年絮话/196

文学的力量
——《把安康带回家》主题征文活动有感/198

秋寒乍暖文学情/201

相约三月诗会/205

我们仰望十月/207

崇尚中医/209

年到岁到/211

巧夺文化与自然的天工

——游凤江古梯田/213

打造安康城市人文精神/217

八、旅途见闻

火车上的事/221

班车上的生活/223

幸福火把/225

枕着太阳入梦/227

心静至美/230

人生不售返程票

——读《骆驼祥子》有感/233

首都秋来散文香/235

顽童季本勇/238

永不分离/241

再见旬邑/243

九、乡镇记忆

铜钱街/247

石条街的美丽/250

田禾沟的乡/252

酒店垭的酒香/254

人文双河口/257

鳌头的上七/259

金船双坪/261

让心灵休憩的古镇漩涡/263

古今铁佛寺/266

石羊滩的故事（汉阳镇）/269

观音河之梦/271

亲情难忘

我爱山城的冬天

从城外回家的路上，红椿、刺槐抖落着残叶与宣泄的风较劲，地上的叶片也起落着助威。我的耳边呼呼地诉说季节，无形的寒针不停地刺着面部，穿透着全身。我打了一个寒战，到了环城路，仰见城墙和东南角上的文峰塔，在风的吼叫中仍巍然矗立，但没有了往日雀鸟群飞的喧闹情景。

"如果说，春天是播种的季节，夏天是酝酿的季节，秋天是收获的季节，那么，冬天则是一个沉淀的季节，山城这时要是下了雪，景色就更美了！"走到体育场门前，几名中学生朗诵着这段话，激起我对往日的记忆：记得那是一个飘洒着雨夹着雪的日子，我上学迟到还与老师赌气，站在操场里不进教室，老师便拿来风衣披在我身上，顿时我的热泪在心里涌动；记得山城动乱时那寒风呼啸的年代，母亲带我们寄住在舅爷家，没有烤火的经济条件，每夜母亲在灯下帮人做针线挣钱，就用身子把被窝暖热，好让我玩耍回屋后暖和地安眠，好多次母亲感冒了也不例外，可儿时的我根本没在意，只知道寒冬也暖和。

南大桥头的风，又让我打了一个寒战。这时手机铃声响起，同事发来信息：天冷了，别忘保暖！简单的话，却在这一刻给了我浓浓的暖意。触景生情——南大桥——跨月河连凤山、接汉江通山村，那年冬季，全县通乡公路大会战，我与同事骑自行车下乡了解会战情况，我的手冻裂口了，同事把他的手套给我，自己却冻着；几天后，不等我们回到办公室，主任早已烧好一盆火，其他同事赶忙推车，有的还搓着我的手连连说辛苦了，此时一股股暖流涌入全身，寒气荡然无存。于是，我就把在乡下看到的、听到的、村民家激情赶写的一首诗《梦路之感》朗诵给同事们："走进冬天，风刮过琴弦，为山城魂牵梦绕的乡陌，注上韵脚；

乡下农夫村姑们，用开山的笔，喷泉的墨，在雪盖的峰壑坡梁上，挥毫行楷狂草，书写通天的浪漫。"

　　我曾对朋友说过："把自己当陌生人来看熟悉的风景，才会感到奇异的精彩！"而现在的我，却忘记了这样去想。于是我停下脚步，倚在桥的支柱上，仰面迎着寒风，重新去感受原先我所以为的冷。此刻，顿时惊然，原来是因为自己老想到冷才变得更冷，若适时地停下脚步去欣赏，这冬会是另一番风景。眼前城南的文化、休闲广场，松樟葱郁，菊草碧茂，群集歌舞，儿童游乐；四周差落别致的商场、高楼，拔地而起，新颖繁华，欢声笑语；往远还有几处新区正在建设中，工人们依然在寒风中努力作业，远望那些移动的身影，便幻想他们在想什么，然而我又岂能知道？只知道他们在冰冷中也在寻求一种温暖，这是生活的动力，还是成就感的毅力？

　　"怎么还没到家，路上风大，嗓子不好把领扣扣上！"夫人打来电话，我才看清已到南门外大街，离家不远了，于是加快脚步，向着那个温暖的港湾奔去。这时街边路灯、门店霓虹灯、塔顶射灯照出了一个五彩缤纷的山城。这环境又让我联想起一个明月皎洁的寒夜，我和夫人牵手在城墙上踏雪，不正是一道美丽的冬景？到家依然选择敲门入室，不是没有钥匙，也不是因为偷懒，而是我会一一被为我开门的家人感动。夫人会在进门时拍打身上的寒尘，儿子会亲手递上一双暖暖的棉鞋，刚满周岁的孙女也会"爷爷、爷爷"地扑来叫抱。

　　走过了五十多个年头，是每个冬季让我一岁一岁增长的。现在，冬日开始像影片一样一张一张闪过脑海。在这样的季节里习惯回想过去，憧憬未来。山城很暖，家里很暖，泡一杯热腾腾的天宝贡茗茶，打开散文集《乡村的牛》，书中虽有踏雪四章，仍显得苍白无力，我自言自语，心真的很暖很暖。

　　风凛雪冽遇冬寒，友温亲馨聚人暖——我爱山城的冬天。

2011年1月1日刊载《安康日报》

幸福哪里找

小翠在大学就读时，爱上贤明的帅气理智、诚实勤奋、举止文雅，虽然知道他不善言谈，羞于结交，但是在学校引起很多女学生的追求，于是她就抓住不放，认定是自己理想的依靠，终身的伴侣。毕业后便与他结了婚。

婚后，日子倒是过得平平稳稳，可是贤明招考在水利局里工作七八年了，仍是个工程设计员，不说提拔，就连个中级技师都没轮上。小翠很是失望，每次问他，他要么不言语，要说就是重复的一句话：设计室里老同志多，职称名额有限，以后有机会；机关干部都想提拔，自己是技术员，不想争官位。

"在学校谈恋爱是非理智的！是感情用事的！表面看他有出息，实际是个没得啥项①的。"小翠就这样唠叨自己，还常常对别人说自己是大学里的班花，毕业嫁给贤明，简直是一朵鲜花插在猪粪上了，甚至连牛粪都不如！有人问她为啥这样想？她说，他挣那点儿钱，买套"按揭"的房子，把他的月工资"按"完不说，自己每月一半的工资也"按"进去了，他光有本事得先进，就是换不来钱，死好面子穷吃亏，这脑壳不是跟猪一样嘛！

就这样，她后悔就添烦躁，她抱怨就长脾气。一回家一见面，她就吵，由大吵变成责骂，由吼声变成摔东西。甚至当着几岁孩子的面也捎带着一起吵骂。

贤明仍然是大学时的性格。刚结婚那一段，小夫妻喜庆爱慕，他是那样的驯驯服服，热情少语，诚挚以待。婚后几年，妻子由抱怨到责骂，

---

① 没有什么出息，说话、办事、挣钱三样都不行。

以爱的名义

他对她和孩子依然是体体贴贴，亲情不语，温馨以待。久而久之，她越看他越觉得他不是个男人，简直是个窝囊废，连猪都不如，猪还哼哼，他连哼哼都少了。

架都吵不起来的家，有啥滋味，有啥盼头？她想离开他，离开这个家，去重新寻找自己的幸福。

那天，她赌气一人来到天赐咖啡楼，她想喝杯还是在大学时喝过的咖啡，想独抱其怨，独泄心恨，独虑后行。刚进门，突然看到好久没见的小兰同学，正在大厅窗边的桌前坐着，像是闷着头品咖啡。"小兰！"一声喊，这两位大学要好的校友，都喜出望外，真是"天赐"机遇。

一阵激动、亲热、寒暄过后，俩人就都唉声叹气，各自心里都怀着"大学谈恋爱是非理智的，生活是不幸的"积怨。

小兰先开口，说自己在大学爱上同级的一个帅气活泼、出手大方、性格率直的学生会体育委员，自己是校花六姊妹之一，众人都说，郎才女貌，天生一对，日后定会幸福美满，可现在自己是高粱秆搭桥——难过极了！小翠听后疑惑地问："难道你现在不幸福？你们俩那时可是遭多少人羡慕，连我都妒忌死了的哦！"小兰脸一沉，转望窗外天空那飘浮的云彩，说小翠是鸡肚子不知鸭肚子事，说她的丈夫是染匠下河，把人摆布够数，说自己啥都顺他依他，他还横挑鼻子竖挑眼，房子不打算买还乱花钱，自己一搭腔他就骂人，随后还动拳脚打人，另外有些事就更难以开口了，真的想跟他算了、断了。说着说着，就抽泣地哭了起来。

小翠越听越气愤，心想当年的校花如今真成了"笑话"了，没享受到怜香惜玉的关爱不说，还遭此欺负蹂躏，她那同学丈夫真是老人们说的"土地老爷住茅屋，有福不受"。于是支持她说："跟那样的人算了就算了，早散早解脱，早断早自由。"小兰得到支持很感激，起身拉上小翠的手说，我早就想找你说说心里话，吐吐怨气，请你为我离婚的打算做个决断，但是又怕你笑话，所以……

小翠思忖片刻又问："如果真的与他算了，那你又想找个啥样的人呢？"小兰不假思索地说："我想很久了，生活要过，钱不要多，人要实诚，包容爱我，情要真挚，相敬快乐，这才是我寻找的幸福生活！"小翠不解地说："你原来的什么人才帅呆，精明能干，潇洒善谈，阔气大方的要求不要了，求偶标准降低了？在学校，这些都是我妒忌你的哟！"小兰一甩脸，睁大眼睛瞪着小翠说："你真是得了好，还卖乖！你大学谈恋爱是理智的，寻找的爱人是幸福的！我早有耳闻，他爱你顺你，容你忍你，服你惯你，我们这级的女同学找的同窗结伴，数你最慧眼，数你最幸福。我再找就找你丈夫那样的！你要是能把他让给我，我倒给你三十万咋样？"

  小兰这一席话，把小翠震惊了，也震醒了。脑子里立即浮现出她与他的一幕又一幕场景：她吵闹，他洗耳恭听，大气不出；她摔东西，他该捡的捡，该扫的扫，一言不发；她冲孩子发火，他陪着孩子或者拉走孩子，自己面对挨罚。他包容了她的一切，他把爱全部给了她。自己认为一点儿用都没有的窝囊废，在小翠眼里是个家庭的宝贝，是生活的真谛，是她现在寻找的幸福。

  小兰笑了，笑得很苦涩，很心酸，但也笑得很明白。小翠笑了，笑得特别爽朗，特别自信，特别美丽。

      2013 年 5 月 16 日 刊载《陕西广播电视报》

以爱的名义

　　世界上没有后悔药，可人总是爱后悔。特别是年轻时，看事片面，却总爱偏激；认知单一，却固执己见；识理表象，却自命不凡。人走过的历程，不知后悔了多少次、多少事、多少心、多少情。少壮时对老师的爱、同学的爱、朋友的爱，甚至是自己母亲的爱都不理解。

　　记得那时，我站在青春的门槛上，倔强、自傲、任性、不谙世事，总想自己能背起行囊，走遍世界各地，天空任自己自由飞翔。但，当处处遇到阻难，时时遭到碰壁撞墙时，才明白行囊中每一项诠释，每一件物品，都是母亲爱的牵挂。

　　上世纪六十年代中期下放到边远山村，家里已是吃了上顿没下顿，父母咬紧牙关供我们上学，熬到七十年代上高中，母亲因买不起一双解放鞋给我，我却与母亲争吵而带怨恨。

　　那是个冬天的傍晚，我赌气不吃下午饭，倚在土巴墙边，看着云彩在天边被夕阳烧成耀眼的花朵。母亲在屋里背对着我，斜进门槛的光线勾勒出一个瘦弱驼背的轮廓，衣边和裤腿上蓝布的黑布的补疤，一层捺一层，那瘦小厚茧的脚下是一双陈旧的草鞋，隐隐约约可看清。其实家里的油盐已断了好几顿了，母亲在灶前把搁冷了的红苕汤，热热走出门递给我说："趁热吃吧，搁冷了就会吃坏肚子唎，布鞋妈明天就做好了。"说完眼睛里就有些模糊。可我接过碗，垮着脸皮冲进屋里，还要着性子。

　　想起自己年少时，真是愧意满腹。自我意识太强，不懂得珍惜与知足；自认为内心强大，不理解真情与关怀；听不懂他人的益言，也领会不了亲人的劝意。遇事急躁，想事片面，处事固执，一意孤行，正如古人说的"初生牛犊"，横冲直撞，无所顾忌，常常使身边的亲人心受伤害，时时让关心的朋友情受屈解。少年的懵懂，使自己不懂得爱，不明白怎样爱，更不知该如何去接受爱。所以在母亲用爱付出时，自己还觉得这爱是多余，是不尽如人意，是压抑。就这样随意而深深伤痛的是勤劳、善良、宽容、厚德的母亲的心，如今才知道，一切的爱是如此的细小而珍贵。

过去了的，总忘不了。母亲虽然离开我们十几年了，但每当想起那碗红苕汤、那双布鞋、那一声叮咛……自己就会泪流满面，甚至跪在母亲的坟头上痛疚，都是惘然，因为这不能安抚母亲那用心的爱的伤痛，更不能换回自己好多好多无知而后悔的事！所以，每当我看到年少的人，与母亲争执，与老师顶撞，与同学怨恨，甚至出走、漫骂、动手，自己就感到很心伤，更心疼。年少成长的时代，时常需要母亲、老师、同学等众人的爱的呵护，这种爱的呵护，不仅仅是关怀和帮助，更是引导、劝解、训示和管教，才是支撑自己人生的世界。尤其是俗话"可怜天下父母心"那深层的爱，是我们必须用实心、用真情才能感受到的。

现实的，要珍惜。父母的大爱，无言；社会的大爱，无疆。用自己的心灵，去感应心爱，这样，我们痛心的后悔就会少一些，轻松一些。

以爱的名义，融入当今的世界、社会、环境、家。

以爱的名义，走出自己的无知、任性、偏执、犟。

以爱的名义，善待众人的教诲、训导、关怀、爱。

2010年11月18日刊载《安康日报》

写给母亲

我从没注意，母亲的第一道皱纹是什么时候爬上额头的。当我发现自己有额皱时，母亲却已是满头满脸的皱纹，我才惊异地感到，母亲确实老了。一道两道，五道八道，直到数不清的皱痕，那每一道皱纹，都深印着母亲对儿女的牵挂和对子孙的操劳。

我从不知道，母亲的第一绺白发是什么时候长出来的。当我发现自己有白发时，母亲却已是满头的银发，我才醒悟地感到，母亲已经老了。一根到十根，十根到百根，百根到满头，那每一根白发都是母亲一段辛酸的经历和愁苦的记忆。

我从不晓得，母亲的第一颗牙是什么时候掉的。当我发现自己牙齿有些松动时，母亲满嘴的牙已快掉尽，仍口齿不清地呼唤我的乳名，我才悲泣地感到，母亲真的老了。她那每一嘶哑的咳嗽声，声声都承载着母亲岁月的沧桑和日子的艰难。

五十岁那年，我发现母亲原来挺直的身板，如今已是背驼了，腰弓了，手抖了，脚颤了。

六十岁那月，我诧异母亲原来灵巧的身板，现在已是眼花了，耳朵不好使了，反应迟钝了。

七十岁那日，我汗颜母亲原来活力的身板，眼前已像晚风中的一支蜡烛，枯枝上的一颗果实，天空中的一片浮云，随时都有可能离我们而去。

不愿拖累儿女的母亲，还是原来的母亲。伴着猪猫狗鸡，陪着瓦屋炊烟，守着大山土地，念着城市儿孙，自我欣慰、朴实单调、日复一日地过着乡野的生活。

母亲真的离我们而去了。在今年的五月十二日母亲节，我跪拜至尊的母亲，孩儿忏悔，远离不孝，弥补不及了，愿来世再做您的儿女。我叩拜所有的母亲，健康长寿，快乐幸福！我愿把心中的萱草花撒遍中华大地。

2013 年 6 月刊载《散文选刊》下半月原创版第 6 期

清明雨

每到这个时节,天空就会纷纷落下淅淅沥沥的雾水,这雾水从唐诗里,一直飘溢到现在,把这个节日淋得湿漉漉的,那便是雨。也还是在这个季节,一些特殊的地方,人们会肃穆地站在那里,迎着雨从心空中淅沥飘洒,感伤而又温情,那便是泪。雨和泪胶结成清明,固定为节气,约定俗成为祭奠的哀思,归结成民族的传统。

这场雨,不大不小,不密不疏,混合了一冬的西风,惹得桃花、李花纷纷飘零,还有那橙黄的油菜花,铺得满地都是芳香的落金。看凸起的一座座小丘,一把土一把泥,就掩埋了世人在凡间终生的名利荣辱。眼望长空的柔风细雨,深思世间的功过是非,倒还是苍天不偏不倚的意志,显示出了均衡的公平。无论是古代帝王将相、豪门财主、布衣草民,还是当今世界的高官厚禄、富商巨贾、平民百姓,终究都会归一而百了,一视同仁地入土为安。恰似这从浩浩天宇中飘落的蒙蒙烟雨,爱抚地也均匀地湿润山山梁梁,以及在这山山梁梁矗立的一块块墓碑和碑下嫩绿的小草与野花。

每当此时,我也会触景生情,翻过凤凰山到偏远的南山祭奠逝去的父亲。徒步崎岖山路,总爱随口吟出杜牧"清明时节雨纷纷,路上行人欲断魂。借问酒家何处有,牧童遥指杏花村"的诗句。一路而过的田间地头,在雨中随处可见孝顺的身影,人们扶老携幼,带着冥品,揣着虔心,不避风雨,脚踏泥泞,来到先人墓地,或祭奠始祖,或拜谒英烈,或凭吊先者,或安慰亲人,借得这一天风雨,洗涤所有的凡尘,去和先人亲近,去与亡灵沟通。虽然我生活过的乡村没有杜牧看到的酒家、吹笛的放牧儿童,可是如今的乡下村户,有的是楼房,有的是泸康与西凤。依存的是魂欲断,因为那是阴阳两界的隔望,雨与泪的呼应,思念与痛苦的碰撞，怎能不让人"欲断魂"呢！

　　长长的雨脚曳自何处？一滴雨打湿一个世界。假若没有这缠绵的细雨，我的父亲，就会离我越来越远。在泥土气息浓郁的山间小路上缓缓而行，雾气把头顶上的山梁罩着，脚下运动鞋早已沾上稀泥。我弯下腰，将一束从城里带来的玉兰鲜花轻轻地放在父亲的墓碑前。那束花，在坟前苍翠葱郁的松柏之中，在淡淡浅蓝的雨雾之下，是那样的鲜丽、夺人心目。抬头仰望，清风微微，携着雨丝在万里寥廓中纷纷而去，又纷纷而来。在这个寒冷潮湿多雨的节日，去祭奠自己的亲人。立在墓前，在凄风冷雨中，我和父亲对视、凝望，我有很多很多话想跟父亲说，清冷的水泥墓碑无语，一如父亲教书匠那处世的坚毅个性。但天幕上父亲的音容笑貌仍然清晰可见，天堂里父亲那抑扬顿挫的讲课声和振聋发聩的教诲声，依然激荡在我的耳边。

　　穿过雨走在风中，抬眼望渐渐明朗的天空，我想：人活着的现实，才是真真切切的，才是拥有丰满的人生。因为，任何祭奠的美酒，没有一滴，能落入地下亲人的口中。放眼面对的山水，俯首面对亡灵，我忽然感受到心灵在那一刻得到一种莫名的净化。是啊，多少番阳光雨雪，多少番冬夏春秋，在雨的那端，逝者已远矣；我看到遥远的天边，涌起生命之泉，生者仍为生计，却依旧不得不辛劳奔波。让素面朝天，让清风入怀，这不仅仅是一种洒脱，更是一种境界。清明雨中，或行走，或伫立；或遐思，或静默；身心无不沐浴着浸透雨丝的怅然和苍凉。与逝者相思，于是心情坦荡，重负释然，找回了失去的平衡，让一颗缅怀心得以释然。

　　清明雨，是寒冷的，挟着暖意；是悲切的，透着清心；是哀思的，孕育着新生。

2012年4月5日刊载《三秦广播电视报》安康版

清石河桥

　　山路上，凉爽而又甜润的晨雾。晶莹闪亮的露珠在九月沙沙的脚步声中，苏醒了。

　　要远离故乡，开始新生活。心，像霞晖里跃入蓝天的鹰鹞，说不出的欣喜和激动！这花，这草，这鸣泉流水，这绵延远去的山峰和这迤逦而下的山道，一切都是那样的明丽、鲜艳、赏心、悦目。

　　父亲在身后，消瘦的体形还佝偻着背，有些吃力地跟着。两肩轮换地背着母亲给我缝制的包裹，不时送来一两下苍迈的咳嗽声。我好几次慢下脚步，想从他手里接过包来，但没有用，父亲的脾气是不等到不能再送时，是不会依我的。

　　翻过了几道山梁，又横过砭砭路，眼前就是清石河桥。山里这一带的人总是在桥上，拍肩挥别，或张臂迎接，倾诉衷肠。父亲站在桥中，远远望了一眼对岸——那柏油路将是载我而去的路，随后转过头来拍拍我的肩，又抚摸一下我的头。

　　"歇一会儿吧。"父亲说。我靠在石栏，股股离愁涌了上来。父亲总是侧着脸对我，但我清楚看到父亲脚下的石板上有两处湿点，还冒着热气，那是泪痕，我的心顿时揪痛起来。

　　"清同治十二年，我们这老山里上京考出个州官，便命县令筹资在城里修了文峰塔，这两丈宽的桥也是他的功德。"父亲在桥上指了远方又指回桥侧镂着《青石河桥》阴文的青石板，告诉我。我不懂父亲为什么这时翻起古来。"算是他对教育和养育他的这一方山水的报答吧！听上辈人说，没这桥前，三根木桩撑两根棒棒，来往惊险得很。遇上大风雨季，桥冲垮，人淹死是常事；现在有公路通到山里，这桥更派上用场了呢！"父亲用手摩挲着栏杆上的石塑龙头，深情地打量起来，像是在读古旧的县志。"解放那年，我和你赵二伯上三官殿小学，在这桥上每天几趟来回几十里，不辞劳苦。高小他少考几分，回家哭着要跳桥，是我死活拉住他的。他求学心诚，感动校长把他收了。如今在县中学教书，总算这山里又多一个有出息的人了。"

桥使父亲回想当年，竟有无限地感慨。我只知道父亲是若有所思，可我当时没有全懂。

清河水晃动出太阳的粼粼，跳动出桥周围金色的生机。父亲把沉重的包裹挎在我肩上，又拍了拍我："进大学堂别忘了写封信，要什么尽管说，家里有我，好好念你的书，奔你自己的路去吧！"

父亲回身擦了擦眼。我在远处等车的路口回望山里，见父亲那干瘦的手还在他身子的上方，挨着桥栏慢慢向我挥动。

桥上父亲的一席话，在大学里我读懂了，可是等我从学校再回到山里时，青石河桥上却再也没有了父亲的身影。

2012年12月刊载《散文选刊》下半月原创版第12期

玫瑰花溅泪

女孩子的漂亮与普通，是客观存在的，甚至是无可选择的。

漂亮女孩拥有漂亮的面孔和很好的身材。她们是众多男孩的追捧对象，她们的天空总是晴朗，大家一般都认为她们很幸福。

从小到大，有人群的地方，漂亮女孩周围总是有很多不同凡响的男孩，她们自我感觉很优秀。既然有这么优越的条件，漂亮女孩自然提高了眼界，她们勾画出未来的男朋友或爱人的形象无疑是完美无缺的，她们不停地选择，她们需要浪漫的快乐，等待她们白马王子的到来。

可是在选择中，漂亮女孩经常不知道该选择哪一个，常常对着月亮在祈祷神灵来告诉她。她们有太多的机会，她们喜欢游戏机会，喜欢短暂的浪漫，来展示她们的与众不同。她们经常告诉追求者："你只是他们中的普通一个。"

漂亮女孩的男朋友和她的追求者没有本质的界限，虽然拥着她满是自豪，但每天躺在床上又要打算明天征战策略，因为竞争太激烈了，通常这种生活要保持到披上婚纱那一刻。

拥有普通女孩虽然没有那种自豪，但是心中很幸福，他默默告诉自己：生活需要平淡，我寻找的是共风雨的爱人，而不是炫耀的商品。普通女孩的爱情平淡无奇，她的心中向往浪漫，却更懂得天长地久的珍贵。

无论漂亮女孩或是普通女孩，都是社会人，都要为社会负责，为社会幸福着。

——何玲日记

何玲曾经是一朵艳丽的玫瑰花，大学毕业招聘到一家县级国有化工厂，而她是唯一一个科班出身的技术员，她从公认的校花转变到厂花。仰慕、追求、爱恋她的男孩，数不胜数，每到情人节这天，寄给她、送给她的玫瑰花无数，带"心"形祝福的明信片铺天盖地。而她先是想在学业上有博识，然后在事业上有成就，所以虽然执意追求者甚多，但她都没有明确表态，总是说："爱在心里，不在表面，看将来。"

世事真的难料，何玲这一辈子都忘不了那天，六月十七日，一个包装箱车间就突然着火了，当时正在实验室里的她，奋不顾身地冲进火海……所幸没有发生爆炸，可是她身上多处灼伤，一只眼睛彻底被烟火熏烧失明，另一只眼睛也看啥模糊啥。

一个多月过去了，中国"七七"情人节到了，她没有再收到男孩的玫瑰花和带"心"形的明信片，半年后的"2·14"情人节，更没有看到当初追求她的那几个男孩了。她的泪在心里流，庆幸当初没选择，否则爱情更会是高空坠落。现在她没有太大的失落感，她收到了厂里、同事、妇联送来的玫瑰花和"心"形的祝福明信片。

一年后，何玲烧伤痊愈了，化工厂工会便做了红娘，让她认识了秦汉。秦汉的父亲是厂里的退休职工，那时的国有企业父母退休允许儿女继业，通俗叫"顶招"这一不成文规定。秦汉进了厂，模样还算一表人才，可是腿有残疾，不好安排啥岗位，厂里就在家属院对面门口给他开个修鞋摊，并给他们俩在家属院分了一套结婚的新房……

一个漂亮女孩一瞬间变成眼残，这心里是需要有承受能力的。一开始，何玲害怕孤独，一做完家务就坐在窗后望着外面，端端地出神地望着自己还算满意的丈夫。秦汉也时不时地抬头冲她笑。她就这样用心感受着每一天单调而又幸福的生活。她每次做好饭，就在窗户上挂个红布条。秦汉看见了，就赶快穿过马路，回到家像孩子一样，"老婆，老婆，我饿了，我饿了"地叫着，然后再把饭端到摊上吃。后来孩子大了，他还坚持每天往家跑，他总是像安慰孩子一样"安慰"她，我们要自食其力，不能给厂里增加负担。

何玲每天收拾完家务，就坐在窗台后望外面的风景。

在她眼前，有小鸟掠过，一串叽叽的叫声，欢快的样子。下雨时淅

以爱的名义

淅沥沥，像纱一样在她脸上飘来飘去，痒痒的，逗着她笑；有时，是哗哗作响的大雨，像鼓点一样激动她的心。她喜欢雨，喜欢雨的温柔和酣畅。不过，在她心里还是希望三百六十五天，天天都不要下雨。因为下雨了，她丈夫就得走泥水路过街，丈夫修鞋兼修自行车摊的生意就会清淡许多；要是不下雨，她的丈夫每天都可以忙碌着、高兴着。

就这样何玲与秦汉生活了二十多年，吉人天相，何玲生了龙凤胎，现在他们的儿子、女儿也快大学毕业了——对于他们俩的压力，按秦汉说，已熬到差不多了。如今，一个月的收入加上她的厂里补助，也勉强够用了。秦汉还说，等儿女们都找到工作后，他要让她做个地地道道漂漂亮亮的全职太太。

何玲当初看上秦汉的，就是他的质朴和品行。直到今天，她相信他的心和模样一样美。这一点她不容置疑，周围的邻居在啧啧称赞他们孩子的时候，她的心已经灿烂如玫瑰花了。

又到"七七"这天，秦汉照例早早地出摊了。何玲照样二十多年如一日地坐在窗前，她已经听习惯了补鞋那敲打声，补轮胎的锉皮声。

秦汉刚把摊子铺摆好，一个看上去二十多岁的小伙子，推着一条瘪了胎的自行车慌张地赶到他的跟前。喘着粗气说："大叔，麻烦你快点儿，我有急事。"秦汉也没有多言语，只是乐呵呵地不停地忙左忙右，一会儿就收拾好了。望着小伙子远去的身影，他开心地笑了，可是等他转身才发现，一枝带着花露的玫瑰正活鲜鲜地放在他的工具桌上。他连忙再转身想喊那小伙子回来，可是早已不见了踪影。

秦汉便找来一个空矿泉水瓶，在带来补车胎用的水桶里灌了大半瓶，认真地把那枝玫瑰花插了进去，他一边给来人补鞋、补胎，一边不时地瞅那小伙子回来没，就这样一直焦急地等到傍晚。收摊很晚了，还不见那小伙子，他这时想：一枝玫瑰，也花不了多少钱，看来，这个小伙子是不会回来了。

"老婆，看我今天给你买了一枝玫瑰花。"一进家门，秦汉就喊上了。何玲虽然看不清，好多年没有见到那花了，但她已经闻到了玫瑰的淡淡清香。她熟悉这花，更熟悉他，就像熟悉这个家里的每一寸地方、每一个物件一样。她明白：这枝玫瑰，一定不是他买的。

秦汉看出了何玲的心思。晚饭吃得很晚，菜却多了几个，秦汉有点儿喜出望外，嘴里连连感谢老婆对他收摊很晚的慰劳，一边吃饭，还一边像往常一样给她讲摊上或者路边发生的故事，也认认真真地讲起了今天早上那个冒失的小伙子。

何玲听着听着，两行滚烫的晶体从她深深的眼窝中流淌出来。她知道，他不会记得今天是什么日子，也不清楚这枝玫瑰在"七七""2·14"值多少钱。可她知道他那颗蓄满爱和感情的心。谢谢，她对他说着，赶紧用手去拭两腮的泪水。

然后，她幸福地笑了，他也不好意思地憨憨地傻傻地笑了。

2013年7月18日刊载《陕西广播电视报》

不是为了省钱

如今，上网玩儿电脑已成为大众的习惯。除了上班，只要在家里，我和夫人不是她玩儿电脑我看电视，就是我玩儿电脑她看电视，各处一室，默契地相互不干扰，但玩儿电脑我总是先让她，也是因为她上网比我少，家务比我忙！

一天晚上，夫人没上网，也没看电视，坐在那里休息。我说，尊贵的夫人，今天咋这样悠闲，不上网也不看电视，是看到物价上涨了一点儿，就想到省电钱了？夫人瞅我一眼嘀咕道，你晓得啥，菜价贵一点儿，农民多赚点儿应该。今晚你把电脑关了，帮我把衣服洗了！说着说着，她就把我的电脑关了，我只好无奈服从。

夫妻俩一块儿，把脱下的衣服裤子，用洁领净一喷，衣服胸前和裤腿的油垢用洗洁精一抹，搓揉几下，就扔到洗衣机里；她却把我扔在洗衣机里的衣裤取出来，放在洗脸池里。我很奇怪，问这是为啥？她板着个脸说，为啥为啥，你应该问你长的手干啥才对！我很不理解地说，这么多脏衣服用手洗呀，你也太省钱了吧。她轻轻地拍了拍我的脑门儿，弄了我满脸的洁泡泡，指着我说，省钱省钱，你就知道钱，这不是钱不钱的问题，知道吗！这是享受劳动的幸福，体验运动的健康，夫妻和谐的交流，懂吗！说完一套大话，我们夫妻俩都忍不住对望着，坦然笑了。

在卫生间里，她一点儿一点儿搓去衣裤脏垢的地方，就放在清水的洗衣盆里，我赶紧用搓衣板使劲搓，她又将我搓了的衣裤再透两次水。我说，这回可以用洗衣机甩干了吧？她推了推我的手说，就用手使劲扭。我犟不过也就欣然同意。扭干了一盆又一盆，我得意地说，夫人，你看老公我的大手有力吧，衣服拧得滴水不漏，比甩干机还要干哦。夫人抿嘴一笑说，正中下怀，这叫自投罗网。

家务活,男人搭把手,代替女人干半宿。这话虽然是公益广告词,细想还真有道理。攒了上十天的脏衣服,四大盆不一会儿工夫就洗完了。我在外面晾衣服,夫人在卫生间清理地面,没等我把衣服晾完,她兴致勃勃地对我说,你知道这一次洗衣服少用了几度电几吨水吗?我说,那能节省个啥。她说看了电表和水表,与往常用洗衣机比,能节约五度电两吨水呢!

我开玩笑说,世界缺水,人人来省;全国缺能源,大家都来省;世界低碳,济世于人。好,今后就让我们家的洗衣机退休,有闲时间就多出去走走,叫电脑、电视不当长工打点工。夫人听了哈哈大笑,过来拍拍我的肩膀说,一言为定。我随口接下,驷马难追。

阳台上,我们夫妻俩依偎着,望着晾衣架上一件件干净的衣服,摇曳着银色的月光,心里都有一种说不出的愉快、幸福和美感。

2012年10月25日刊载《三秦广播电视报》安康版

羊娃的年

羊娃清清楚楚记得，老师在放寒假发成绩单时说的那几句话："山舞银蛇腾空去，人欢马叫驾云来。祝愿我们来年的学习一马当先，马不停蹄，驰骋万里；祝愿我们外出打工的父母，快马加鞭，白驹过隙，马到归家。"

羊娃明明白白记得，老师在放寒假发成绩单时还说，按农历计年，明年是马年，班里的学生多数都属羊，满十一岁了，孩子们过年最盼望什么呢，可以自由地放鞭炮，还可以得到长辈的压岁钱，图个喜庆、快乐、开心……

羊娃认认真真记得，老师讲的学习要一马当先，打工的爸妈要马到归家的祝愿。他根本没想放鞭炮和压岁钱的事，盼只盼过年爸妈能回来亲亲自己。

小年过去几天了，羊娃站在院坝边，天空飘着雪花，呼号的寒风真像万马奔腾，爸妈在驰骋归家的路上了吗？雪花有意无意地落在了羊娃的身上。雪花心猿意马地飞舞，渐渐地，竹园和瓦房顶上已是白雪皑皑。羊娃的心随着雪花狂舞而沉重沮丧，他担心、害怕，他听老师讲过，也听同学说过，雪下大了，汽车、火车甚至是飞机都开不了。

"噼噼——啪啪——"如雷似闪的震耳欲聋的鞭炮声在寂静的山村上空响起来了，听响声，这鞭炮是对门梁上黑娃家放的，肯定是黑娃的爸妈从外打工回家了。羊娃知道，这些年在山里有个不成文的约定，只要谁的爸妈在外面打工回来了，一到家就放一挂鞭炮，一是家中报喜，二是告知乡亲。

今年腊月，羊娃的心情是不一般的。因为他知道爸妈今年也是要回来过年的，所以自从他知道的那天起，就天天数日子，兴奋得睡不着觉。

腊月二十，腊月二十一……终于熬到了腊月二十七，天还没亮就起床了，可是没等羊娃把早饭做好，老天爷竟然抢先飘起了雪花。

上学的羊娃，只要不是农忙，婆婆只督促作业，不让他干别的事。可今天的羊娃高兴，他也想让婆婆高兴，鸡还没叫第三遍，就起床做饭。羊娃还没出生，爷爷就去世了，在家里就只有他和六十多岁的婆婆相依为命。

羊娃要亲手做饭，就想让爸妈回来看他长本事了，在家懂事了，能帮婆婆做很多事了。他边做饭边想着爸妈回来的样子，爸妈见到自己会是什么样子，婆婆脸上该是啥样子。只要爸妈能早些回家过年，他就很满足很开心。他想到有一次上早操跑步，后面的同学把他推倒了，他倒地时把前面的同学绊倒了，前面的同学硬怪他是故意的，没等他辩解，就打起架来，结果挨了老师的严厉批评。

那天放学回家，羊娃是一路的委屈，他就特别想念爸妈。可是，爸妈在哪里他都不知道。问婆婆，可婆婆一会儿说他们在海南，一会儿又说在广东，一会儿还说在福建，爸妈到底在哪里，他很迷茫。海南是啥样子，广东是啥样子，福建又是啥样子呢？反正那些地方与他的家都很遥远，很遥远。

天空的雪下大了，羊娃的心揪紧了，他真想长出翅膀飞上天，用自己的身子挡住下雪的那个缺口，像老师讲的"女娲补天"一样，把雪堵住。好让汽车畅通，好让火车跑快，再让飞机加速，爸妈回家的路就好走。汽车他见过，可是这火车该咋坐，飞机又落在哪里，羊娃不清楚。"羊娃，你爸妈打电话了，在老君关路口下车了，叫我带口信给你，赶快去接吧！"是上坎屋吴大叔的喊声，爸爸妈妈快回来了，真的就回来了。羊娃顾不上回屋给婆婆回话，直接冲出院坝，婆婆跑出门大声喊："拿挂炮，拿挂炮……"

雪虽然越下越大，羊娃的心却敞亮了，爸妈就要回来了。他一口气跑到猴子崖与老君关相接的村道上，可是只看见雪花纷纷落，寒风呼呼地刮，大雾袅袅地升，却没瞅见爸妈的影子。不会的，真的不会的，吴大叔在这个村里是最善良最诚实的人，他说爸妈回来了，那爸妈一定走在路上的。就在羊娃忐忑不安的时候，村道上远远地，有两个人影向猴

子崖走来。就是爸爸妈妈，就是爸爸妈妈，羊娃喜出望外，快步向那两个人影奔去。

两里，一里，离爸妈越来越近了，羊娃在雪铺的村道上滑倒再爬起来，再滑倒再爬起来又向前跑，爸妈就在眼前了，他高兴得笑出了声。

羊娃不知跌了多少跤，才跑到大枫树，已是上气不接下气，他回头望了一眼家的瓦房，不知不觉已把瓦房甩出很远很远了，瓦房都模糊不清了。羊娃不跑了，他想放慢脚步迎着爸妈走进怀抱。羊娃走一步，心里数一步，十八步，十九步，二十步……近了，又近了，他们就是我日夜想念的爸妈，他们就是我苦苦思念的爸妈，他们真的回来了。兴奋极度的羊娃走到了爸妈身边，想用最大的声音喊声爸爸、妈妈，可不知为啥就没有喊出来，竟然连嘴都没张开。

脚步匆匆，身影匆匆，背包匆匆，他们的步履显得那样心急如焚，似乎恨不得一步就跨到家。羊娃眼看爸妈走近身边，擦身而过时对视了一眼，却像遇见一个陌生的孩子一般，就那样匆匆擦身而过。

羊娃与爸妈对面而迎，对视而望，却擦身而过，爸妈居然对自己是那样的陌生，竟然连自己的儿子都认不出了。羊娃发愣地站在那儿，转身看着爸妈匆匆而过的身影，鼻子发酸了，委屈的泪水夺眶而出。爸妈已经有四年没有回家过年了，爸妈离家外出时，自己才六岁，而如今自己早已长高好大一截儿了。

羊娃清楚地记得，那年正月初六，那天爸妈出行，婆婆故意带他到外婆家拜年，再回到家时，屋里屋外已找不见他们的身影了。羊娃哭闹了一个正月，再哭也看不见爸妈的影子，再闹也听不见爸妈的声音。一个月两个月，一年两年，就这样他依偎着婆婆渐渐长大了，学都上到小学四年级了。

羊娃清楚地记得，爸妈出走打工的第一年，打电话到吴大叔家，说想回家过年，可是火车票、汽车票都没买到；第二年又打电话到吴大叔家，说大雪封路回不了家；第三年老板说，给不回家过年的人发三倍工资。今年回家了，却又认不出自己了，想着想着，羊娃心酸地大哭起来。

哭声似乎感动了天，雪花已停了，风不再刮了，雾开始散了，羊娃看着离家越近离自己越远的爸妈的背影，委屈的酸楚莫名其妙地直揪心底，执拗的犟性反压了盼望的心情，羊娃想，认不出我算了……

  羊娃赶回到猴子崖下，躲着而傻呆地望雪停后天空的云卷云舒，手自然地伸进裤子口袋，触摸到打火机，猛然才想起婆婆给自己三十块钱买的鞭炮还在家里呢！

  "羊娃，羊娃，你走岔路了吗，赶快回家吧！你爸爸妈妈都进屋了……""羊娃，羊娃，我们的好儿子呃，爸妈来接你了……"

    2014年3月刊载《散文选刊》下半月第3期

那年父亲五十三岁

父亲的多少事,我都忘了,因为他已离开我们三十八年了,但他一生的遗憾,我都无法弥补。

那是民国二十五年的初冬,住在小县城才十三岁的父亲提着篾编的竹篮,踏过独木支撑的月河小桥,从卞家沟崎岖的山路走进凤凰山林。他在大峰梁的山林里兜了几圈,想找些干果充当食物。

爷爷在父亲五岁时就去世了,家里只有多病的婆婆和年纪尚小的姑姑,生活的来源枯竭到了极限,所以父亲孱弱的肩上不得不压上重重的担子。可这从小城出来的人,哪里知道赶上这饥荒年,山林中可充饥的野菜、草根、干果早就被当地百姓们找尽了。两手空空的父亲心里很难受,此时又累又饿,就坐在大峰梁顶上歇息。

突然,他发现远处的刀削山林中有一凹谷,城里乡里人都称为是幽灵沟。听说四面峭壁,山石滚动,还有虎豹豺狼嘶鸣,没有人去过那凹谷。初生牛犊的父亲脑子里满是找吃的,他眼前始终晃动的是早上出门时的情景:妹妹拽住他的衣角,嘴里不停地号啕,哥哥,我饿,我饿嘛!她那蓬乱的头发,麻秆儿似的身子,走路打跪跪的样子,心就疼,鼻就酸。饥饿挑战恐惧,父亲顾不了啥,站起身就径直向山林深处的凹谷奔去。踏着石缝攀崖,抠着草苋上坎,拽着树枝爬坡,草鞋磨烂了光着脚板,手划破了流着血迹,寒风刺透着疲惫的身子,走一步歇几口气,太阳都快落山了,父亲才赶到寂静密林的刀削山梁。

父亲立稳脚跟,四下张望,见崖缝边有干藤蔓,伸长手立即用树枝使劲刨枯叶黑泥,忽见泥层中冒出来一些土茯苓。父亲欣喜若狂,起步到崖边,勾下身子去捡土茯苓,不料眼冒金花,天旋地转,身不由己地倾斜倒地,整个人从沟槽滚下山去。不等回过神,拦腰一棵树杈卡住身体,只感觉大腿上一阵剧痛,低头一看,鲜红的血淌出裤腿。山风,像针刺一样在肉体上乱扎;伤口,像刀绞一样在心头尖旋转;血印,像利剑一样在腿部上划痕。父亲已没有知觉,没有呻吟,也没有力气再动弹。

太阳快要从凤凰山顶落下,迷迷糊糊的父亲,突然听到"嗷——呜——"的一声声号叫,阴森诡异的号叫声好像在不远处,父亲从没听过,蜷缩的小身子更加缩成一团。

天色开始降下帷幕,十几米远的灌木丛里,伸出一对发着绿光的眼睛,直直地盯着父亲,惊醒了头脑的父亲从学过的书上猜知那是一只野狼,还听大人们说过野狼出没凹谷曾吃过小孩和大人,他恐惧而瘫痪地、痴呆地瞅着那只黑灰色的狼。

"嗷——呜——"那野狼又一声号叫后,猛地跃起向父亲扑来,父亲绝望地闭上了双眼,等待死亡。"嘭——哗——"一声枪响,父亲再睁开眼时,那狼应声从空中落下。父亲回过头,身后大树下站着一位老猎人,手里握着粗大的钢管土猎枪,枪口上,正冒着青烟。

那猎人头戴棕叶树枝卷成的伪装帽,嘴边留有花白的大胡子,睁圆眼珠瞪着父亲说:"山上有声响,我就知道有人来,就害怕出事,跟来了却是你这个小崽娃子,哪来的熊心豹子胆,跑到这幽灵谷来了?是惹了大祸出走的吧!"父亲仍是魂不守舍,浑身发抖地、结巴地说:"不是,不是!"然后说出了来由。

"没想到城里娃还有这样的穷苦家,你崽娃子苦得善良有骨气。今天你回不去了,跟我走吧!"热心的老猎人边说边把父亲提起,抱扶下树杈,拿出他腰间的皮囊,抖出黑色粉末,涂抹在伤口上,扯下布条捆缠几圈。父亲顿时热浪涌心头,感激的泪花在眼圈打着转,嘴唇嗫动而说不出话来,只好点点头。那老猎人用绳拴住猎物拖着,想背父亲走,父亲说腿没摔坏,伤口也不大疼了,自己能走,就这样随着老猎人熟悉的路,艰难地下到山脚,走进一间石块垒砌的、石板覆盖的小房里。

"饿极了吧,我都饿了,走,做饭去。"老猎人在屋后灶前忙碌,父亲帮着填火,不一会儿,一股浓香从锅盖缝隙中溢出来,直钻入鼻孔,父亲的口腔自溢的涎水一口一口地反复吞下肚。

填着火的父亲全身温暖了,却迷迷糊糊地晕倒在灶门口,那老猎人

赶紧抱起父亲，放到木椅上躺着，端来一大碗热气腾腾的肉汤摆到父亲面前，肉汤浓烈的刺激，让父亲顿时睁开大眼，端起碗就想吃，却被老猎人挡住，瞪眼眉翘地说，小心烫坏了嘴巴舌头，晾凉一下再吃，今天管饱。

开始，父亲还狼吞虎咽地喝汤吃肉，没吃到半碗却又放下，说吃不下去了。老猎人听得很惊奇，问又饿又累一天了，这一碗还吃不完？父亲大颗大颗眼泪滴湿衣襟，摇摇头说，不是，不是，是不知妹妹和母亲在家咋样了！老猎人听后也眼泪巴巴地说，你先吃吧，吃饱了，今晚睡个安稳觉，明早好有精神回城，我会送你出山。

父亲翻来覆去到半夜，终因疲劳过度熟睡了。第二天刚开亮口，老猎人早已煮好干干的苞谷糊肚子，叫醒父亲吃过后，还用布袋装满了一竹篮苞谷面，另一个布袋塞了煮好的一大块狼肉，捆牢在扁担上，让父亲挑着带回家，说省着点儿吃，这一冬你们仨就能将就过去了。老猎人先挑着担子走出幽灵谷，越过刀削山，在下家沟的山腰上，才转交担子，还久久目送父亲向城里走去。父亲转身回头望去，老猎人身披朝霞，光彩照人，真像小城中城隍庙里供奉的菩萨。

父亲回城，婆婆惊喜，眼眶已没了泪花，急起身迎上前说："顺儿啊！这一天一夜可苦了你了，把为娘的心担碎了啊！你妹妹喊了一天的哥哥，都哭晕了好几回，对门欧婶给她端了半碗菜糊肚子，才好些，这一夜又念叨哥哥，直念到今早，这才刚睡下。"父亲看了看蜷缩在床上的妹妹，就依偎在婆婆身旁讲了那一天一夜的情形。婆婆听后，叫父亲向南面的凤凰山跪下，磕三个响头，自己也抱拳作揖地说："山里的活神仙啊，您是我们家的恩人啊，您的大恩大德今后一定要报答！"

那个极度寒冷的冬天，在老猎人的恩赐下总算度过去了。而且婆婆的病不知啥原因也好多了，在城里帮人洗浆缝衣、挑水做饭、纺线织布也能挣些工钱，还能让父亲、姑姑在私塾学校旁听读书了。

三年过去了。

民国二十八年的一个仲夏，父亲考上了安康国民师范，接到通知书的那天，街坊邻居都来恭贺，还送这送那的。婆婆把收来的二十多斤大米和几包糖馃子，装在背笼里，叫父亲第二天清早进山，一定要找到那位恩人。天刚蒙蒙亮，父亲凭着记忆走进卞家沟，翻过大峰梁，一路摸索地爬上刀削山，下到幽灵沟，一见到那石板房，不顾疲劳地狂奔过去，推开半掩的木门，房内横扯直架着蜘蛛网，地面灶头青苔满布，老猎人早已离开。

"恩人，您在哪里？恩人，您到哪里去了！"父亲的呼唤声响彻幽谷，震颤山林，直到太阳快落山，才无精打采地朝回走去。

父亲师范毕业后，就请求在大峰梁的山里教书。在城里娶妻后，让妻子侍候婆婆，自己仍旧回到山里。新中国成立后，城里师范专业教师紧缺，教育局想调他回城，可他拒绝了，他说在山里当老师才感到慰藉，心灵才安稳，吃每顿饭时都要先敬一下那老猎人，老猎人在他心里就是神。

那一年，婆婆因病去世了，父亲消瘦多了，患有严重贫血病，母亲把父亲以前的事说给我听。

1975年，全民动员开工建设汉漩路，跨过凤凰山的盘山公路就要绕进那沟、那梁、那山、那谷，父亲也请求加入到那修路的队伍。春雨纷飞、夏日暴晒、秋风寒骨，父亲打炮眼，放山炮，撬石块，砌石坎，挥铁镐，扬铁铲。他说他要为这山里人出力、出汗、做补偿！他总说是这山里人的厚道、善良、纯朴救了全家的命，在山里就像与恩人在一起，他说只有做事感恩才心安、欣慰。

腊月小年一个飘雪的日子，父亲突发疾病，晕倒在工地上，工友们把他抬到就近的漩涡镇卫生院时，已是奄奄一息，待我和母亲赶到父亲身边时，他半睁着眼想说什么，我立刻俯在他耳边，只听到"我……我……没送出的……那袋米，你……要……"嘴还张着，喉咙里一声"咕噜"，头向东方一偏，离开了人世。

在场的人都跪倒在床前，哭喊着："陈老师，您不能走啊！"泪湿衣襟的母亲指着父亲头偏的方向说，儿子，你父亲一生的遗憾，是没送出的那袋米，所以他不闭眼啊……

那年，父亲五十三岁。

2014年6月刊载《散文选刊》下半月原创版第6期

做客张老师家

十二月二十八日周六，我走亲戚到小舅家，刚进门，上坎屋张老师家的庭院里突然响起一阵"噼里啪啦"的鞭炮声。我疑惑，难道张老师家有啥事情？小舅说，最近这几天不知道张老师忙些啥，面照面地与他对碰也只是点头打招呼，平时他可主动热情极了。我觉得好奇，八十年代末在城关初中，我曾当过他的校长，决定前去我尊敬的老师家探望。

出小舅家门拐一个弯，上十几米远，便来到上坎屋。我踏进院子，一下就被浓浓的喜庆氛围包裹了，一股还没有来得及散尽的鞭炮硝烟味儿钻进我的鼻孔，看庭院里打扫得干干净净，窗台上、房檐下整齐有序地摆放着十多盆鲜花……张老师家大门两旁悬挂着两只大红灯笼，门楣和门框上还赫然张贴着手书的新红对联，上联：改革开放神州巨变真无比，下联：奋发图强骏马奔腾大有为；横批是：中华复兴。哦，我明白了，原来老师忙活是为了辞旧迎新，家里整理得过年般喜庆。

退休的张老师，一儿一女，今年七十一岁，还是省书法协会会员，身体、精神都特别好。听小舅说，他和夫人李老师平时在庭院里养花、喂鸟、种菜，随身听拴在腰间，播放一些花鼓调、汉阴民歌，遇上好天气，还骑上电动车带上夫人四处逛逛，好不惬意。

叩开张老师家的门，我连忙招呼："张老师好！""哦，校长上来了！赶紧进屋里来，外面冷。"张老师急忙站起来又是给我让座，又是拿烟拿水果。面前的玻璃长桌上放着香蕉、苹果、核桃、瓜子、香烟等；对面墙壁上五十二英寸超薄液晶电视里，正直播着全国各地插国旗、摆鲜花、挂红灯的热闹景象。我坐稳，张老师和颜悦色地说："今天是我退休二十周年，正好还有三天就是2014年元旦，一起庆祝庆祝！到元旦那天，我专心在家收看习主席的新年献词直播。听听咱们国家在中国共产党的英明领导下，明年又有哪些大计划，深化改革该咋走……"张老师指手画脚地一会儿坐坐一会儿站站。他谈起十八届三中全会带来的新风气，激动得合不拢嘴，似乎有千言万语要向我诉说。

张老师的情绪稍微放松些，他夫人李老师抢过话头说："这些年，简直叫我们这些老教师喜出望外，祖国改天换地的变化，有许多举世瞩目的成就，群众物质精神文化生活丰富多彩。大到宇宙飞船从'神五'到'神十'，探月卫星从'嫦娥一号'到'嫦娥三号'成功登月……小到县上高中迁建、医院新建，文化广场建设全市一流，历史罕见，衣食住行用的改善提升等，真是数不清也说不完啦。"

"是呃，是呃，一言难尽，亲身体验。"张老师直点头，"就拿我身边的变化来说吧，由于咱党的惠民政策落实得好，像我儿子大学毕业后回来自己创业，资金不够，贷款国家免息，前三年还免税收，才使得兴华创业顺利成功；像前些年我患了一场大病，花了二十多万元，要不是'合疗'的大病救助了一多半，我早就入土为安了；像我退休的工资涨了几番，一月三千多块呢，花不完；像我这吃的，下坎坎就是超市，想吃啥就买啥，过去求吃饱，现在是讲究吃营养，吃健康；像我这穿的，过去求遮体穿暖，如今是注重穿健康、讲时尚。像我这要出门，有电动车，太方便啦；再说这通话有手机，想外地儿女了就上电脑聊天，就跟面对面一样；你看我家住的房子，整洁宽敞明亮，是儿子创业挣了大钱盖的；我们七十岁以上的老年人免费乘坐公交车，一年还免费两次体检，大街旁、公园里还专为老年人放置了健身器材……"

"别再唠叨了，这些变化人人享有，哪个不晓，谁人不知啊！他这校长都当成县上领导了，比你晓得多！再说难得忙里偷闲上来一趟，请他说说明年咱县上又有哪些大项目、办哪些大实事……"李老师打断老伴的话，瞅着我期待地说。

我在思考，张老师一家衣食住行用的变化，不仅见证着汉阴乃至中华大地翻天覆地的变化，更见证了寻常百姓走向幸福、美满生活的变迁。

《祖国明天更美好》，电视里播出欢庆的音乐舞蹈，代替了我对新年前景的诠释。

2014 年 1 月 1 日刊载《今日安康》

心灵美好

一个女人走进来

一个女人走进来，瘸了一只脚的母亲露出了微笑，损了一只手臂的男人激活了新生。

一个女人走进来，她想到的是自己也要做母亲的，她想到的是善待母亲的男人一定是好男人，是个能依靠的男人。

那是一次偶遇，男人单臂背着瘸腿的母亲到医院去看病，挂号要排队，满头大汗的他喘着粗气，站在那里腿不停地在打战。"儿啊，走了那么远的路了，放下我吧，我不疼，能在墙根下坐着。"是一个母亲微弱的声音，她在队子前面听见了，也听清了。于是她回头望了望，那男人的汗已滴湿了地面，没有言语，仍那样背着有些苍老的母亲。轮到她挂号时，她挂了内外两科的号，走出队子，拉开那男人说："你母亲看内科还是外科？"那男人感到突然，离开队子有些生气，瞬间又转为疑惑，然后不解却又实情地回答说："母亲腿瘸了，拄着拐杖为我做饭，炒菜倒了拐杖，把手摔断了。""那就是外科，上二楼，我带你们去。"她不由分说就扶着他们上了楼，到了外科室。

检查、拍片、划价、交钱、治疗，那女人都主动快速地办。医生和一些看病的人，见她那着急和尽心的样子，都认为那女人是那母亲的女儿或者是儿媳妇，于是投去的满是注目的眼光，口中满是啧啧的赞叹！那男人此时却感到莫名其妙，简直是受宠若惊，他不敢相信这是真的。他在想——这世道真的变得这样美丽，人性真的变得这样纯真，社会真的变得这样朴实？这时的母亲涌出眶眶热泪，这时的男人不知如何见证眼前这一幕一景。

那女人也流泪了。她在与那男人结算药费时，才知道那十元五元一元的来之不易，才知道那母亲为挽救丈夫的生命，大雨中下山买药滑下

山沟摔坏右腿的凄惨,才知道那男人刚上小学二年级就辍学,承担起照顾母亲操持家庭的重任,才知道他的左手臂是因为打猪草被毒蛇咬后,治疗不及时而坏死锯掉的命运,才知道他用单臂支撑了一个残缺的家,才知道他只要能让母亲健康快乐就是一辈子的幸福。

那男人也流泪了。他没想到能遇上这样的贵人,没想到如今还有这样善良热心的女人,没想到能亲身体验陌生中有人相助的经历。也才知道她是从小失去父母的苦命人,才知道她心受伤是刚结婚就常受男人打骂的离异人,才知道她是患重感冒来看医生的病人,才知道她为上大学的弟弟四处打工挣钱的辛劳人,才知道她的父亲是爆破员为了修家乡的路献出了生命,才知道她的母亲为养育姐弟俩长大成人积劳成疾,过早地离开人世。

相互的倾诉,知根的了解,那母亲感动了,那男人深思了,那女人心沉了。

那女人要去看自己的病了,请求那男人留下他家住址;那男人要背起母亲回去了,哀求那女人告诉她的弟弟在哪所大学。

一晃两年过去了,那男人五年前承包的茶园开始有了收获,片片茶叶溢出的是滴滴汗香。他把第一季春茶卖出的好价钱,以那女人的名义寄给了她上大学的弟弟,以后稍能挤出点儿余钱都要寄去。他说知恩要图报,好人应该得好报!那女人每月按时到那男人家去一两次,看望他母亲,梳头说话,缝补浆洗,整理家室。她说母苦儿孝,相识为缘,只有敬老,良心才安。那母亲更是把那女人看成是自己的闺女,摸头抚脸牵手,无话不言。每见一面,心里总是一颤,总想说要是有这样一个儿媳妇该多好,这个家就齐全了,儿也就有希望了。

可是,那母亲不敢有这样的奢望,她内心想的是不能用一个残疾残缺的家,去委屈一个善良好心的女人。那男人根本没朝那方面去想,刚直率真地只想感恩报答,他说他不能害了人家女子,做不得让人受苦受累的事,只想自己一人把母亲养老送终。那女人也顾忌到这个家的重负,也自羞是结过婚的女人,也碍于上大学弟弟的反对,可心里还是想嫁过去,去敬慰母亲的伟大,去依偎孝儿的肩膀,去成全这个残缺的家。

又过了些日子,那女人的弟弟大学毕业了,在城市里找到了工作,写信叫姐姐也过去。可那女人用一些其他理由说服了弟弟，心里老念叨也放心不下那母子俩，假如谁有个三病两痛，这一家就都不得了！

八月十五的一天，那女人在镇上买了月饼和水果，起早就往那男人家去，还没到院坎边，他母亲似乎就有了灵犀，拄着拐杖就朝门外拐去，一脸的春风，一脸的笑容，一口的"来了，来了"，那男人听到母亲的喊声，放下剁鸡的刀，手都没擦，三两步跨出灶火门，直朝院坝奔去。

2012年5月刊载《散文世界》第2期

牵着春光去散步

前周双休日，早起陪老婆去买菜，顺便散步一回。晨曦迎面而照，暖烘烘的，我感觉春天来了。

早起散步，路人流动着美异的景色。天没开亮，走香溪洞的人，喜欢邀着朋友去散步，也有牵着妻子去散步的，三五人或一两家，走起路来心静气平，淡然温馨；东方透曦，走安澜楼园林的人，喜欢牵着恋人的手去散步，走起路来亲昵浪漫，侬偎激情；晨霞撒江，走滨江两岸的人，喜欢带着孩子去散步，走起路来活泼欢快，心情开朗；光照金州时，转街心广场小区林道的人，喜欢牵着母亲的手去散步，赢得一路微笑和赞叹的目光。当然，也有人牵着宠物狗、猫去散步的，走起路来有些趾高气扬、显威摆富的意味。

我呢，上班时，人在椅子上嫁接着，大脑被文件材料绑架着；回到家里，人又被防盗门囚禁着，大脑被柴米油盐酱醋茶霸占着。早起陪老婆买菜而受启迪，趁着路边杨柳刚刚冒出个嫩芽子，我力争牵着春光去散步。

牵着春光去散步，有很多新的发现。香溪路边的小草，不知道什么时候已经好奇地探出了鹅黄的脑袋，正贪婪地呼吸着春天的气息；金州城的上空悄悄多了一些小鸟的翅膀，它们正漫天飞翔，体验着春风的温柔；江边不知啥时多了一些公的母的野狗，摇着黑白黄紫的尾巴，发骚地追逐尖叫，激动出春意的性情；河面上缓流的碧水，有几对白鹭，还有几群鸭子，逆流而上，享受着盎然的春暖。

牵着春光去散步，人就会萌发青春激素。有句俗话说："人过五十五，大半进了土。"意思是人到了天命之年，土都把人埋了半截了，是说人生基本上没有什么生机活力了，生命就快结束了，有点儿惊瘆人。

恰好我今年正好满五十五，近五十六岁的"老猴子"了，在日常春光的洗礼下，我倒还觉得"余"有生机，"剩"有活力，虽然面显老气，但身心不翁。双休日挽着老婆的胳膊在春光中散步，她的头慢慢靠在我的肩头，像恋爱时候的情景，让我感觉到内心的春天，亦在慢慢苏醒。真实地感到"少年夫妻，老了的伴"的幸福。

人生的春天和冬天，在心灵中是可以自我调节的，关键是看你能不能拉住春光的手，牵着春光一同散步。

切莫说自己年纪大了，不能说自己人生的航标灯没有电了，杜绝说自己心有余而力不足了……只要心中有乐观的动力，不灭的希望，无论春夏秋冬，随时都可以牵着春光去散步。

有道是：春光一直就在你的头顶悬挂着，只是有时候你对其视而不见；春光一直就在你的内心亮着，只是有时候你对其熟视无睹；春光一直就住在你的眼睛里，万事只要心行合一，坚持不懈，你就会年年四季如春，你的心灵始终春光明媚。

2013 年 3 月 14 日 刊载《陕西广播电视报》

生命之美

物皆有美，最美的是生命。

大树的美丽，是展现在它附势向上高耸入云的蓬勃生机中；江河的美丽，是展现在它波涛汹涌一泻千里的奔流中；雄鹰的美丽，是展现在它搏风击雨如苍天之魂的翱翔中；而生命的美丽，则是生命的活力永恒，生命的精神富有；在祖国的沃野，在历史的长空，千万年发光、燃烧、永不熄灭的烈火，这就是英雄的生命美丽，这就是英雄生命美丽的永恒！

美好的生命，是任何人都向往的。呱呱坠地的婴儿，活泼多娇的儿童，青春奔放的年轻人，阅历丰富的父母，抑或是年老康健的老人。他们在短暂的人生中，无时无刻不在寻找着生命的亮点，只为把生命点缀得更灿烂。

正是因为这样，我们珍爱所有美好的生命，视它为无价之宝，把它撰写成动听的故事和传说，让它鲜活于一江春水，在生命的繁衍生息中脉脉流动；让它自由于蒲公英，在生命的澄澈飞扬中戚戚待生；让它憧憬于彩虹，激励人们创造更加美好的生命。

生命旅程，在于生命的珍贵，但还有比生命更珍贵的是精神永恒。

不顾一人的生命，去拯救两百多人鲜活的生命，这生命就是英雄生命的永恒之美！汉滨区谭坝乡鸭蛋河村党支部书记杨宗兴就拥有这样的生命之精神。

2010年七月十八日，陕南的天，似乎被一根巨针刺破，银河之水倾泻大地；暴雨，夜以继日地猛灌，广袤的土地被呛得微微颤抖；洪魔吞噬河岸家园农田，泥石流似猛兽直扑山边的农户村院。鸭蛋河村的杨宗兴，当机立断，顶暴雨踩泥泞，连续几天转移群众，当他救走最后一位七十多岁的五保户、智障老人李支禄后，不幸被泥石流吞噬了生命。

我没见过杨宗兴，这名字却牢记在我心；我不熟悉杨宗兴，这精神却振奋人心；我不了解杨宗兴，这生命之美却刻骨铭心。英模报告会上，我记不住是谁声情泪下的演讲，我只记住了一心为民、顶天立地、临危不惧、气宇轩昂的村支书杨宗兴。

你知道那些闪亮飞逝的星辰是怎么回事吗？我知道他们。他们是精神富有的星辰从高空返回家园。

这一颗星，就是杨宗兴，只是他在地球家园所完成的生命之旅实在过于突然。但他的旅程始终朝着一个目标前行，无论风雨，无论坎坷，决不屈服，永不放弃，始终奔走不息，即使满是血泪与伤痕，即使背负不幸与痛苦，甚至最终牺牲在那条光荣的泥泞路上，最终他们的灵魂与精神必将抵达成功的彼岸。而那份执着与坚守，那份渴望生命灿烂燃烧的梦想，如瞬间绽放的烟火，如掠过天边的惊鸿，如晶莹的晨露，迸发最巨大的力与美，蕴含最强烈的情与贞，令我们痛彻心扉，令我们敬仰至极！

这是生命的极品与精华！

拥有生命，并不一定拥有生命之美，该用英模的精神拯救自我。

人人都有生命，但每个人在这场冒险的生命旅行中，就会有完全不同的经历与感受。

有的人会在单调冗长的旅途中昏昏欲睡，抵达终点时，却发现自己实在是白走一遭；有的人在不断地变换自己的目的地，当他的激情与生命耗尽时，依然徘徊在最初的原点；有的人不假思索地去适应生活，却一味地焦虑、困扰、不安和无所适从；有的人还没做什么事，满脑就被虚无功利主义和浅薄的享乐主义而主宰，竟然让潜藏在唯美衣衫内的欲望之虱骤然风行。

我们精神已经有些精疲力竭。比如相互间谁敢畅谈"品质高尚""远大理想""人生价值""无私奉献"等陈词滥调，谁就会成孤家寡人、无地自容！这又一场语言暴力的浩劫还没引起我们惊觉，因为这场浩劫有着强大的草根性和成长性，并正在这个时代缺少坚守与抵抗能力的心灵土壤中蔓延丛生。

我们有时总说，想"洁净的生存"是如此艰难！但我们没有扪心自问啥叫"看透一切"的人生哲学,难道不知自己心灵"冷漠"的势态正在膨胀;啥叫"独善其身"的自豪,难道不觉得自己正在包装"唯我"的自私意识;啥叫"世风日下"的托词,难道不知自己早已"同流合污"了!

我们身在何处?生命的意义和价值是什么?我们怎样做一个人?人应当怎样拯救自我?

当杨宗兴生前的事迹展现在我们面前时,我们终于发现什么才是真正的止于至善,什么才是真正的理想高尚,什么才是真正的人生价值,什么才是真正的生命之美。

"生如夏花之绚烂,死如秋叶之静美。"人既然诞生了,成长了,就应当在这世界和时代承担起一种使命和责任,这是自然赋予我们人性中最精髓的部分,只有懂得并保存这份价值的人们,才能成为生命之美的拥有者和传播者。

生命之美,因人而异,每个人都以独特的方式诠释美的内涵。

有人说,生命是那奔流不息的长河。将生命比喻成奔流不息之长河的人,一定有着生命不息、奋斗不止的勇气和毅力。有人说,生命是承载着社会的基石。将生命比喻成承载着社会基石的人,一定是拥有健康身心、健康体魄、能包容天下之心的人。有人说,生命是首欢快而雀跃的歌。把生命比喻成一首欢快之歌的人,他们的生命中一定围绕着快乐的音符,生命中跳动着幸福的节拍。有人说,生命是那多彩绚丽的鲜花。把生命比喻成多彩绚丽的鲜花的人,在他们的眼中,美丽因花而存在,鲜花因心而开,花开花落,鲜花总在。我们生长、生存在这个时代,就要在这个时代里充实自己,尽显生命之美丽与多彩。

广阔的世界,盛开鲜花无数。玫瑰有玫瑰的娇艳,菊花有菊花的清香,小草有小草的坚韧……所有的一切,只有用心体会,才会明白什么叫作无与伦比的生命之美。所以,杨宗兴这位农村基层党员干部的生命之美,就是时代生命精神的永恒之美。

我们祭奠杨宗兴,眼泪就会变成翅膀,风雨依然落在身旁,生活的爱会给我们力量。我们怀念杨宗兴,鲜花就会吐露芬芳,荆棘更加无法阻挡,宽广的路在脚下延长。也许没有太阳灿烂的光芒,但是永远不会熄灭的是梦想。英模生命的精神，像繁星照耀着希望，你行我行我们大家行，永远都那么坚强。英模生命的美丽，像彩虹在蓝天绽放，你行我行我们大家行，勇敢去创造生命的辉煌。

英模生命传承的美，是无与伦比的美——美得壮烈，美得娇艳，美得千古流芳。

2010 年 9 月 26 日刊载《安康日报》

望月女人

她已经在门口守望了两年的"十五的月亮",桂花香经过后,她的泪水就随风飘上天空,越过高山,跨过江河,洒向南方的某个城市。

那年的九月,也是桂花香的时候,她被一辆红色富康从姑娘拉成了女人,在一串噼里啪啦的鞭炮声中炸成了那家男人的婆娘。月圆的亲密才刚刚品出个滋味,男人说让婆娘能过上更好的日子,能穿上更体面的衣服,等今后有了儿子能上更好的学校,过上更幸福的生活,他说他先得离开这山沟,去南方挣更多的钱。一张火车票,就把她判定为留守女人。

"月亮走,我也走……"可月亮已经由东梁走下西山,再从东梁升起又从西山下去,而且这月亮由圆走成缺,又由缺走成圆,她却走不出这条山沟。每夜就这样,她从房里走向门前,颤抖的脚步——走到这一天,她就禁不住双眼溢满泪水,恨不得把月亮望穿。

电视机前,霓虹灯下,网络屏中,歌城厅内,广场欢跳,有谁在意望月女人的她还留守在家里?这时的她只想天上的玉兔去给她的男人传信,只想嫦娥能下来带她去南方,再不行,哪怕吴刚能给自己捧上一坛桂花酒也行,让自己在醉酒中去梦想,来度过这个特殊的夜晚,来打发日子和那难熬的月光。

她不会喝酒,就不沾酒,也是怕醉,而更怕酒醉后的丑态百出,或者会无所顾忌地胡作非为。"乡村一条沟,沟里十八九,男人外出几年回,愁得月亮休……"她唱着乡村的"相思调",沟里的风在夜里还是瘆人的,她越唱越想喝酒,就这样徘徊在崎岖羊肠的沟路上。

用什么解愁?她决然往村里的社区去,路边的树上被风遗弃的落叶沾在她的头发上,她不在意这落叶,一阵风地到了,她就抓起了递来的酒瓶，转身而飞也似的去了。沟边窗里的一串串灯光，反射在沟里的溪水上，像一群淫棍瞪着昏黄的眼珠，喘着粗气跟着她的脚步，盯着她的眼睛，一步一步向她逼近，她慌忙地就跑了起来，疯牛似的跨上五步坎，撞进那扇虚掩着的双开门，下意识感觉到是自家的屋。

　　长城干红木塞子，她启不开，就拿来铝盆，搁上漏勺，用菜刀背砸掉酒瓶嘴，"哗啦哗啦"倒干净，然后撂开漏勺，端起铝盆，一仰漂亮的脖子，咕咚咕咚一饮而尽。然后，她看着尖峰裂露的两个空瓶，还苦笑着问自己，为什么没醉？红着脸的她，对着门口嘶声裂肺地喊："我要，我要……我就要……"

　　你要什么？上坎下屋的沟里的婆娘们都来了。她迷迷糊糊问自己"要什么"，迷迷糊糊想自己"为什么"，她抱着一位大嫂哽咽地哭了，哭到无声时她又笑了，笑到无声时泪水已浸湿衣襟。于是她就哼起了她初中就爱唱的《小花》电影插曲："妹妹找哥泪花流，不见哥哥心忧愁，望穿双眼盼亲人，花开花落几春秋，啊——花开花落几春秋……"

　　突然，她想起什么似的抬起头，发现沟里的人似乎都来了，门前老的少的，窗口一群婆娘们哧哧地傻笑，让她迷糊的头脑有些镇静，于是她抹去脸上冰凉的泪水，推开护她的大嫂，跟跟跄跄地拐进屋里，坐在梳妆台前，盯着自己的那张似乎不认识的脸。

　　那是一张眉清目秀的脸，那是一张樱嘴小唇的脸，那是一张绯红美艳的脸啊。

　　这时，她看到镜子里的圆月，玉兔跳出来了，嫦娥从月里桂花树中下来了，送信的似乎正往沟里赶路，家里的电话响了好久，她的男人正抱着一束玫瑰回来了……

2010年12月刊载《散文选刊》下半月原创版第12期

瘦骨梁人

　　老骨乘火车，坐班车，顺便搭了个四轮车，绕了几道弯，翻了几道梁，才回到了阔别已久的村里。下车，却没有几个人认识他。不过，等他说出自己是骨时，乡村里的人就都记起他了。

　　骨，他家的老屋在村里的瘦骨梁下，是几十年前山里唯一考上学，走出山外当上干部的人。后来听说他做了比较大的官，有时在报纸上见过名字，在电视上见过几次他那神采奕奕的模样儿。可今日回到山村的他，模样可以说是瘦骨嶙峋，是一个让人几乎认不出的平常人了。

　　村里人对骨很热情，老的少的、男的女的围着他问长问短。问得最多的还是这阵子当啥官，升到哪一级了，是不是和省长差不多了，等等。骨笑着直摇头，说自己已经退下来几年了，没当官了，和大家一样是老百姓了。"是老百姓了？那你何必回来哟。""能办事的时候没见你人，信也不见一个，这阵子啥也不是还回来干啥？""帮不了忙，回来看看也好，还是乡里乡亲嘛！"村里人你一言，我一语，有冷嘲热讽，也有惋惜关怀。

　　村里人开始那阵子热情劲儿，随着"没当官了"，一下子变得有些冷淡了，有好多人心里甚至都有些瞧不起他了。骨的堂弟看着难受，心里却怨恨地想：对这样一个有了权就忘了村忘了家的人，大家伙有理由不给他笑脸和热情。

　　瘦骨梁村这些年其实变化也大，原来的桐油灯变成了煤油灯，现在又换上了电灯；茅草房变成了瓦房，有的还盖起了砖混楼房；毛毛小路修成了宽敞的公路，还硬化成了水泥路；瘦骨梁绿了，也开始变得有"肉"了，退耕还林了。但在骨的眼里，村里人与山外比还是穷些。吃水还靠挑，该上学的女娃还在打猪草，还有几个残疾人家的孩子光着脚丫在院子里到处跑。这还是因为山里来钱路子少，手头紧，上不起学。这就让骨有些心疼了。

骨沮丧而伤心地离开老家瘦骨梁村。

第二年的一天，从省城来了几个人，说是骨去世了。去世前，骨把自己毕生攒下来的钱全部捐给村里，还留下一封信。村主任接过信拆开一看：

可亲的乡亲们：

我是瘦骨梁人，没有忘记瘦骨梁人。从瘦骨梁出去的人代表着瘦骨梁人的"骨气"。我没有亲自给你们办一件好事，也没有专门给家乡办一件实事，是因为党和国家的政策在温暖着你们，当地党委、政府的领导如同我一样在关怀着你们。这是不能分"你我"的，更不能分"亲疏"的，请原谅，生我养我送出我的瘦骨梁人。离开山里四十八年，留下十五万六千元，十万元帮补村里搞个饮水工程，还有五万多元给上不起学的孩子做学费。请了我这个瘦骨梁人的最终的"心愿"。

瘦骨梁人：骨 叩首

来人把沉甸甸的一大包钱交给了村主任，村里人此时的心里更加沉甸甸的。

2001年7月25日刊载《安康日报》

牟子河南岸北岸

牟子山脚下悠悠流淌一条河，明晃晃的河。

河水，像把利剑斩断两岸人几多来往几多牵挂。

河两岸，这几年娃子呼啦一下子多起来，赶着劲儿地长，满山遍林地野。村里便有人说，该找个先生管着这些崽娃子。村主任就到山外乡上请了位姓乔的先生，乔先生一副飘飘逸逸的模样，显得很清瘦。

牟子山北岸的农户把最好的房子腾出来做学堂。山上草绿花艳，河里鱼悠蟹闲，环境很是诗意。于是，南岸的人也来找村主任，请乔先生把南岸的崽娃子也管一管，村主任满口答应了。

学娃子中北岸占一多半，南岸的占一少半，南岸的娃子每天都要几度涉水牟子河北岸。

春秋，河水沁凉沁凉的，娃子踩在河里的鹅卵石上，弄得脚心痒痒的，不小心滑到河水里是常事；夏季，常有调皮的麻骨子鱼朝娃子脚丫旮旯里钻，逗得他们"嘎嘎"直笑，还撵着去抓鱼儿，竟忘了上学堂的事，总迟到；冬天的河水像满道针荆，刺得娃子们的脚直叫唤，小腿肚肿得像烂红苕。这时，南岸的家长便不让娃子去上学堂。于是，学堂便空出了一小半，乔先生的心里却也空出了一大半。为了填满这空荡荡的心房，乔先生便担负起南岸娃子涉水的天职。

从此，乔先生背娃渡河之事随着悠悠河水缓缓流向远方。

风雨几春秋，南岸北岸的大娃从小学考上了初中，乔先生的奖状也从乡上发到了县上，甚至还被市上评选为"模范教师"。

那年春，乔先生望着南岸嬉戏着绿水渡河到北岸上学的崽娃子们，便用工资抵押，独自在乡信用社贷款两万五千元，从县里同学单位请来工程技术员和施工队，找村主任义务派劳力，建起了牟子河上有史以来第一座钢筋水泥桥。

桥，不是很宽。每天，崽娃子们跳着晨曦，舞着爽风，把一串串沉甸甸的笑声甩在了桥上；每天，北岸的小伙儿挑着担，南岸的姑娘挥着镰，把一筐筐丰收的喜情搁在了桥上；每天，两岸蓄着胡子的老爷们儿在夕阳西下时，把几多往事摁在旱烟锅里，在桥上把它烧得吱啦吱啦响；每天，乔先生伴着旭日的朝霞，踩着河边的沙石，静听悠然东去的河水声……

那年秋天，县教师节表彰大会上却没有了乔先生。原因很充足，据说是他的先进材料不过硬——没有往年背娃子过河的事迹，据讲是他硬叫村主任摊派劳力加重农民负担，据传是他建桥时拉关系，可能还得了不少好处……随后职称晋升也泡了汤。

南岸的人听说后，愤怒得气不打一头出，说这是哪个坏了心肠的杂毛子，瞎贬脏好人。他们硬是从村上一直找到县上，县长说："评模、职称问题时间已过，不可弥补，就以后考虑吧；修桥贷款的事，事先没打报告，属个人行为，不过建桥这是好事，县上马上给解决一万。"北岸的人听说后，气得直跺脚，说这是哪个烂心烂肺的东西，竟陷害好人。搭桥修路自古都是行善造福，一家家一户户就都自愿自觉地捐资筹款，村主任还把自家一头牯牛卖了，凑齐了一万五把贷款还清了……

乔先生听说后，默默地把那一大沓褪了色的奖状，潇洒地铺在明晃晃的河面上，说这荣誉是河水的，应该还给它。

崽儿们含着透明的泪，漫山遍野地采摘五颜六色的鲜花送给乔先生，围着他唱起先生自编的《牟子河小学之歌》。南岸的、北岸的村民们硬着气、咬着牙，捏紧裤腰带地凑钱，硬是把土巴墙学堂翻盖成了两层楼的与那桥一样坚固的崭新学堂。

乔先生本来想离开，可是这牟子河的崽娃子，还有这些乡亲，还有这牟子河的南岸北岸牵着自己的心，走不了。

牟子河南岸北岸，又过去好多年了，我忘不了这里的崽娃子和那乔先生，尤其是震荡我脑海的那河中流出的故事……

2011年12月刊载《散文选刊》下半月原创版增刊
荣获"2011年度中国散文年会"评选活动"百篇散文奖"

温　暖

　　下乡坐大巴车，有很多感触。南来北往的一车人，认识的打招呼、拉家常，不认识的就自报家门、传消息，高兴的不高兴的也都要议论一下社会现象，说的事还都是百姓关心的、实际的、真实的，在机关听不到的，客车上就是一个交流的大千世界。

　　今年初春去漩涡，大巴车在崎岖的凤凰山公路上盘旋前行。天还有些寒气袭人，路两边的树林里还有白雪覆盖，飘飞的细雨在车窗外随风呼啸着。这样的天气，山里山外就很少有人外出，所以车上乘客没几个，稀稀拉拉地散坐在车厢里，显得冷清与空荡，就像这山路上没几辆车行驶一样寂寞。

　　转几个弯，爬上一个坡，再转几个弯，爬上一道梁。一路上，车里大家似乎都不认识，没谁闲谈和搭话。有的人时而搓搓手再扯扯衣领，有的人抱紧外套闭着眼养神，有的人伸伸头眼望窗外迷蒙的山色，有的人眉头紧皱有些愁容满面，只有后面的年轻人在发牢骚："这二十一世纪的国外有病了，老是打仗打仗，把油价打得那么高。"我瞅着中年司机紧握的方向盘，左右转弯是那样熟练自如，神情安宁而坦然淡定，好像对这样的天气和这样的营运现状习以为常了。卖票的中年女人坐在前排，皱着眉头却哼着花鼓调，有点儿借歌消愁的心态。

　　车又转了一个大弯，到了半山腰的土巴寨，年轻人耐不住性子上前坐在司机背后，开口问卖票的女人："大姐，这油价涨了，票价咋不涨，收这点儿钱，还不够一半路的油钱啰。""唉，哪能跟国外一样说涨就涨，这车多亏了乡亲们的帮助，淡季客少，他们也要办事嘛！"说到这，她侧眼望着开车的男人，手指着男人继续说，"我说歇几天车，他硬是说不跑对不住人！跑车就要对得起这方的乘客。"车头反光镜中的司机微微一笑，一直盯着前方，翘起的眼线与嘴角，满脸彰显的是无奈的苦乐。

车越过山顶，下到老君关，有三个人下车没人上，车就更显得空空荡荡。雨打湿的路面有些滑，车下山速度较慢，路边密林的树梢，偶有疾风掠过，落下一串串大雨点，打在车顶和车窗玻璃上"咚咚咚"地连响。车跨过一座河沟桥，驶向一段直道，前面的公路上，出现一大群高高矮矮撑着雨伞的娃子们，在路上慢跑。看见车来了，老远他们就回头大声喊"停车，停车"，站在路边上急促地挥舞着小手。中年司机缓缓地把车停靠在这群娃子们跟前，卖票的女人就赶快打开车门，娃子们收起雨伞，一个推一个地上了车，呼呼啦啦地坐满了空座位，有两个娃子没有座，我急忙起身让座，娃子推辞一会儿，我坚持站在过道。这些孩子们有的背着旧书包，有的杵着花雨伞，有的拍打着头发上的雨水，嘴里叽叽喳喳地说个不停，让寂静的车内顿时热闹起来。我想：这下车主该高兴了，座位坐满了，油钱该能补回一些了。

车仍然那样缓缓地前行，中年司机眼睛始终盯向前方，只有卖票的女人叮嘱着这些孩子们别乱动。这时我很好奇地问身边的娃子："小朋友，你们到哪里，是上学去吗？""到下边的堰坪，就是上学去呀！"娃子异样的目光瞅着我，我却看清了他打了几个冷战。

我正纳闷，司机后面的年轻人抢先问："你们那里没有学校吗？跑这么远念书？""原来有，现在撤了，合并到堰坪小学了。"侧边的一个大孩子抢着回答。"天天这么跑，年年都这样跑啊！能行吗？"另外一个似乎是外来的乘客插话问。"今年春季才跑，下半年就不跑了，底下的学校正在建寄宿制校舍。"又一个大点儿的女孩子也抢着答话。

这时我瞅着路两边，一簇一簇的迎春花，鼓着苞正待绽放；一排排的杨柳树，吐出芽染黄枝色。车仍然转着弯下着坡，孩子们叽叽喳喳地说着：你带的啥干粮，他爸妈在外打啥工，我爹娘在哪个城市干啥活……大约二十分钟后，车在一个大路口停了下来。卖票女人打开车门，孩子们一窝蜂地拥向门口，手里高高举着两元钱，"阿姨给！阿姨给"地直喊叫。

"把钱拿好，和往常一样，你们这些孩子，不收钱！"卖票的中年女

人叮嘱着,细心地护送着这群孩子们下车,钱不收。我感到很惊讶,乘车的年轻人两眼更是傻乎乎地望着她,似乎都觉得这太离谱了:油价又涨了,上来这么多孩子,为啥不收钱呢?正在发愣怔的我们,车窗外传来了一阵响亮的声音:"谢谢司机叔叔,谢谢阿姨!"孩子们整齐地立在路边,高高挥舞着一双双小手。

车向前驶出很远了,我从车的后窗仍能看见没有打开伞的那群学生,在雨中一直挥舞着的小手。

2012年8月刊载《散文选刊》下半月原创版第8期

不灭的灯笼

　　带给别人帮助和方便，自己才有温暖的一把火；照亮他人心里的一束光，才会把自己的心扉照亮。

——题记

　　停电的夜晚，我去龙岗散步，途经马道巷，有几束晃来晃去的手电光，隐约听见"要是前几年，这马道巷就难走了"的谈话声刺激了我的大脑，脑电波翻滚出那一桩往事，是感动我一生的追求。

　　那是八十年代，我刚刚从安康师范毕业，分配到南城墙外的城关一小教书。安身的家租住在北门外。那时山城方圆不足一平方公里，只有东西一条主要的街道，到了晚上，少有的几盏路灯摇摇晃晃地若隐若现，南北两门不直通，其他的街巷一盏路灯也没有，马道巷的夜晚当然就是漆黑一片。

　　周六（那时还没有双休日），我想今日周末明天休息，就邀请几位同事到我家聚聚，晚饭后天就黑了。当时的县城既没有公园，也没有广场，更不消说歌厅酒吧茶座之类的，连这样的名词在这里都没听说过。于是大家就相约到学校外的月河沙滩转转，看看杨柳，赏赏月光，听听水声，数数星星。

　　出门，我们跨过316国道（现在是北城街），从北门（已拆）进解放街，右转到和平街，再左转拐进县城最长的一条巷子——马道巷，那是直通南门，到达城外菜园沙滩月河的捷径之路。

　　马道巷那时少有几户人家（现在拓宽后全是门面房），多数是单位高高的院墙，一米多宽，没有街沿，泥巴石头路面，凹凸不平。到了夜间，走在巷道里，不是崴脚就是碰墙，一不小心还会撞人。

我们几个拐进巷子，就在互相提醒小心走路时，巷道迎面的远处，出现了一束亮光，大家不约而同地猜到，那是打灯笼的人，这灯笼的亮光，正慢慢从南头向着我们这边的北面移动。坑坑洼洼又狭窄的马道巷，因这一盏灯笼的照明而顿时光亮起来。这样的黑夜，有打灯笼的行人不足为奇，亮光微动地一摇一晃，大家谁也没在意，当灯笼越靠越近的时候，我隐约听见有"嘀嘀咄咄"的声音，这"嘀咄"声也越来越近。我正在疑惑时，打灯笼的人就要与我们相遇了，只见他立即停下来，站在一旁，举高灯笼，明显地在给我们照路，示意让我们过去。我们走近仔细一瞅，全都惊呆了，原来他是个盲人，两眼望天，左手举着灯笼，右手紧紧握着一根竹棍呐！显然是他听到了我们的脚步声，停下让我们先过呢。

夜里，盲人打灯笼？我从来没见过，也从来没听说过啊！我当时实在是既疑惑也惊奇，就忍不住贴近那盲人，小声问："你拿着竹棍，眼睛看不见吗？"

"看不见，娘一生下我来，就是盲眼，不知道啥叫黑夜，啥叫白天。"盲人移动了一下竹棍，意思是靠它。

同事也关切地问："你的眼睛没治过？""治过好多次，没用。娘带我的时候，给我讲过白天很明亮，晚上会很黑的。明亮是什么样子我不知道，但是黑的我知道，就像我的眼睛，啥也看不见。"盲人答话。

"你啥也看不见，也不晓得明亮是什么样子，就靠竹棍引路，那你打只灯笼有啥用呢？"我更觉得稀奇了，就追问他。"有用，用处大呢！我娘说灯笼是用来照亮的，眼睛看得见的人，晚上有了灯笼，黑夜走路就像白天一样。我打了灯笼，离我老远的人就会看见我，就不会碰到我了。我想你们今天晚上也是这样吧。"盲人说着就笑了起来。

"啊，盲人给别人照亮？！还就是给我们这些眼睛好的人照？！"我和同事先是感到天方夜谭，思索后又感到震撼。"你真是毫不利己，专门利人的人，你自己眼睛看不见，还为眼睛亮的人照明！"我由衷地感慨而俏皮地说。

"不对，不对，走夜路打灯笼，是为别人照路，也是照我自己，保护我自己呢，是叫眼睛好的人走夜路，先看到路，再看到我，他们就不会无意碰撞我，我就安全了，不会受到伤害。就像今晚一样，你们好走路，我就路好走。"盲人立即纠正我的说辞。

同事和我都无言以对，不再说啥，我们就先走过去了，打灯笼的盲人也继续向前走，"嘀嘀咄咄"的竹棍声，在马道巷的远处渐渐消失。

如今的马道巷，再也没有旧时的影子了，九米宽的车道，两边还有各一米五的人行道，不到二十米就有一对路灯并排，即便是停电，行人来往都靠右走人行道，怎么也不会对碰。

今夜停电的手电光，感慨马道巷的变化，似乎"嘀嘀咄咄"的声音又在我耳边响起，那个"照亮他人，就是照亮自己"的盲人又在眼前，那一盏让我陷入深思的"给人方便，就是给自己方便"的灯笼，又在我心中发亮，永远不灭，永放亮光。

我终生忘不了盲人那句话："你们好走路，我就路好走。"这是多么朴实的生活哲理啊，不就是现如今提倡的"我为人人，人人为我"吗？

我明白了：社会因为有人奉献，人类才会不断进步。生活因为有人吃亏，世界才会变得美丽。

2012年7月6日刊载《陕西广播电视报》

上善若水的人

人活在这个世界上，总有一样东西让我们感动，总有一种情感让我们情不自禁，总有一些人让我们敬仰和尊重。

生活中，我总在思考一个问题，我们为什么活着？我们需要怎样地活着？我们为什么工作？我们怎么样工作？我们需要怎样的人生？我们拥有怎样的人生才会开心快乐？

其实，有一些平凡的人就在我们身边，他们用和风细雨的一言一行做了回答，那就是上善若水的人。这样的人，他们秉承了水的坚韧与灵性，在尘世中静守一份自己的净土，在名利中坚守一份自己的平淡，在做事中信守一份自己的理念。那就是：待人接物永远笑脸谦和，做事尽责永远童叟无欺，岁月流年永远厚德载物；只求生来淡泊一生，别世心安理得；只留似水淌过的痕迹——人品的光辉与伟岸的人性。

这就是我们身边的人，一个平凡的人。他在安康卫校毕业后当了一名医生。在一个平常的地方工作，他从乡镇卫生院工作到县人民医院。他貌不惊人却很开心，因为救治的人太多他记不清；他"声不盖众"却很快乐，因为病人恢复健康的微笑他铭记在心。就是他让我感动，让我情不自禁，让我敬仰和尊重的县人民医院内科主任医师刘守斌。

1982年的初秋，贫困边远的汉阳乡，破旧不堪的几间矮房子的卫生所里，来了一位中专毕业的医生。他应该留在城里县医院的，干部、群众、所里的医生都这样说。可是他——刘守斌执意来了，他在毕业的乡村卫生所实习时，就深深感到贫困落后、缺医少药的山区和百姓更需要医生。他在这里一干就是十年，春暖花开，酷暑炎热，寒秋雪冬，甚至昼夜看病出诊，每年只回一到两次家，不仅山里的病人离不开他，而且他自己能为乡村的百姓解除病痛而深感欣慰。他常说："那些呻吟的老人，就像自己的父母；那些疾痛的年轻人，就像自己的兄妹；那些号叫的小孩，就像自己的儿女，怎能忍心丢弃不管?!"

那时穿衣吃饭都有问题的山乡，哪里还有钱看病，看病也缺少医生，大都是"熬病"，就这样小病熬成大病，大病就只能熬着等死。他亲耳听到、亲眼看到、亲身经历过从边远的乡村把病人抬往卫生所，还没等抬到半路上病人就死去了。他经常为此而暗自伤感、痛心。有的人来看病，带的钱不够，他就拿自己的钱垫上；有些人的病，能用当地草药治，他就开些草药，叮嘱用量与用法，不让他花买药钱；无论大病小病，找他看，他都要认真思考药的配方，尽量用最少的钱把病治好。

这就是他"亲情"地做人。这种人性中自有的亲善之美，常常滋养着我们，温暖着我们，感动着我们。这种人性的亲善之美，犹如一盏明灯，照彻了人性的天空；也如一叶扁舟，载着我们驶向人生和成功的彼岸。正像飞鸟需要天空，游鱼需要江河一样，人性中不能缺少这种美。他就是这样做着平平淡淡的"小事"，平平常常的"医师"。这就是他的心灵，让每一个病痛的身心都能得到关爱，渴望每一个走近他生命的人都能重新焕发光彩。

我想到佛家有句话：人只要"心善如水"，就会简单、深远、平衡、丰富、坚忍、快乐。此时我深深理解了一位哲人说的话："我们总以为世界的温暖全来自阳光，其实脚下的大地更有着令人惊异的热力。天没暖，大地先暖，所以有许多花能钻出冰雪绽放；人情不暖，内心先暖，所以我们能在尘世，做一剂清流。"

在一个冬天，在远离卫生所六十里的双坪乡磨坝村的农民家，来了一位衣衫破烂的老人，说小儿子腹胀绞痛，烦躁闷乱，想吐吐不出，想泻泻不下，喊叫不止，大汗淋漓，口唇青紫，四肢痉挛，在地上滚了半天，当地草医和卫生所医生都说没法治，山路崎岖要翻山越岭，想抬下来得一天的路程，一颠一跛又怕半路上就丧命了，就慕他的名而来，请他死马只当活马医。他一听就知道这是绞肠痧，肠鸣干呕，水泄不通，病人疾痛如刀绞，若不立即去救治，会熬不过明天。生命攸关，他立即收拾了一些药品和仅有的器具，跟着老人就踏上急切拯救的路程。几十里山路，他的双腿刻下了一道道爬坡过梁的血印，他的双脚刺下了一块块蹚溪渡河的划痕，他没停一步，没歇一口气，从下午三点一直走到深夜。

到了院坝边，他见煤油灯晃动着茅草屋下几个转来转去的村民的身影，进门一眼就看到躺在堂屋草帘子上的病人，已汗湿地面，双手捂着肚子，已经无力地在呻吟，眼睛在翻白，他几个跨步，直奔病人。一边用手揉理肠位，压按膻中、中极、中脘、气海及脐周四穴，疏挛止疼；一边叫来温开水，让病人服下郁金散，他亲自提着病人，在屋子里吐黑水、排肠气、泄淤便。忙了一个时辰，病人终于止了汗、睁了眼、起了身、说了话——救命恩人啦！一下又跪在他面前，凹眼的泪水哗哗转，凄厉声音是那样的嘶哑，他也忍不住，大男人的眼泪也夺眶而出。这时的山野是那样寂静而寒风飕飕，这时的茅草屋中是那样欢腾而心暖融融。这时的他却昏过去了，屋子的人都吓坏了，这时老人才想起刘医生白天走了几十里路，又忙了一晚上还没喝一口水，没吃一口饭。

这就是他"温暖"地做人。做这样的事情，这样对待山里的百姓，在刘守斌的日子里，就像大山崖石下涌出的清清泉水那样长流不断，就像山野草皮下渗出的涓涓细流那样源远流长。上善若水，它以一种永远流动而不潮不枯的形态存在，是如此简单，它简单得像再普通不过的微观粒子一样，无处不在，无处不有，轻盈透明。

有种温馨，来自于内心的惦记；有种快乐，来自于心中的回忆；有种关爱，超越了世俗的轨迹；有种情意，放在心中像彩虹般美丽——这就是刘守斌医生在患者和其亲友心中传唱的"心歌"。

十年后的一个晨曦，他想悄悄地离开镇卫生所，赶到县人民医院上班，可还是有一百多人知道了要来送他，握住他的手，他都感到一阵阵的酸痛，无语的眼眶闪动着泪花，可他实在是不走不行，户口、工资关系组织上都早已替他办走了。

进了县城，看到的不再是群山茅屋而是高楼砖房；行走的不再是山路小道而是大街小巷，相让的不再是牛耕民夫而是人车分道，聆听的不再是鸡叫鸟鸣而是人声鼎沸……医院也是院分多科，科分多室，室分多员，还负有医治人数与完成业绩（经济收入）双重的科室责任。环境变了，人员变了，管理方式变了。这一切在他的眼里仍然是青山绿水、鸟语花香、人亲意暖。

他来县城医院不久，中国的市场经济已与世界接轨，竞争已在各个领域活跃开展起来。看病找他的人越来越多，门诊人数在全院科室中遥遥领先，尤其是那些穿拍档服的、下了岗的、扫地的、打工的、乡村种地的更多，这些人哪怕排队等，也一定要等到请他看。医治的人数是多了，但科室的其他人员私下却有些怨言了，他是内科主任，开药用药都要亲自审查一遍，多开一点儿药、开了贵一点儿的药、开了可检查可不检查的项目，他都要一一划掉而重开，忙点儿累点儿没啥，多劳了可这待遇还不及别的科室。

按常规的医院，医生看病开药，病人拿药治病，谁会刻意在乎花的钱多少！贵一点儿、多一点儿，可检查的去做了，谁又会刻意责怪医生呢！这不都是为了病人早点儿把病治好吗！如有一个企业老板，感冒在别处治疗几天了，咳嗽却越来越厉害，专程请他看，一划价见他开的药钱太少，当场就说，他是个不负责任的医生，自己早都花了上千元药钱了还没治好，这开两天的药就这点儿钱能看好病？他不在意，也不在乎，更不再换药单，只是微笑地点了一下头，依旧这样给排队的其他人看病。

回去后，这个老板还是吃了他开的药，两天后真的就痊愈了。羞愧内疚的老板连夜找到他的住处，亲自送来三千元说是赔礼道歉费。他不仅婉言谢绝，还建议老板把钱捐给慈善协会去救济有大病而看不起的老百姓。

这就是他"干净"地做人。也许会有人觉得，他就是一个平常的人，平凡的人。这样的事、这样的心，再普通不过了。可是我要问，又有几个人能真正做到如此平常、如此平凡、如此普通呢？有谁能做到他那水一样的纯净，水一样的澄明，水一样的大智若愚，水一样的源远流长呢？谁能在喧闹中开辟出自己信念的一席田地，谁能在纷扰浮躁中找到自己呵护的一方宁静，谁能在流言蜚语中坚守自己清纯的耳根，谁能在名利权贵下恒定自己淡泊的人生呢？

"人之初，性本善；性相近，习相远。"我想起了古代人把人的本性高度概括了。人人本来都是"性本善"，然而在生活中每个人后来的发展和守恒不同，人的本性改变就"习相远"了。人生在世，每一个人都

能做到"性本善",而又"善永远",这个人类社会与这个地球环境,不就能真正成为"世界和平祥瑞,人民幸福安康"吗?!

生命有长短,做事有分工,日子有差异,人活着都可以过一辈子。但是如何做一个受欢迎和受尊重的人,则是我们应该不断追求的目标。平常而普通,平凡而简单的那些人,做人优秀,做事成功,是因为他们身上闪耀着人性的光辉和智慧的光芒。

注:2011年刘守斌获得全国五一劳动模范奖章
2012年12月刊载《散文选刊》下半月原创版增刊

直到把你背上天堂

　　一只雄蚂蚁为了找食，走得很远，被车上掉下的泥土砸断了后脚，发出求救的呻吟，感应了雌蚂蚁。雌蚂蚁从街道的东边，在水泥街面的缝隙中爬行，车轮碾过，脚步踏过，尾气熏过，沙尘压过，它没退缩，就那样在崎岖狭窄、凹凸不平、雷霆万钧的缝隙中爬过去，在西边的街沿托起受伤的雄蚂蚁，原路返回，爬上街沿，在众多脚板踩踏下的人行道砖缝间隙中，把雄蚂蚁托进墙角的洞穴。

　　观察雌雄蚂蚁的这段历程，我的心在震颤，我的情在燃烧，我的爱在升华，我思索万千，天地人间如出一景。

　　我生活的这座山城，就有蒲成武和王爱珍这样一对夫妻。在道德讲堂上，王爱珍当着众人和丈夫的面，说过一句话："直到把你背上天堂！"让我铭刻在心。

　　八十年代末，在"抓大放小"的企业改制中，一个在县直企业机砖厂的蒲成武，一个在集体企业酱油厂的王爱珍，刚刚招工上班不到两年，就面临下岗，而这时他俩却偏偏相爱结婚。穷出嫁贫结婚后，王爱珍婆家居住的西街都很吃惊，说王爱珍是越穷越喜气，没人从她脸上看到过愁，屋里屋外都是笑声。俗话说，女人有三功，脸上、手上、床上，在那个年代的西街女人谁都比不过她。男人下岗闲着，她起早贪黑、风霜雪雨地摆起了油炸饺子的小吃摊子，一脸的笑意招揽着生意，两年过去，她生下龙凤双胞胎，生娃坐月子让家里更穷，她的喜性却更旺，买奶粉的钱都拮据得没有了，她的笑声还是在西街的天空中飘溢。

　　儿女满岁时的那天，蒲成武抱着妻子王爱珍，吃力地摸着她的手，轻抚着她的脸，她半眯着眼而"咯咯"地娇笑。蒲成武情不自禁地热泪湿襟，撇着嘴说："爱珍啊，你看看你手！你看看你脸！你除了笑脸没

变，其他的都变成啥样子了呃！"她啥也不看，双眼盯着自己的男人，就像刚结婚那阵子抱紧了男人狠命地亲，哭着笑，笑着叫："你好呃，知道心疼我了呃……"

下岗后的沉闷，生性少言寡语、胆小怕事的蒲成武，恨自己心不灵、手不巧、好面子、怕见人的弱性，就暗自下定决心：为了心爱的女人，外出打工挣钱。他反复想过，爱珍嫁来时是"晒半城"东街的一枝花，那年夏天晒酱油时逢暴雨，路过帮她抢搬酱油缸才认识，她说看我实诚嫁给我放心。可这结婚才几年，她窈窕的身板竟苦成了弓背，双手油炸成了僵巴，脸像涂抹的水泥墙，除了笑就只剩下骨头架子了，我这简直是在糟蹋人啊，我不能这样让她苦，假若她倒下了，我如何面对儿女！

弱性的男人要是硬性起来，比刚性男人更硬，十头牛也拉不回。蒲成武对爱珍说了外出的事，爱珍说了很多理由他都否定了，爱珍大哭了一场后，说出了最后一个理由："我是女人，有些事我会忍不住的……我想你了怎么办……"男人说："想我了，就紧紧抱抱儿女们，那是我们的结晶，我出去就是把对你的爱多给他们些，不是吗？珍，听话。手头稍好点儿，我就会回来的，我是男人，有些事我也得忍，一样！"

正月初六，蒲成武说走就走了。一晃腊月到了，王爱珍想他该回来了，左盼右盼，盼到小年收到的是一张汇款单，她落泪地说："我要男人回来，不愿要这汇款单！"

油炸饺子的小吃摊，王爱珍坚持做着，虽然脸面苍老，但笑容常挂，生意还算不错。一双儿女能走动了，摆摊时，她就用一根结实的布带一头拴一个，中间拴在自己腰上，就这样把家拴得牢牢的，只是心里常挂着男人，显得更憔悴。

她时刻在等，等龙岗太阳出，等凤山月亮落；等广场迎春花开，等围湖柳叶落。终于等来一个消息：成武在一家建筑工地出事了！

爱珍平生第一次出远门，背成武上担架下担架，上火车下火车，上出租车下出租车，终于把已经失去了两条腿的成武接回家。等把男人放在床上时，那固定在胸脊椎的钢板已将肌肉顶破，血染衣衫脓溢嗅臭。她平生第一次笑不出来了，平生第一次号啕大哭了，一身的骨架好像在一根一根地散落，心气在一口一口地往下掉，她一把一把地扯掉自己的头发。身边的孩子看到她这个样子，吓得直哆嗦，也号啕大哭起来。

成武等爱珍情绪稍好些，平生第一次向她祈求说："别管我，你走！带着孩子走……"爱珍就更加紧紧抱住他亲，撕心裂肺地说："我的心都快疼死了，你还想撵我走！好，好，好，你没了腿，是天缘，你再也跑不成了……你永远是我不离身的男人了，这一生，我一直把你背到天堂！"

人们总说，城市的女人想男人的全是"钱、权、房、车、帅"，男人想女人尽是"美、白、柔、勤、顺"，然而在王爱珍这里，追求的是只要男人在身边就是美满，就是幸福。在成武又一次住院从胸脊拿出钢板，脓血清除，伤口愈合不再那么疼时，她一脸笑容又绽开了。她从医院背成武回家，就像背回个宝贝，放好在床上，就喜笑不停。端屎接尿，洗脸擦身，一勺一勺喂汤喂饭，一步一步背到广场晒太阳，一首一首给他唱《月水源》《美丽的凤堰》，一个一个山城的新鲜故事给他讲，每到晚上，就像母亲拍哄着儿女似的哄他睡觉……已满三岁的双胞胎儿女，看着妈妈这样对爸爸的喜幸，有趣得一会儿哭一会儿笑，不知该爱爹还是该疼娘，似乎是童心一家人！

两个年幼的孩子，一个半截男人，所有人都没想到，这分明是塌到底了的天，一个女人竟能顶起来，而且撑得稳稳的！儿女们都该上学的那天，爱珍把新书包捆在儿女身上，同时把儿女叫到男人床前跪下，她说："你爸都是为这个家没了腿，你两个就该更有志气和智慧，我不会让穷永远住在蒲家，你们两个的任务就是必须考上大学！"一对双胞胎儿女泪流满面地使劲儿点头，那时他们才刚满七岁。

日子，就像这油炸饺子，那样地熬着；生活，也像这油炸饺子，溢出了香味。

跨世纪的2001年，爱珍更让西街人大吃一惊：龙凤双胞胎儿女双双考上大学，她办的"珍武小吃店"开业！只上过小学的她深受无知的痛，山城小吃多，除了油炸饺子，还有油糕、炕炕馍、蕨粉皮、烩面片等等十几种，既便宜又有味，还便捷。这样她又是查书籍又是请教师傅，边学边试着做，从摆小摊到摆大摊，再从租小门面到大门面开业了！娘家的东街人与婆家的西街人，似乎全城的人都对她瞪目，认为她哪能做

成这样的事呢！且不说两个双胞胎儿女，仅就照看没腿的男人，她每天都要花费十多个小时，伺候成武的事做得那样精心，还要摆小摊挣生活钱，另外，还多了一样活儿：买了辆轮椅，天天还要推男人出去散心，帮他练手劲儿又是几个小时。她会分身术？她会变戏法？她是七仙女下凡有神功？

这百思不解的奇迹，爱珍创造出来了。她是能撑得起天的女人，天就是她的天，没腿的男人她也照样能背上天堂。谁都不释怀，只有成武心里最明白，一见钟情后的相亲那天，让他有点儿害怕的她的那种爱的烈火。在这婚后二十多年，他明白这烈火是人间怎样一种爱了——一生之爱，爱得起也爱得赢；人间夫妻怎样一种情了——偕老之情，爱不变情亦不变；这就是奇迹的诠释。

山城蚂蚁之情，山城夫妻之情，世界人间之情！

2014年4月刊载《散文世界》第1、2期合刊

为胆小者壮胆

现如今,要为胆小者壮胆,原因:

胆小的人不敢打架,怕被人打;不敢恶语伤人,怕被人欺侮;不敢胡来,怕自己无辜受伤害。

胆小的人不敢随地吐痰,怕传染疾病;不敢乱丢瓜果皮,怕踩上摔跤;不敢在街上倒脏水,怕遭人唾骂。

胆小的人不敢酒驾,不敢闯红灯,不敢超速,怕撞了人,也怕被别人撞。

胆小的人不敢往奶粉里加三聚氰胺,不敢用地沟油,不敢添塑化剂,不敢卖假药,怕检查被罚款,怕自己的亲人和后代也吃了有害身心健康。

胆小的人不敢欺行霸市,怕遭人指责;不敢为非作歹,怕被歹徒伤害。

胆小的人不敢胆大妄为,不敢色胆包天,不敢无知无畏,不敢杀人越货,不敢藐视法纪,怕到头来自己罪有应得,死有余辜。

胆小的人工作不敢失职,怕受处分;不敢吃拿卡要,怕被人背后戳脊梁骨;不敢拖沓推诿,怕良心不安;不敢贪污受贿,怕东窗事发,有牢狱之灾;不敢尸位素餐玩忽职守,怕酿成大祸而妻离子散。

胆小的人还杞人忧天,怕资源枯竭,怕环境恶化,怕地球毁灭,怕今后人类无处安身立命。

…… ……

这样的胆小,是对规则的遵守,是对他人的尊重,是对生命的珍惜,是对自然的敬畏;是敬头上三尺神明的慎独,是推己及人、将心比心的善良。

这样的胆小者,在这个世界,在这个社会,在人群中,做人是堂堂正正、实实在在的；做事是安安稳稳、清清白白的。

为胆小者壮胆，这样的胆小者越多，社会关系就越加融洽祥和，社会文明就越会进步美好，社会发展就会越来越循序渐进。

理智胆小成大事，心怀怕字终不悔。

乡村风情

凤江女人

当第一缕炊烟从凤凰山那边升起,仿佛看见一个从未走出凤江的女人,她喝惯了山里的清泉,以为全世界的空气都是一样清新。吃惯了山梁上的苞米,她不晓得外面的灯红酒绿;看惯了山里的日出日落,她只知道春播秋收的喜悦;听惯了别人的故事,她也懂得相夫教子的道理。凤江里的女人,就像那永不熄灭的麻油灯,用那一丁点儿的亮光,温暖着每一个家。

到了如今的时代,凤江的女人始终保持着勤劳、纯朴、善良的品质。虽只有一山之隔,大多数凤江女人没走出山,没到过县城,更不用说是到省城。还有几位九十多岁的女人,这一生就和山、田、地较劲儿,面容正如七月披着翡翠般绿叶的苞谷,鲜嫩、饱熟、好看。迎着山峰的太阳光,凤江女人在抽穗的稻田中,在山梁吐絮的苞谷林里,在山沟滴翠的竹木隙间时隐时现,散发山野自然中那特有的流动美!

扮妆美容的新潮,在凤江女人的心里没有触动,她们也从不赶时髦。没走出山的凤江女人,下地赶集串门子从不涂脂搽粉,根本就不知道有嫩白霜、苗条膏,更没见过减肥茶、营养液,也不明白城里女人为啥要吃滋补品。因为南山苞谷、梯田稻谷、坡地黄豆的调养,再加上风霜雪雨的滋润,给了她们苹果般红润的面容;南山朗朗日月的光辉,清爽明洁的空气与她们日出而作、日落而归的勤劳,练就凤江女人强壮而健美的体魄,丰满而窈窕的身材。

繁华艳丽的城市,在凤江女人的眼里没有印象,她们没么去追求。男人在外面闯世界,她们在庄稼地里吆牛耕耘、挑粪播种、锄草收割,样样要做;早晚在家里还要扫地喂猪、砍柴做饭、孝老带小,一样不能少;整个家庭她们支撑,汗一把泪一把地竭力建造一个稳稳实实的

"巢"。她们一日一季地过着像山泉一样淡定的生活，从不向外出的男人要求多少的钱物，只求过年能平安地回家来。

厚道朴实的民风，在凤江女人的待人接物上证实，她们再穷也不吝啬。无论过去的贫穷还是现在的温饱，只要是有客人进入凤江之地，踏入她们的院落，走入她们的家门，不管是熟人亲戚或陌生来访者，她们都会端一盘土鸡，如果自家没有也要悄悄赊来或买来，甚至可以杀掉正在下蛋的老母鸡……大方地拿出自己用山泉酿造的苞谷酒来招待，还让自家男人陪你开怀畅饮；自家男人不在家时，还要请来叔伯或邻居作陪，自己则站在一旁劝菜、斟酒、舀饭，等到客人眉开眼笑时，她们的脸才会灿烂。不等你起身，她们还会赶忙递上一杯南山菊花泡天宝贡茗的热茶来。

乐观开心的性格，使凤江女人长于满足，喜好暗自乐观。她们几挑粪换来坡梁上那个大双托的苞谷，几担水浇出层层梯田的金黄，她们会抿着嘴甜甜地笑一冬；在自家树扒里扎一转篱笆，养几百只土鸡，屋后圈里喂十几头大肥猪，笑声会在心里荡漾一年；男人外出打工挣回的钱加上自己汗水换来的家庭副业收入建起了楼房，上坎下屋和外来人投出羡慕的目光时，她们总是把场院和屋里收拾得干净利索，躲藏在自己男人的背后幸福一辈子。功不自夸、钱不乱花，富不外现、乐不张扬。

坚忍执着的追求，是凤江女人生命力的源泉，有痛有苦能自拔。谁说女人弱不禁风、易于憔悴？凤江女人在痛和苦面前，从不表露于色，而是埋于心田，暗自应对。当天有不测风云，辛苦的汗水没有赢来田地里的好收成，喂养的家禽、家畜卖不出好价钱，子女考不上大学，男人外出打工没挣回多少钱，或者家人有个三病两痛，她们会苦痛切于心，会洗着衣服向溪水诉说心里的委屈，刹着猪草眼望月光吐露失望。然后喊着山里的太阳，再一遍照耀这片大地，自己继续投入沉重而含辛茹苦的生活，挽起袖子在风雨中，挑战面临的困难。

向往山外的生活，也是凤江女人的梦想，走出去的回报着家乡。凤江女人其实心里也总希望走出山里看外面世界，稍有闲时总也守在电视机旁，也喜欢听男人诉说走南闯北的经历，谈城市里的稀奇事、新鲜事。于是，她们中间就有人走出凤江，走向城市，用凤江女人做人做事的风格影响城市风气,然后把从城市里学到的技术和挣到的钱带回凤江,改造凤江。这样一来,凤江的女人就显得格外迷人,不仅令凤江的男人满足、舒心,也令城市的女人羡慕、敬佩,更令城市的男人着迷、向往。他们羡慕凤江女人的特色,着迷凤江女人的魅力,向往凤江山村世界的风光。

凤江女人就这样,一辈一辈地喊出了山里灿烂的阳光,也喊出了山里皎洁的月光。

2011年11月3日刊载《陕西广播电视报》

初夏的凤堰

中国汉阴第八届油菜花节，一场《凤堰如歌》的情景音乐剧在凤堰古梯田上拉开了"安康春来早"旅游节的序幕，油菜花铺成金色的阶梯，随同人们的欢歌笑语，依依不舍地把春天欢送回天空。

大地迎来初夏的热情，点缀了凤江堰坪古梯田的美景。耀眼的阳光，从凤凰山顶上直直地照射而来，前几天还见到的各种不知名的奇花异卉，却悄悄地藏入了山野中的绿叶草丛，刺梅花那伸开的嫩枝长藤上，已挂满了一爪爪青涩的小果。只有魔芋包下的桃花，冯家堡前的李花，还有花绽余香，招来蜜蜂忙碌，惹得彩蝶飞舞。南山这一片天空，流动的气息清新，呼吸的富氧直入肺腑；黄龙河、冷水河边的槐杨树绿得发亮，鸡公梁下农户庭院周围的水竹斑竹园里，毛茸茸的笋头齐刷刷地破土而出，拼着命地向上冲起。

凤江堰坪人似乎对夏天特别地钟爱，全身上下都充满火一样的激情。天刚开亮口，"早起，早起，懒——不得唧！"那清脆的群鸟叫声，轮番地把人们早早吵醒，即使还在蒙眬的睡意中，也不得不翻身起床乘着清爽去该干啥就干啥。男人们推开大门伸伸懒腰，仰天"呵——喂"几声，吐出一夜挤满的肺气，便扛起锄头下地去了。女人们整理好孩子的衣着，提起书包催促快去上学不能迟到，然后打扫院子，再背上背笼上山砍柴割草放牛，留下小孩和老人在家做饭。一时间，田埂上、地坎下、北梁坡、南山岭的吆喝声、说笑声、牛哞声，牵出农家院里蓝色袅袅升起的炊烟，在霞光染色的山间里萦绕着、回荡着，整个山村便一片忙碌，欢声飞扬，激情四射。

油菜由花变成黑籽了，这是夏日用火热的爱，补偿着农耕的劳作。收获了油菜，凤江堰坪的男人们与女人们就更显其能，那层层梯田翻耕盈水，像把蔚蓝的天空剪成明镜，镶嵌在这坡梁山沟上，让天地合一；那绿林屏障把金狮白象怒吼的咽喉紧锁，释放出律动的微风，让自然和顺；那条条堰渠把习惯兴风作浪的三条龙（黄龙、黑龙、青龙）七寸缚住，化雷电暴雨为云飞细雨，让其温柔浇灌。尤为新奇的是搭着红盖头的新娘，那塔顶红的樟树在沟边、埂边、房前屋后亭亭玉立，还一路羞羞涩涩地走来。走过堰坪，通天洋溢着稻禾清香；走过凤江，随处可见泉溪蝌蚪成群，河中鱼虾悠闲还有横着行的螃蟹；走过白昼，树上争先恐后的知了，一声紧一声地那样欢快得意地鸣唱；走过夜晚，最卖力的吹鼓手是青蛙，满田满塘地一成不变的曲调，固执而响亮地表达心中的意愿。

　　每当太阳缓缓落入巴山，放学归来的孩子就按大人们的规矩，要跑去小河边牵回拴在树上的牛，这是他们最高兴也最愿做的事，一到河边他们就三两个一起"扑通"地跳进浅水的河里，在溪流中嬉戏、游玩，抓鱼、捉螃蟹，回家即使被大人知道了，挨几巴掌抽几条子也乐意。勤于农耕的凤江堰坪人，继承先辈而耕耘在这生态博物馆的土地上，更是心情舒畅，在明净凉爽的晚风中，尽情地感受着劳动带来的快意。他们用脚板在薅田里插那青郁郁的稻秧，挥板锄除地里那齐腰高的苞谷苗草，使双手给绿毯般的坡地翻苕藤，把悬在山崖边的南瓜理顺……直到一轮明月再从凤凰山顶上冉冉东升，山野铺满银辉，夜幕笼罩乡村时，他们才踏着千层"天梯"，绕着弯曲小径归来。

　　月光给凤江堰坪带来了安静，老人们不爱电风扇仍摇着传统编织的蒲扇，在院坝中间给孙子辈们讲他们上辈的上上辈，有逃难来的，有躲兵匪来的，有官府移民来的那些离奇的族迹家世耕作史，还讲些老君关地名、猴子崖山名、黄龙洞河名、玉皇殿庙名那些稀奇古怪的传说，也讲凤凰鸟、堰塘仙、牛王神那些记忆流传的"神话"，听得娃子们张口大笑，也好奇地打破砂罐问到底；风姿犹存的女人们，这时就打扮得俏式，与相邻的几个嫂子凑在一堆，坐在宽敞的岔路口，一边乘凉一边拉家常，甩脆的嬉笑声，颤动了漫天的星辰；光着膀子的男人们大都独坐在自家的院子边，手里端着茶嘴里抽着烟，不作声地看着老人逗孩子听着自家女人的搞笑声，不时还情不自禁地喷笑出声来，心眼里满是开

心……

　　凤江堰坪的初夏，是生机勃勃、风华正茂的季节。稻禾抽穗了，苞谷扬花了，草儿绿了，树儿高了，鸦雀窝的雏鸟也展翅飞了，还有小伙村姑心中的爱恋，也越来越浓厚绵长了。

　　凤江堰坪的夏季，播种与成熟、希望与收获、激情与梦想，都将在迈向金色的秋天里逢缘、美满。

2013年5月16日刊载《陕西广播电视报》
荣获"第八届海内外华语文学创作"评选活动散文类二等奖

乡村的夏夜

伏夏时节，乡下同学非叫我到他家走走，还说山村的夜晚比城里好过，让我享受享受。多年没在乡下住了，山村的夜究竟怎么样，尤其是这夏夜我真想欣赏欣赏。

乡村夏夜的幕曲，晚霞斜扫过房顶，圆的金盘一梁一岭地退避，视角渐渐由朦胧演绎为漆黑。同学家院坝四周那稻秧疯长的田里，"咕咕哇，咕哇"的清亮蛙声递次起落，从田坝应声到山脚，又传至那塝塝田梁上，城里听不见这广域合鸣的夜曲。此时在夜幕中一眨一闪的萤火虫亮光，逗疯了这一大院子的崽娃子们，他们痴情地在路边田坎上迎着光点追逐，步子是如此地利索和轻快。乡村开灯很晚，同学说，不是省电，而是防虫（灯光招虫），再说这样还能看到流星。正巧，山边天上一颗流星"嗖"的划过夜空，瞬间在眼前清亮的地平线"呼"的一下消失，顿时脑海闪现一片心旷神怡的无际原野。在乡村我才明白，乡村的夏夜就是比城里辽阔空旷。

乡村夏夜的风序，一股一股的，一阵一阵的。河风来得悠畅，那风真的是很温柔；沟风传得均匀，像母亲的亲吻；山风吹得大方，包含爱意而渗透清凉。因为这里没有城里那层层高楼的阻挡，也没有密集的墙体和水泥地面那散发的灼热。山里的风，不像城里那电风扇的狂野，热风回旋；不像城里那空调扫得抽凉，在小的空间循环。山里的风，吹得自然，吹得潇洒，清风劲吹而无拘无束，所以能将人体的每一根血管和神经舒展放松，能将人体皮肤上的每一个毛孔舒张疏通，一天的热和劳苦，就在这夏夜的风中消散解除，乡村的人们就这样带着丰收的希望和泥土的醉香酣然入梦。在乡村我享受到，乡村的夏夜就是比城里凉爽怡人。

以爱的名义

乡村夏夜的景色，大院坝歇凉的人很多，一到擦黑，院子里各户的孩子都抱着凉席或竹帘子来了，各家各户都有固定的歇凉地方，很有默契。人没来前，就有大人们在院坝的两边，煨起两堆艾蒿，烟雾随风四处飘散。同学对我说，这是乡下驱蚊的土办法，人闻起来有点儿香气，可苍蝇蚊子就会熏倒，或者会被熏跑。一会儿，闲不住的崽娃子们，一伙儿一伙儿地把"床位"选在院坝中间，大人们则一家一户地散落在边缘。崽娃子们打闹一阵后，就有几个男娃子们在空场中，翻起筋斗、打起箭脚来；几个小女娃子也扭着脚步喊着："孙悟空，翻筋斗，一头栽进大石头。"话还没落地，这时就有一个男娃子翻偏了，跌了跟头，鼻子碰到了院坝边的石头上，引来女娃子呵呵呵呵一阵笑。碰疼了鼻子的娃子，就鼻一把泪一把地跑到婆婆面前，得到了蒲扇的凉风，婆婆粗裂的手轻揉着他的鼻子，嘴不关风地哼着："摸摸揉揉散散，莫让婆婆看见，婆婆看了难闷的，石头娃儿打了的。好了，好了……"蒲扇、粗手与哼着的古老的俗曲，把娃子的哭声逗成了嘻嘻笑声。在乡村我亲眼见到，乡村的夏夜比城里鲜活有趣。

乡村夏夜的世界，大院子是热闹的，崽娃子们闹一阵，在婆婆和爹娘的蒲扇下，笑着甜甜的嘴进入梦幻世界，而大人们这才姿势各异地说起话来。山里的爷们儿有抽纸烟的，也有吧嗒吧嗒旱烟杆儿的，什么鸡场、猪场、加工厂的事说得一大堆；姑娘媳妇们嘻嘻哈哈地议论，啥菜啥饭、啥工啥钱、啥人啥配等生活中的唠叨事；有的爷们儿即兴时还会来上一声"郎在山上顶太阳，思妹在家缝衣裳……"的山歌，动情的调子荡起夜风翩翩起舞，挑逗蛙声竞相和鸣，缭绕萤火虫布满天星。

这就是乡村的夏夜，宽域、凉爽、鲜活、奇幻、怡人，还节能，我真感谢同学这一夏夜的馈赠。

2009年8月14日刊载《安康日报》

黑沟的风水

　　我晓得黑沟其实不黑，沟里吹出的风清新纯净，流出的水清澈明亮。情调和谐的风水，孕育出黑沟的小子白俊，生出的女子水灵。

　　黑沟也确实黑。狭长的沟，几十里深，竹林茂密，遮天盖日，百十口人的二三十家，家家烧木炭，挣油盐钱。男女老少出沟卖木炭，个个全身漆麻黑①。

　　走进沟里，老人们对我说，自他穿开裆裤起，就没有看到沟里有人在外干事的，眼巴巴地瞅着邻边的花园沟、响洞子沟、关帝沟的娃子们读了书，进了城，当了"公家人"。怨谁呢？只怨黑沟的风水不好。于是，只要黑沟的娃子裤子一合裆（不穿开裆裤了），就跟老子抢斧子，砍大树，挖土窖，烧木炭，书是不愿多念的。似乎祖祖辈辈都是黑手黑脸地过惯了，倒也觉得日子过得自在。

　　自在的日子也有不自在的时候，长年累月平静流淌的黑沟小溪，那年涨了一次百年不遇的大水，轰隆隆地响了一沟，把黑沟的炭灰和溪边的枯叶，一扫而光。天晴那天，黑沟落了城里下放居民一户，还是教书的。教书的男人干不了烧炭的活，哀求队里的队长办个一揽子②复式班，说叫沟里的娃子也有出息；教书的女人打不了连枷，也哀求干男人一样的事，才照顾得过来，工分可以少计点儿。这黑沟人就是心慈、善良，听不得哀求的话，队长略微考虑一下，就破天荒地允了③。可是这沟里的娃子闲溜惯了，就是不愿念书，开课逃学，上课遛板凳，提问答怪话。

---

　　① 漆麻黑：非常黑。
　　② 一揽子：包罗万象，全部整体的，文中指小学到高中。
　　③ 允了：同意、决定、照办的意思。

可这城里来的教书的男人和女人，就是耐得住性子，就是见怪不怪，还说娃子女子顽皮得可爱，比城里的娃儿纯厚实在。逃课的，晚上到家里连他爹娘一起上课；遛板凳的，在院坝自数自遛一百次才能进教室；说怪话的，自己把怪话写一百遍才准回家。娃儿们说，老师就是凶，家长们说，城里人就是有办法，反正书不念是不行的，黑沟的娃子到底拗不过，也就乖乖听课。

几度冬雪春融，黑沟里的娃儿们能写会算，聪敏是聪敏些，可还是没有一个娃子走出黑沟。沟里老人们都叹息说："城里人再凶，也只能凶得过娃子，还能凶得过黑沟的风水？"

又过几年，情况变了，城里收回居民，教书的男人和女人，回城临走前偏要带黑沟的三个娃子进城，还带他们报名参加高考。黑沟里的人拦不住，说那男人和女人是"闭炭窑里吹火筒——燃（圆）不了的吹着燃（圆）"。教书的男人和女人对这黑沟的三个娃子说："莫信邪，大不了还回黑沟烧炭，进城逛一趟，住一段时间，到考场见识胆量也值得！"娃子们当然乐意，巴不得进城看个稀奇。

三个月复习，考试一月过去了，果然三个娃子中，有两个娃子接到了大学通知书，一个娃子接到了大专通知书，黑沟顿时像爆炸了三颗原子弹似的，这不仅把黑沟人轰傻呆了，连沟外有名的花园沟、响洞子沟、关帝沟也震颤了。他们逢人就说："这黑沟不得了，黑沟不得了，该刮目相看黑沟的人了。"

事情就是这样怪，黑沟人似乎悟出了什么。娃儿们从此也情愿吃苦上学念书了，而且出黑沟、进校门，成绩一个赛一个。升学的进城当了"公家人"，有的甚至到外省做"大家"了；回沟的娃子也不安分了，琢磨着不干这又黑又累的木炭活，要把从技校里学的知识，利用到这天然资源中去。老人们黑里说白里说，不能改变烧炭的老规矩，娃子们就是把这当黑说了白说了，偏不烧炭硬要犟着办菌厂，做又讲究又稀罕的新鲜活。结果，同样是木头，却不再是黑木炭，而是白丝菌、白木耳……来的钱成十倍几十倍地翻。沟里的老人们脑筋还转不过弯，事实面前只好打趣地说："这黑白还真的分明啊！"

黑沟从此由"黑"变"白"，还"白"出了名，白的物产丰富不说，白领也多了起来，这名气还就是越来越大。

欣喜之余的老人们，望着这既熟悉又陌生的黑沟，感叹地说："黑沟的风水如今真的变了哦！"

1996年11月9日刊载《安康日报》

乡村男人（一组）

1966年六月，才九岁的我随父亲从城镇下放到农村，接受劳动改造和再教育，生活在边远乡村，经历有亲近的山山水水、劳动的坡坡梁梁、行路的曲曲弯弯、善良的叔叔婶婶、快乐的伙伙伴伴，这童年、少年直到青年的十三年乡土生活，与天与地与人融合，与事与义与情交流，有好多难忘的、记忆的、感悟的、值得怀念的人，无可一一言表，但最让我爱恋与敬仰的、最让我理解与不理解的、最让我想忘掉而忘不了的是乡村那些男人们。

"蠢"谭伯

住在上坎屋的谭伯，那是我见到的村上最潇洒的男人。一年四季，不管烈日炎炎的赤夏，还是白雪皑皑的寒冬，谭伯总爱光着上身，打着赤脚片，穿着一条空裆的大裆裤，横缠一条长毛巾扎着裤腰。

谭伯春夏的一觉午睡，是天塌下来不问，地陷下去不管，雷打不动的，没人敢冒犯他。那年三夏，我亲眼见到，生产队里抢收麦子，大队派民兵小分队队长来督阵，见他还午睡，就推了他一把。他跳起身，跑进屋拖把斧头出来，红不说白不说地就朝那民兵队长砍去，吓得那民兵队长掉头就跑，他硬撵了几面梁，边撵还边骂人，狗日的敢惹我贫农，看我贫农砍不死你个外来瞎厹。

午睡的谭伯，就是一条老式长板凳往阴凉处一放，双手往脑后一枕，两腿并拢，直挺挺地摆放在仅一拃宽的长板凳上。瞌睡来得快，躺上去一会儿就打起呼噜来了，还很有节奏，也格外地响，爱看他午睡的我们一伙崽娃子，倒还喜欢听。有时听一阵，我们就捣起蛋来，轻手轻脚在院坝边扯一根狗尾巴草,用毛茸茸的草尾巴捅谭伯的鼻孔,谭伯便鼻子哼哼,嘴里嘟噜着蚊子烦死人,闭着眼,扬起软软的手"打蚊子"。这时,我们就对着他的耳朵嘻嘻哈哈大笑大闹,谭伯被吵醒,不等他翻起身,我们这一伙崽娃子就立马撤兵,一溜烟跑进屋后的树扒里。有好几回,我起步急了,一绊脚,差点儿跌倒,就被谭伯抓了"俘虏"了。当了谭伯的"俘虏",就要蹲在板凳边为谭伯背脚,开始几回背得很恼火,后来也就不觉得啥了。因为每当被谭伯抓住的我们,背起他的双脚,谭伯就会扬扬自得地哼起花鼓小调,还手势头摆哼唱得有板有眼,我们也就学他哼小调、吼民歌,陶醉在乡村最美妙的、最豪放的山野音乐风情中,忘记自己是"俘虏"的身份了。

说谭伯是前世无双、今世少有的"蠢"猪,还是我到汉阳镇上寄宿制高中时,每周回到家里,常听爸妈对谭伯的叹息,我问,为啥谭伯能"蠢"成猪一样,爸妈就沉默不语,不想再说啥。我问上坎下屋的叔叔婶婶们,他们就一句话:"整个大队就数他猪一样蠢……"就是不说原因,还说我们小娃子不懂啥,我也就不好再追问了。

到镇上念高中,星期天就得回家一趟。一路上,就会与到街上卖东买西回来的大人们相行,他们不时谈论起谭伯年轻时,在乡里上了几年学,人也耿直刚正,脑瓜子也好使,是全村数得上的一个好后生。后来有机会出去闯荡,可他先是离不开老娘,后是不愿离开婆娘。那年公社来蹲点的欧书记吃住在谭伯家,和谭伯性格很合得来,处理队里的难事,只要有谭伯出面,基本没有做不成的。比如学大寨修梯田,再大的风雪,只要有谭伯上工,没有谁不去的。还有任家梁子的任顺锚,稍有不顺就打女人,社里、大队里、小队里都处理过,不起作用。蹲点的书记叫谭伯试试,谭伯一去,啥话不说扯起任家女人就往外走,还大声吼:"你任顺锚爱糟蹋女人,不如给我谭蛮子做二房。"山里娶个婆娘本来就很难,吓得任顺锚赶紧跪地求饶,还发誓再也不欺负女人了。欧书记临走,说要带谭伯到公社去干半脱产、吃"皇粮",但谭伯没有去,当然是谭伯不肯去。尔后的谭伯在队里也着实红火了一阵,春荒他能格外弄来大家急需的救济粮,夏旱能替队里弄来二十匹马力高压抽水机,一个小小的三四百口人的高山小队,他硬弄来一个教学点,二十多个崽娃子有了

学上，让全大队的人傻眼地羡慕他。

正当人人都看好谭伯那阵，他却办了一件让人意想不到的、蠢得连猪都不如的事，人们都这么说。在一个漆麻黑的夜晚，神不知鬼不觉的，谭伯把谭婶送回了娘家，谭婶就一直没有回来。直到我高中毕业，被公社临聘为民办教师才打听到消息。原来谭婶在未出嫁之前就和本村一个小伙子青梅竹马，可那小伙是富农成分，谭婶父母死活不同意，才嫁给了谭伯。前不久那人因修学校架房顶檩子，不小心摔下地导致粉碎性腰椎骨折，躺在床上无人照料……谭伯就这样处事。

如今，谭伯去世好几年了，乡村里还有人说谭伯"蠢"猪，很不理解能"蠢"到把自己的老婆送给人家。

"倔"瘸叔

记得那年夏天，好久没下一滴雨。在一个燥热的夜晚，住在上坎屋的瘸叔到河边屋的张婶那里谈结婚之事，两颗心此时也浮躁不安。当征求张婶的女儿菊子的意见时，菊子瓮声瓮气一句："我不管你们咋想，我只认一个爹！"

菊子一句话，像轰天巨雷，把两颗心炸碎了。张婶全身倚着木墙，泪水淌成串："瘸哥，别恨菊子……这怪我，真是苦了你一辈子……"瘸叔怔了一会儿，转身苦笑着一瘸一瘸地走出了门。望着刚才还是月色透亮，现在却被乌云蒙遮，山沟里还刮起了狂风，瘸叔不禁感叹心酸。

五更的深夜。闪电似的长剑，把天刺裂了。顿时大雨倾盆，凤凰山下的渭子河水涨了，咆哮了！

瘸叔本来就没睡着，感觉会有啥事，披起一件蓑衣，疾步消失在雨幕中。全然不像平时走路一扭一拐一高一低的样子。

河水已漫过河坎，一股水头直冲张婶家土巴墙的房根脚而来。菊子和她娘张婶慌忙无主，只顾去搬东拿西。

冲进屋的瘸叔，大吼一声："你们想找死啊！人不快走，搬啥乱东西？"

说时迟那时快，瘸叔把张婶连拉带拽拖出了屋，又跳进屋子，不知哪儿来的那么大力气，一把就把菊子推出房门老远。"轰隆、轰隆"，房屋坍塌了，瘸叔没来得及出来。

雨停，水退了。瘸叔躺倒在自己的上坎屋，张婶坐在床角低着头偏过身去，队里乡亲们齐刷刷地挤满一屋子。满屋子静极了，能听到每个人"咚咚"的心跳。

此情景，我不由得感叹瘸叔与张婶：人生如流水的往事，苦情终是情，历历在眼前。

那个年代那个年龄，瘸叔不瘸，一表人才，真爱着同大队的张婶，张婶也心爱着瘸叔，只为了一个"穷"字，结合不到一块儿。

为筹集彩礼钱，瘸叔偷偷跑出山外，到一家矿上狠命地扛一两百斤的井撑圆木，两三年过去了也没挣够张家要的数目，还把一条腿砸瘸了。

没等瘸叔拐回家，张婶出嫁了。

瘸叔一人过生活，媒婆再说媒，他好歹不谈不说，还总是把媒婆轰出门。

后来，张婶生下菊子，菊子不到五岁时，张伯疾病而逝。一直过着单身生活的瘸叔瞧着张婶带着菊子日子过得很紧巴。这十来年，就时常给张婶家送这送那，手边地边的杂活力气活也帮着做了不少……

当我还在思索往事情景，那重重地"扑通"一声，拉回了众人的思绪。原来是菊子跪在瘸叔床前了，半响叫了一声"爹"，那声音真诚、语气坚定。

瘸叔灰暗的眼睛倏地睁得好亮，脸上也极放光彩，嘴角露出长长的甜甜的微笑。继而，又缓缓地摇了摇头，闭上了含有泪花的双眼。

来人无论大小都掉下泪水，张婶更是撕心裂肺地哭喊，啜泣声在屋子里充盈。

从此，瘸叔的腿再也拐不动了。

富贵爷

陈家垭子的陈富贵，还是穿开裆裤的小崽娃子，全队的人就"富贵爷""富贵爷"地叫他。

以爱的名义

我随父母刚下放到队里时，觉得很怪，和我一样的小娃子，还都叫他"富贵爷"？后来才知，陈富贵出生那会儿，他爷爷召集了一垭子的长辈，还有啥三姑四舅五大姨等，一齐坐拢来合计，还说："我们垭子老陈家穷了三代了！这老书上说，'强也强不过三代，弱也弱不过三代。'孙娃子降生了，得取个好名字！"大家齐声说好，就是提不出个啥好名字来。叔伯婶娘们苦思冥想说个啥"金满啦、兴贵啦"，姑姨舅父们抓头托腮提个啥"大福啦、荣贵啦"，等等。他爷爷都不满意，于是站起身来，一锤定音："陈家要靠他富起来，家也要靠他显贵起来！有富有贵，那就叫富贵！孙子是个带把的爷们儿，以后就叫他富贵爷吧！"

寄托富贵的希望大，那时再穷再困难，富贵吃穿是从来没吃亏的。所以富贵后来长得老高老大，熊一样壮，山豹一样强，双腿能夹住石碾。富贵不娇惯，初中毕业回队里，踏着露水出活，顶着烈日种地，背着月亮收工。背微驼，是扁担压的；皮肤黝黑，是太阳染的。犁田打耙、担粪锄草、插秧打谷……样样在行。可一年到头，攒下的工分竟敷不住几张粗茶淡饭的嘴。家底实在太薄，一大家子人个个都是愁眉苦脸。三十一二的富贵，人高马大，不缺胳膊不少腿，也想寻个媳妇，却说不出硬话，拍不响胸脯。女方一讲到彩礼，他就厌劲儿了。一家人都替他着急，爷爷、爹娘更是走"断"脚后跟，效果全无；姑姨叔舅望"洋"兴叹，饭难自保。老陈家的"香火"要断了么？他爷爷很愤懑，因为他在三官殿敬香磕头卜卦，神灵都应承了的，况且名字也取得好好的，难道说话不算数？

三十六岁那年，土地包产到户，农民自己当家做主！富贵爷来劲儿了，他率先承包了村里的万亩茶园，没日没夜在茶园里转，让山风吹拂，与白云为伴，用星星和月亮做成油灯。在他三年精心呵护下，簇簇茶垄绕山青，三月仙毫天贡茗，阳光辉合富硒质，一寸茶叶一寸金。清明一过，不等他开口，生意人蜂拥而至，一箱箱、一车车，运往各地。他手中便是一把把的钞票。不几年，又去承包鱼塘，弄出一个鱼跃人欢的局面。那一年的春天，三十九岁的富贵爷娶回一个学士学位的本科女大学生。

这样一来，全乡全村的人都妒羡得要命。有人骂富贵爷是"老牛吃嫩草",还不是仗着有了几个钱。这话恰好被那女大学生听到了,她便脱口说,你大叔要是也跟他这样勤劳、智慧、向上,像我这样的"嫩草"你也随便吃哟。说完,咯咯地笑个不停。

羡慕他的人也说,富贵爷有了今日的富贵,怕是沾了名字的光呃。富贵听到了,就愤言:"说屁话!我四十岁前咋穷得叮当响,连啥女人都没得人给呢?再说,要是懒得烧蛇吃,钱能从天上掉下来?"

上个月,我回乡下一趟,专程去看了富贵爷。六十多岁的他,只像五十来岁的人,一儿一女大学都毕业三年了,女子留在省城医院就业,儿子带着儿媳回乡照顾父母,继承父业,还想搞啥富硒食品产业集团。

夕阳红的富贵,倒还真成了"富贵爷"。

鼠二舅

二舅属鼠,粗腰壮腿,相貌堂堂,一点儿"鼠相"都没有。谭家院子的人说他像关公,张家梁子的人说他像佛爷。他是杨伯家的老二,属鼠,别人都叫他鼠老二,我母亲姓杨,我就叫他二舅。

据说,二舅八岁那年,他本家的一位富人杨大爷到家来,一眼看上了二舅,想要把二舅过继给他。那富人杨大爷住在坝子里,在当地有千亩良田,娶了三房太太,可就是没有生养出儿子。二舅的父亲和母亲商量后,就决定将二舅送到福窝里去。一开始二舅不同意,后来他母亲说:"老二去吧,去他家可以读书,识文断字,将来咱杨家也有秀才了。"二舅心动了。

二舅来到富人杨大爷家后,大娘二娘三娘都对他好,还请了当地最有名的私塾先生到家里教他认字。二舅聪明,不到几年时间,《三字经》《百家姓》便背得滚瓜烂熟,并精读了《论语》《孟子》《大学》《中庸》,还写得一手好字,颜、柳、欧、苏各体都会。富人杨大爷高兴得逢人便夸:"杨家有望啊,杨家有望啊!"

二舅在杨大爷家很受宠。读书还有个伴读丫鬟徐佳秀,与二舅同岁,都属鼠,但平时他总把她叫姐。在富人杨大爷家那几年,徐佳秀照料着二舅的生活起居,便成了他要好的朋友姐。他写字时,佳秀给他磨墨洗

砚；夜读时，佳秀给他端灯添油；他衣服脏了，佳秀给他洗旧换新；他肚子饿了，佳秀给他端吃端喝……为了让二舅读书不困，徐佳秀还请求杨大爷买来一对小白鼠和一个竹编小风车，读书累了，二舅和佳秀两人就逗小白鼠在风车轮上转着玩儿。说来也怪，有一年夏天下暴雨，鼠洞里蹿出一对老鼠，对着书房里读书的二舅和佳秀吱吱地叫。他俩急忙到门口朝外观看，只见檐沟水上漂着几只没长毛的小鼠，二舅一个箭步冲进雨中，捞起小鼠，走进书屋放在旧布鞋里，天晴后，二舅和佳秀亲眼看见老鼠妈妈将几只小鼠叼进鼠洞里。

　　二舅在杨大爷家很气恼。虽然他最高兴的事是有书读，什么"学而时习之，不亦乐乎"，什么"富则兼济天下，穷则独善其身"等等，让他整日沉浸在道德知识的海洋里。可那杨大爷呢，人前道貌岸然，人后却男盗女娼。不说别的，好多次二舅都看不惯杨大爷对丫鬟佳秀动手动脚。有一天晚上，二舅读书有点儿累了，想找佳秀姐在院里看月亮，走进洗衣房却听到"不要，不要"的祈求声，二舅跑步到门缝一瞅，只见富人杨大爷将丫鬟佳秀摁在一堆脏衣服上……二舅一气之下，踢门而入，用顶门杠狠劲儿打了杨大爷几棒。杨大爷丢开佳秀，回转身就大骂二舅是吃里爬外的狗，喂不熟的白眼狼。二舅一气之下就跑回山里。

　　那年二舅十六岁，他从富人杨大爷家里走了，就再也不下山了。亲生父母问他啥原因，他死活都不肯说，而且谁问他，就对谁发火。而从此，富人杨大爷也没再上山来过。

　　二舅跑回后的第三个年头，这里就解放了。土改时，因为富人杨大爷是地主，他家的土地也全分给了穷人，杨大爷也被人民政府依法遣送新疆劳改，至今都没有消息。

　　那时，这里的乡公所改成了公社，公社就把三官殿改造成学校，二舅便是公社认为贫农中最有学问的人，就被政府聘为人民教师。二舅穿上一身灰白中山装，手拿粉笔盒、教案、教鞭，气宇轩昂地走上讲台，为穷人的孩子讲课。讲五星红旗，讲中华人民共和国，还学着教唱《我爱北京天安门》。听人说，那时的二舅可神气了，山里人都因为二舅而自豪。

　　山村变化到大跃进那年，男劳力都集中到公社大炼钢铁，社里、队里，还有国有林的大树小树都砍得差不多了，好多绿油油的山梁秃顶了，而且村里就留下老人、妇女搞秋收，学校也放假了，二舅带孩子们到地里收秋，看到大片的红薯、玉米烂在地里，心里着急啊。晚上他性急提笔给县里领导写了一封信说："大炼钢铁固然重要，但是树林不敢乱砍吧，还有收获粮食也非常关键吧；树砍光了，就会风不调雨不顺，粮食烂在地里，丰年不储备，灾年是要饿死人的。"他把信寄出去了，心里觉得安然了，他想这个意见不图表扬只图改变现状。他见到村里老人很担忧，还安慰地说，过几天就会好过来的，还暗暗自信地盼望。

没过几天，公社里来了一辆吉普车，抓走了二舅。一周后，他被开除公职，打成"右派"送回原生产队劳动改造。队里的人差不多都为他落了泪，明里不好常搭理他，心里却很敬佩他。

三年灾荒终于来临，上顿不接下顿是常事，尤其是春荒，粮食没了吃野菜，野菜吃完吃树叶，树叶吃完吃树皮。二舅的两腿浮肿，已经不能下地走路，还得硬撑着照顾他下不了床的爹妈。

整天昏昏沉沉的二舅，那晚做了一个奇怪的梦，梦见一群老鼠半站半跪在他面前，有的捧把苞谷，有的捧个红苕，他伸手去抓，差点儿摔在床下。一梦醒来，二舅来精神了，跪在爹妈床前说："咱有救啦，鼠仙给我们献粮啦。"说罢，二舅连夜拿上蒿枝捆的火把，顺着猪背梁走，在梁顶下的背静地方，他熟练地找到鼠洞，用挖锄慢慢地掏开鼠洞。鼠洞像个大葫芦，出口细，进去是老鼠住宿区，再往里是储备粮食的大仓库。一个大的鼠洞能掏出几十斤粮食。那天二舅挖了两大篮子粮食。于是二舅家的铁锅里半个多月来第一次煮上了粮食，屋子里飘出了一股麦香，他说那是他有生以来吃得最香的一顿煮苞谷粥饭。他还对爹妈说："咱家留一点儿，给全小队的老人们都匀一点儿。"当二舅一家一家给老人送粮时，老人们都感动得泣不成声。二舅又跟队长建议：悄悄成立个挖鼠洞小组，由队长和他带领乡亲们满地满坡找鼠洞，挖回粮食按人头悄悄分，谁也不准说出去。

挖鼠洞，二舅还有交代："每挖一个洞的粮食只取一多半，剩下一少半，老鼠救我们，我们也不能让老鼠全饿死。春荒是暂时的，扛过这一阵儿就好啦。"那三年灾荒，邻队有不少人饿死，这个小队却没有一个

人饿死。大家都说这要感谢二舅，二舅却说："还是感谢老鼠吧，是老鼠为我们存的救命粮。"

灾荒刚刚好转一些，就开始"文革"了，那时我们就下放到这里来，就认识了随母亲称谓的二舅。我正为二舅巧妙度灾的举止而感慨骄傲时，不知队里的谁将二舅说过的"鼠"话，当作"证据"密报给公社革委会，可怜二舅再次被打成"现行反革命"，被公社的民兵连抓了起来。

小队长知道二舅被抓后，急得一头大汗，连忙到公社打探，得知是遭人诬告后，立即带上队里的贫下中农们到公社去担保。民兵连里有许多民兵，是二舅当教师时，用自己领的薪水接济过的穷人，还有些是他教过的学生，如今"遇难"，他们都愿意担保。就这样，小队长就把二舅从公社接回队上了。

二舅回家后，就请队长为他还在打单身的徐佳秀做媒，三天后就成婚，二舅还文质彬彬地说，秀姐是他这一生的红颜知己。正当二舅当上爸爸的第二年，政府给他错划的"右派"平了反，还当上了大队学校的校长，一直干到退休。

现在他已七十多岁了，去年春节我进山去看望二舅、二舅母，身体都健旺，还能下地扯葱、挖蒜苗。还遇见喊"杨老师"的大人们去给他拜年，我瞅了瞅，有社会各界的名流，有镇长、局长、书记，还有作家、企业家、书法家。

我调侃地说："二舅真是桃李满天下啊。"二舅风趣地说："我是无名'鼠辈'，好世道吾知足矣！"

杀猪过年

年景好了，年味淡了，年在山里的情趣，依然还是那么浓。

人们都说，这年头的日子天天像过年，可山里人从春到冬，还是日日为年操办。逢春在坡里忙着掐蕨芽，筛了晾干，说过年好焖鸡肉；仲夏刮掉洋芋皮剁成坨坨，蒸熟晒干，说过年好炖猪蹄子；晚秋选一篮紫红的辣椒，洗净拌姜装进坛子，说过年好炒杂碎。最经意的是在暑后，三番五次到街上集市或是找村里喂了母猪下了猪崽的，选两头逮回去，丢进后院的猪圈，于是就期盼着，喂它百多天，到了腊月里一头卖了换钱，一头杀了过年。

如今，县里乡里扶持养猪大户，给奖励帮技术，好多确实赚了大钱。山里人知道也不眼红，说那是专业户的事，挣钱多风险也大，不如自己种地攒余粮挣小钱，过着吃饱穿暖平稳的小日子。话是这么说，可对喂猪过年，从不马虎。小猪娃子一逮回家，全家都把它看作家里的一分子。什么猫娃、鸡娃、狗娃、猪娃叫得顺口亲密。两天换一次圈角床草，让猪睡得干爽；随时冲扫圈前的屎尿，让猪活动得清净。天晴地里干活，总要扯一抱青草，下雨披上蓑衣也要在沟坎边，割一背篓嫩藤，往圈里一扔，两头猪娃子就甩着尾巴，撩开蹄子跑来抢着吃。夜里隔着墙躺在床上，聆听圈里的猪"哼哼唧唧"，很是惬意，猪不哼了，自己也睡着了。要是串门子、走亲戚，有事在外，心里老不踏实，总担心圈里的猪娃饿着了、冻着了……就这样一天一把草、一瓢料、一桶潲水地喂。调皮的猪娃子就一天天懂事，一天天见风长，黑的毛越来越顺，越顺越亮光。日子就过得很快，不留意进圈用手在猪背横着一抃，顺着一抃，心里乐了。吃夜饭女人就给男人倒一碗苞谷酒，自己也咂一小口，眯着眼贴着男人耳根说，两抃背十几拃长了。

现在，城里人说，山里人没激情；官方说，山里人是小富即安。事实就是这样，山里人奢望不高，一年到头只求风调雨顺，只望庄稼地收成好，只想院子里鸡狗成群，只盼圈里六畜兴旺。等到临冬一场雪，用稻草席为猪圈遮寒时，见喂养的猪拖着沉重的膘体，"哼唧"地拱着槽门，心便是暖融融、甜丝丝的。就寻思盖新房、娶媳妇、娃娃读书都要钱用，那就闲时搞些山野杂货，年底再卖一头猪就都过去了。轮到过年，杀头大猪，熏腊肉、灌香肠、炸猪油、卤头蹄、拌杂碎，再磨些豆腐，拿出些积攒的干菜，就啥都不缺了。

日头越升越高，这年就越来越近，山里杀猪的事也就开始有声有色了。上坎屋初八，下坎家初九，东梁上挑了初六，自己选个初五也还不错。可是，自从城里乡里生猪实行定点屠宰，这山里的杀猪匠人就不多了，这山里人还是犟着自家杀，说把猪拉上拉下不划算，也不热闹。

山里到了腊月，不管天气咋样，就开始轮流杀猪。手艺精的杀猪匠就俏势得很，不仅要提前打招呼，还得到了那一天，亲自去接，因为杀过年猪要图个吉利，得请个干活利落的。接到杀猪匠，就得把捶毛石、挺杖、头刀、刮铲、挂钩那些东西帮忙背着，不等匠人进门，院坝里就热闹了。帮忙的人把猪按在宽板凳上，"哼哼"的猪嚎叫，"咯咯"的鸡飞叫，"汪汪"的狗惊叫，"哦哦"的娃群叫，还有大人们的你吆他喝，串起了乡曲村音，把山里的腊月就搅得沸沸扬扬。

"水烧好了没？""好了。"这一对话，就晓得可以杀猪了，只听一声递刀，脸红脖子粗的杀猪匠就把薄刃头刀，在磨得明晃晃的围裙上荡了荡，照着猪颈斜下用力一顶，迅速一拔，殷红的血顺着刀口往外就喷，主人连忙端着脸盆接上，这可是山里做"血豆腐干"的好东西。然后，四五个人提头扯脚，再把猪放在兑好汤水的木槽里，在滚烫的水中上下左右来回荡烫毛皮……

吃泡汤肉，是山里人的情义，也是延续的习惯。杀了年猪，当天要请上坎下屋、三亲六眷、村里组里的一些人来吃泡汤肉，满院坝摆满几大桌，粉条搞肥肉、酸辣炒猪肠、干洋芋炖蹄子、白萝卜焖排骨，皮豇豆炒猪肝，几大碗几大盘地上，再提出几塑料壶刚烤的苞谷酒，任其划拳、猜宝、打杠子，吼声想多大就多大，哪怕把山梁吼颤，把溪水吼喷，把雀鸟吼飞，山里人才感到尽兴，才觉得开心。

  这场热闹，要闹到鸡叫头遍才散伙。这时月亮已落山，一个个打着火把，捏着手电筒，晕晕乎乎，摇摇摆摆地走在不看路也熟悉的乡间小道上，一阵寒风吹来，一个冷战打过后，仰望眨眼的星空，"呵——喂""呵——喂"地吐酒气，打招呼，从这沟到那梁地找回音。

    2010年12月16日刊载《陕西广播电视报》

乡村的新年

新年来了，把山村紧紧地搂在怀里，暖流在冰天雪地的山村里涌动，时光在日月匆匆中荏苒。

一岁又一岁，春风吹尽，野草还生。这春光就贴在门栏上，映红了笑脸。鞭炮炸响欢乐，追逐着孩子们崭新的衣裳。

山坳中，脊梁上冒出缕缕炊烟，浸透腊月香浓的味道，在新房子上空晃晃悠悠，魂牵梦绕；杯杯清亮的秆秆酒，灌醉了歪歪扭扭的小路，梦幻了一年的期望——是林花早谢了春红，是荷塘氲光了月色，是秋水缥缈了孤鸿，是踏雪错过了梅香；是青春在原野留下了一个朦胧的背影，是放牛娃子的短笛吹响了一支归家的晚唱。

打工的汉子背着满满的辛劳回来了，冬日不再清冷，女人不再面对孤灯纺织思念。暖融融的阳光映照在青丝发上，淡淡的微笑停留在女人的心上，连早睡的大地都能感觉到年轻的心跳，一上一下，激荡着理想。

女人依偎着丈夫，结冰的溪水也能感觉到那狂喜的气息，一来一去，涤清了杂念。细细品味酸酸甜甜的城市故事，欢喜过后多是泪流满面，总是害怕男人的心被钢筋水泥的森林碰伤。而男人的笑靥里刻着誓言：你是唤醒林间的小溪，时刻抚摸着我的心田；我是一只风筝，线轴永远抓在你的手上。

孙儿在婆婆耳边大声背诵唐诗，唤醒了肩头的雪花，于是脸蛋上阳光跳跃，婆婆拈花的微笑，眼前便长出一片绿叶，留住的全是美好的时光。

爷爷的心思已经叩响春的大门，白驹过隙，一年的农事都装进烟锅里；吱吱作响的火光划破着黑夜，指间留不住细沙，精细的打算与袅袅青烟一起升起，勾画着又一个美丽的扮装。

埋在地下的种子窃窃私语，时间为何要叹匆匆，这话只有心贴着泥土才能诠释；山坡上的那个老树林，总是说那么多的上苍恩赐，给我的我都要亲尝，只有千年不变的山歌牧曲，仍然声声震动心房。

2012年1月23日刊载《安康日报》

大地浮雕

中国自然生态博物馆——凤堰古梯田。位于陕西秦巴腹地的汉阴县境内，我去了而惊叹。

上接凤凰山，下连汉江河，故名凤江；群渠归堰引，千埂随水平，人称堰坪。

就这样我被凤江、堰坪迷住了，数万幅大地的流线浮雕，谱写成千万组山水的乐章，汇集出一部空前绝后的田园古诗。这就是漩涡镇——明清万亩古梯田，那如诗如画如歌的意境，那仙绘鬼斧神工的造型，那巍峨雄浑壮观的景象，无不撼动人心，惊颤灵魂。

南山脚下的鸡公梁，一分为二成凤江、堰坪各显特色的梯田风格。

凤江梯田，从水流湍急的东沟、黄龙洞两大河系攀越到云雾缭绕的凤岭、象鼻梁等无数个叠峰，从草木葱茏的罗家湾匍匐到悬崖峭壁的牛家山，这梯田仿佛无数条飞龙一样绕山梁、随沟湾绵亘不绝。时而迤逦行进，时而回旋如盘，那充满野性的青春活力闪烁着灵动的光芒。

堰坪梯田，俗称"一霸（坝）天下"，从寺沟水库的桃子坪，男人一般胸脯的大坝田直扑汉江岸边，一层层梯田，一埂埂石坎，似乎是一圈圈年轮。印证着广大移民的先人后辈，向高山征粮，向命运挑战的一皱皱纹理。多少年风霜雪雨的冲刷，几百年如螺似塔的壮丽，是他们用鲜血和汗水，用智慧和毅力，在铿锵有力的开山号子中，创造了惊天地泣鬼神的人间奇迹。

"是谁碎玻璃镶岭边/把这荒山野岭的瘠地开造成了梯田/幻想着搬起鲁班大师发明的梯子/登上云霄去玉皇大帝的南宫天垫/采回悟空掌管的蟠桃园的圣果/让子孙万代都享用这甜蜜/这幸福的生源/长寿不老/直到永远。思绪早已逝去的先辈/留下这智慧和劳动雕塑的美展/让我俯首崇敬／让我感慨万千／转眼四处远眺／一架一架的天梯／攀搭上云际／与那霞光灿烂／呵！／这就是一座座通向美好生活的天梯／这就是一幅幅雕刻在大地上的艺术画卷／美不胜言。"初识南山梯田,我便拙笔浅诗《凤江梯田》一首。

  站在老君关,远看那一条条贴着坡梁山冲而弯曲流转的田埂,是那样的妩媚、舒展、质朴、潇洒,将这里的天地变成曲线美、层叠美的世界,渗透了雕塑美和音乐美的韵律。凤江梯田的生命色彩像梯田本身一样层次分明。水响三月,夜月迤逦出一绺一绺的银辉,暖日烘融出一丝一丝的幽蓝;溪吼端阳,白云浮动出一埂埂飘逸的绿带,骄阳涂出一层层浓抹的黛妆;泉涌秋立,河风吹皱出一层层荡漾的金浪,拌桶①飞喷出一片片稻谷的芳香;冰凝霜降,瑞雪铺落出一条条盘卧的银蛇,摄像倒映出一幅幅色彩分明的黑白版画。

  变化的景色,妩媚柔畅,秀美飘逸,气势磅礴,呈现出四季不同的神韵和情致。即使是一日三时,这古梯田也因天气阴晴的变幻和云霞岚气的聚散,显露出奇异的灵动和溢彩。来到这里的人,无不感叹凤江堰坪古梯田是游览的天堂,一个美学意蕴永远捉摸不透的地方;是摄影的圣地,一片千娇百媚永远拍摄不尽的国土。

  梯田的生命和灵气在于水。水从何来?水从凤凰翅膀的羽翼间流淌出来,那就是凤凰山高山峡谷中苍翠葱郁的森林花草下,渗涌出的泉溪涓流。凤江梯田就是一部以水为轴心以水为脉络而刻成的"巨幅版雕"。湖广移民在此,自古以来就立下了铁的戒律,"宁叫人受罪,不让树被毁","谁毁坏山林和水源,就毁灭谁家的家园"。那用来警示告诫的"三眼炮"②,在这片蓝天下震响了三百多年,于是,才有凤江梯田山有多高,水也有多高的景观,才有历尽沧桑后的生机盎然。

  在蜿蜒曲折的山路上,在袅袅炊烟的院落里,在错落有致的梯田间,在流泉飞瀑的碧水中,有村姑俏妹提篮背篓,款款而行;有湘妇闽女甩发梳辫,逗泉戏水。明亮的姐音,憨实的郎声,那纯朴悠扬对唱的山歌

---

① 拌桶:山里打稻谷的用具。
② 三眼炮:过去铁质的三角形手柄式三响点眼火药炮。

小调，穿云破雾，摄心勾魂，迷恋了一拨又一拨的山外人。

大地浮雕，风情如画，我就这样被迷恋。

2013 年 10 月刊载《散文世界》第 5 期

双河石板瓦的记忆

在这里，你不仅体会到一个文化古镇的风韵，还会有那残留的渐行渐远石板瓦房的模糊记忆……

双河口，青山拥四围，秀水绕三方。

鱼鳞似的石板瓦，淡粉色的泥巴墙，金黄厚实的铺板门，石条铺成的街面，原木撑起的吊楼，翠竹树林环抱，鸟语花香陪伴，双河口文化古镇俨然一帧淡淡的水墨画。尤其那绵延起伏鳞次栉比的石板瓦房，最使人难舍和难忘。

石板瓦房，顺街对视而上，瓦与瓦、房与房都是鳞次栉比的。那年炎热的酷暑，我走进古镇，刚住下，天空风乍起，阳光收敛了灿烂的笑容，树叶飘飞，仿佛华尔兹优美高雅的舞蹈，从鱼鳞似的石板瓦屋面上悠闲而从容地飘过，倏地又行云流水一般轻轻地远去。霎时，大雨瓢泼，随着风，雨点一拨一拨、由上而下地敲击石板瓦，俨然天才的钢琴家，演奏出夏季最美妙的乐曲。

雨罢，一串串的清凉，瞬间似穿越林间的长风，溢满整个心灵。

石板瓦的双河口，一到炎热的夏天，我总想去，还总渴望雨的来临，就像年轻时候的我们，渴望乡村最浪漫的爱情；就像楼房河的小溪一般，淙淙地流淌过我们的心灵；就像梨树河边的山花一般，在梦里只留下些许莫名的惆怅和回忆。

"丁丁零零当当当""当当丁丁零零零"。雨的起步，在宽的、窄的、厚的、薄的石板瓦上弹奏作响。

"哗——哗——哗"，雨的倾泻，在参差不齐的石板瓦屋檐水帘般垂下万千条瀑布之时，巨大的轰鸣在房瓦上，仿佛是当年李自成率千军万马从此处经过南下，如战鼓，似铜锣，如断金切玉，似撕布裂帛，让人

胆战，令人心惊；仿佛是当年李先念率领陕南抗日第一军经此处北上，如虎啸，似马嘶，如高亢的呐喊，又似低沉的怒吼，让人担心，让人思念；更让人疑心那薄叠的房瓦是否经得起倾泻的雨的敲击，会不会被雨浪掀翻，而这一切都成了我的杞人忧天。

房上一块一块的石板瓦，街上一间一间的石板房，在雨的磅礴大军冲锋陷阵中，始终手挽手、肩贴肩地凝聚在一起，坚韧如盾，气定神闲，昂然搏击。而那无数支雨箭却被房瓦的巧手幻化成千年出土的古老编钟的鼓槌一般，铮铮叮叮，叮叮铮铮地敲打出清越的乐声，舒缓时似《高山流水》，欢快时如《春江花月夜》，低回婉转时恰似《二泉映月》，慷慨激昂时胜似《黄河大合唱》，深情高亢时犹如《长江之歌》。让房瓦下的人，领略了一场天宫的音乐盛典，品味了一场大自然的风流情声。

暴雨无奈远遁，最终落荒而去。飞花一般，是轻轻的叹息；流水一般，是最美的回忆。云开日出，古街小巷润泽如酥，石板瓦是最后的胜者和王者。古镇的瓦房庇护了古镇人自由自在、安逸舒适的生活。

平凡者往往伟大，渺小者历来坚强。石板瓦本来就是古镇里不平凡的精灵，它是人的传奇，更是山的神话。

记忆中，老人们传说，自先秦以前，这里就是南来北往的驿站，房屋是茅草盖顶的，一遇大风大雨，不是天穿地漏，就是被掀翻揭顶，一年要重修好多次。于是有人思索加大屋梁，用石头压顶，稍有好转，可总有石头滑落，有砸伤砸死人的危险。后来，驿站就叫木匠请来石匠，把石头凿成石板压顶，建房就稳固得多了。有钱的人干脆花大价钱请石匠将大块石头凿成石板盖房，很是美观还很牢固。然而这里的穷苦百姓仍然遭罪，能盖起草房却经不起折腾，依然过着天开地漏的生活，于是逢年过节就在双河口的狮子包前烧香磕头，求天神保佑不刮大风不下大雨。

到了先秦时，有一年，正是夏季大风暴雨时，好多穷人仍在狮子包前祈祷，突然感觉狮子包发出震天的怒吼，四周的山在吼声中发抖，天空闪电发出道道金光，劈向山石，山体顿时啪啪炸裂作响，吓得人们埋头念语不敢张望。

雨后天晴，有人发现楼房河与梨树河交汇的狮子包，变成张口祈天的神态，双河两岸的山体就留下一层一层的划痕，用铁锹从划痕中一撬，一块一块的石板就呈现在面前。消息一传开，当地农民就都在山中自找自开山石板，从那时起，双河人就开始用板石挡风盖屋顶，抗击日晒和雨淋，抵御严寒和酷暑。至今双河乡村还完好地保存着好几处古朴美观的板石民居。

漫漫历史长河，宁静秀美双河口，勤劳善良的双河人就在双河交汇处的街头，捐资修建了双溪寺，以纪念双河天神的普度众生。

如今干净整洁的古镇，宛如一位沉着淡定的老人，虽然满面沧桑，但却温馨从容。古镇从何处来，古镇又将回归到何处去，其实本不重要，人生匆匆，天下熙熙，去就是来，来就是去。唯有那古镇里冈青色的石板瓦，见证着人间的悲欢和离合。从远古到现在，穿越岁月的沧桑，庇佑着古镇人的生活和生存的同时，也让我们的心灵真实地感悟生命的真谛。

双溪寺有言：伟象无形，大道从简，自古亦然。时光荏苒，逝者如斯。如今，随着建筑技术的不断进步，当下我们城市的生活几乎都完全被一片钢筋和混凝土的森林所包围。那种鱼鳞似的石板瓦，淡粉色的泥巴墙，金黄厚实的铺板门，翠竹树林环抱，鸟语花香陪伴的驿站文化与田园式生活，早已成为人们心灵深处的一种梦境，那种身处高大的穿斗木青瓦房下静静听雨，那种淳朴淡然的日子也渐渐成了一种遥远的童话和奢侈的回忆。

穿越时空的隧道，追忆千年的沧桑，轻轻地漫步在双河柳畔，静静地走进古镇那绵延起伏鳞次栉比的古风古韵的氤氲之中，艳阳高照的时刻，那古镇石板瓦房上晶莹似水闪烁的阳光，向日葵一般让我们的目光为之聚焦。细雨飘零的时刻，那古镇石板瓦房上淡淡袅娜朦胧的轻烟，像戴望舒诗歌一般，让我们为撑着花纸伞丁香一样优雅的姑娘注目。

那河，那水，那山，那树，那草，双河口一切的一切，扑朔迷离，如梦如幻，更令人如痴如醉。沐浴着扑面而来徐徐的古风，行走在古街小巷的宁静氛围之中，让人仿佛走进了历史的时光隧道，那驿站的车水马龙，那商贾的匆匆身影，那二黄的高调低吟，那红色的枪林弹雨，那晨曦的犬吠鸡鸣……

以爱的名义

　　双河口文化古镇,楼房河携手梨树河畔最美的记忆。一帧精美绝伦的山水画卷,一册浪漫休闲的经典读本。一股雨后石板阳光的味道,一种石条街雨润如酥的诗情。

晚秋的初冬

　　枫红满坡，留住晚秋的醉，火棘溢冈，迎来初冬的美。

　　凤凰山黄叶挥舞秋风，山城羽绒服裹住冬思，听围湖两岸柳条萧瑟的裸鸣，呢喃着枫杨的绚丽；看沟壑涧溪滑落的河水，感受着淡雅的色彩。时空在秦巴山区交替凋零的晚秋与初冬，用眼看、用心读，亲身体味和感触季节的变换，心中涌出别样一番滋味，酸酸的，涩涩的，甜甜的，暖暖的。

　　秋冬好比昨天，一次次把大地的梦渲染，心思放在梦外。又好比我和你，跨不过一张桌、一杯茶的距离，轻品人生的茶，我和你恰好在对面坐了很久，离开，有一种不舍。落秋叶殇，那些染黄的叶子，还在跳着最后一支舞曲，飞舞着，不忍离去，眷恋着，还是要放手！冬的脚步开始悄悄地登场了，草木龟蛇枕着冬的名字入眠，油菜、麦苗根深地下携载许多暖热的情结，让绿耳触及那些温馨的旋律，用雪的厚道盖被取暖，这个冬天就不会冻僵……

　　阳光依然明媚，在你我每天徒步的路口，如期相遇。晚秋的温暖，淡淡的，轻轻的，仿佛怕惊醒；冬要远离花朵和沉睡的绿叶，带着一种温柔的寒凉，一种绵长的深情，凝结成秋霜，薄薄的、亮亮的，如情人的眼泪，如爱人的安慰，如朋友的体贴，如父母的拥抱，一种温暖，贯穿在晚秋与初冬行走的步履中。

　　秋与冬，那突然回眸的一笑，想起曾经的那些事和那些不经意间相逢，却又在擦肩而过中，每一个鼓励，每一个温存，每一个理解，每一个信任，每一个关心，每一个词，每一个字，点点滴滴编织在心头，感悟生命，感悟真情，感悟牵挂，感悟生活中美好的情愫。只要内心是充盈美丽的，无论亲情、友情、爱情，在生命的每个阶段，你总会被这样

或那样的情感所缠绕着。而那些熟悉或不熟悉的名字，在脑海的角落，也会如一片绿叶、一缕花香淡淡地散开来，似冬日的阳光温暖地照耀着。

　　当月光把天籁的色彩颠覆成一种颜色，把一切写在血脉，融进骨髓，氤氲地凝结成冬雪，那厚厚的、纯纯的，如情人的笑靥，如爱人的包容，如朋友的理解，如父母的叮咛，这种温暖融入感恩的情怀中，此时，人们已忘了初冬季节的冰冷，整个人都已融化在这如诗、如画、如舞、如歌的意境里。这意境流溢着苦尽甘来的味道，蕴含着沉甸甸的永恒。

　　晚秋与初冬，那是：硕果累累的秋，生机勃勃的冬。那是：醉人的晚秋，溢美的初冬。

2012年12月19日刊载《陕西广播电视报》

捧一把乡土

　　喝一口新开发的桑园汁饮料，甜中带酸而清凉解暑，我留意其中，是城市文明与乡土新鲜的衔接。在高楼眺望，总觉楼与地有一种说不出的空虚感；下乡采摘几颗泥土味浓烈的桑果，再尝，才分晓加工后的甜酸与原汁有着显然不同的滋味和感受。

　　捧一把金黄的麦粒、稻谷、苞谷粒，再捧一把泥土，对照自己的肤色决然一样，我明白我曾是乡下人，乡下人有泥土一般粗糙的感情，成熟季节那厚实的憨笑，叫人难以忘怀。从"采菊东篱下"到如今土地上直起腰杆儿的农人，都是朴实的面庞，都在泥土上种植自己的人生，都对泥土充满虔诚，对田野最忠厚，一年又一年收获他们的幸福。

　　乡土给了人间的温饱和充实，乡土繁衍了后代子孙，正如农人的头发和胡须与种植的庄稼一般，一茬一茬地生长。

　　十年有三旱两涝。遇旱，过去担水压弯农人的腰，提水磨烂农人的掌；如今，花掉农人的积蓄，哪怕钱款超过收成，也要等候在柴油机、水泵旁，以最倔强的性情与天对抗，不怕染成泥土一样的色泽。当清凉的水横淌他们的脚跟时，悲伤和喜悦全融在禾苗由绿变黄的润色之中……雨涝却猛于旱，它冲走泥土，毁灭农田，吞噬庄稼，无情无顾。古今的农人抗洪防涝都是一种保存生命的无奈之举。才俗有"天旱三年吃饱饭，雨涝三年饿死人"之说。

　　大兴水利，保护土地。国家作为国策而集财投入，农人也不惜血本，不畏艰险，不怕流汗，削弱并制伏自然风雨对土地暴戾的侵袭。然而蚕食乡野的城镇无序扩张，污染乡野的建筑尘气废物，使一片片良田消失，一块块耕地撂荒。这种对乡土的骚扰，农人是无法抗拒的。

　　捧一把乡土，也许有人说："值几个钱？"然不知，这一把乡土孕育

出的价值是难以用钱数权衡的。离开了土地，人类也恐怕不复存在。

　　捧一把乡土，放在办公桌旁，常闻土味，常思土情，常想农人，也许心境会更好……

1997年8月2日刊载《安康日报》

街市缩影

狗娃的城市梦

　　三十岁的狗娃,这十年到过江苏、山西、深圳,学过剃头,下过煤井,还当过厨师帮手。苦是苦了些,但也苦到了能吃苦的老婆,苦出了个儿子,就是没苦到一个安身的住处。七十年代的他,说自己心里太矛盾,出生在乡下,成长在农村,却一心想在城里生活。乡下有地有房总是觉得不像是自己的家;觉得自己应该是城里人,虽然这城里自己啥都没有,心也不大,这大城市也不去想,只想在小县城安个家。

　　村里一拨又一拨的人,前赴后继地拥往东南沿海,打工队伍从狗娃眼前晃过再晃过,他都当没看见。别人劝他,老婆鼓励他,他说他坚决不再去外面"漂"。还说那是堰塘湖面上的水浮萍——永远没有根。

　　于是狗娃就在本县的小城里,用他打工挣来的一点儿积蓄和做学徒得来的厨师手艺,在稍微偏僻的街巷里租了一个店面,开起了"狗娃餐馆"。七八张条形桌,二十多把塑料方凳,一个冰柜,一个消毒箱,撑起了还像那么回事的餐馆。打出一句"土菜素炒,乡村味道;花钱很少,吃得蛮好"的招牌语,兜揽出时尚的店语。

　　别看这虽是不起眼的小餐馆,可这乡土特色的味道和廉价的叫卖,让邻近的老人小孩吃得是满脸堆笑。就这样慢慢延伸开去,越来越多的是这条街巷以外的人来光顾,那些正街大门面大气派的酒店,都没有他的餐馆人气旺。

　　狗娃掌勺拿厨,老婆擦桌端菜,一个炒得地道,一个热情周到,尤其是老人、小孩来店,总是先问口味,辣点儿还是淡点儿,夫妻二人就那样讨人喜欢。他们老是想快些赚点儿钱,好在城里买套房,踏踏实实安个家。

　　一年后,隔壁开水果店的看到他们小餐馆红火,自己的水果在这偏

僻的小巷卖不动，还亏本，就搬走了，又来了一家卖彩票的。

"中彩有奖，没彩有光；得奖归己，无奖有帮"的彩票宣传，大街口悬挂，再加上轻音乐的播放，确实给这个小巷注入了活力，给一些年轻人和媳妇们脸上涂了光。众说纷纭，众人幻想。有的人干脆从狗娃餐馆里买碗饭菜，端过来在隔壁墙上表格数字上"吧嗒"；有的直接叫狗娃把饭菜送到彩票店里。

时间久了，狗娃的老婆也心痒痒的，趁送饭的机会，也就时常倚在门边看人家买彩票、填数字；自己也暗暗地想出几个号码来，好几次她猜出的数字，只差一个数码不对，不然就是中大奖的一组。有一次，她鼓起勇气告诉狗娃说："我猜的这一组数字号码，一定会中彩。"于是就在狗娃的耳朵根边嘀咕了一番。狗娃不仅毫不在意，还很凶地瞪了她一眼，顺手一推她说："你是半夜睡觉捡金子啊——眼花梦。奖都是那么好中的？能那么轻松对上号？如果都是那样，这街上的人都不做啥了，光想中彩就行了，看你个没得像的'二不弄'！"狗娃的一顿头子①，吓得老婆不敢再说啥，麻利地端菜去了。

当晚，兑奖号码一出，就差摆尾那个数，不然真是大奖。"要不是狗娃拦着，我再专心点儿，就能得大奖。"狗娃婆娘心里很是怨气，嘴里就咕哝咕哝开了。恰好这又叫狗娃听见了："你咕哝个啥！莫说一个尾数，就是半个尾数错了也等于零。说你是'二不弄'你还不服气？"狗娃又给了她一顿头子。

从这时起，狗娃婆娘与狗娃开始闹矛盾了。从那以后，明的不行，狗娃婆娘就趁买菜的机会扣些零钱，又趁给买彩票的人送饭的机会，偷偷地买上几张，填上自己想的那几组数字，不管哪一回，还总是差那么一个数码中不了奖。有一次，她简直是有些入神了，心想的一组数字硬是会中大奖，一下竟买了一百张，结果还是尾数不对。

狗娃对彩票从不动心，他说他有"一条筋"——凡是带赌的玩意儿，都是坑人的，他也不凑热闹。他坚信他父亲临终前说的："钱不是风吹来的，得靠双手挣。"他说，这开餐馆挣钱，就像山里的泉水，由

---

① 头子：土话就是吵骂。

滴水积成小溪，再由小溪积成河流。他只想一盘菜挣两三块钱，一碗饭挣几角钱，一天也能挣两三百块钱，一个月就能挣好几千块钱，一年不就有好几万块钱?!

在狗娃看来，这钱是苦一把汗一把挣来的，不容易。所以狗娃把钱也看得很紧，也捏得死死的，他老婆很难瞒天过海。可是开餐馆这天天得买菜，这市场菜的价格又是一天一个样，而且忽高忽低，这个狗娃就很难控制，他老婆也就有空可钻，乘机掐些钱出来。可有时狗娃无意时跟来店的顾客谝谝当天的菜价，有些跟老婆报的价格不相符，就常常与老婆发生口角。开始，狗娃还注意在没来客的时候说几句，婆娘就顶几句；狗娃坐在屋里，婆娘倚在门口，你一嘴她一舌地吵。后来发展到有吃饭的人来了，狗娃边炒菜边吵，婆娘端着菜也吵，唾沫星子都溅到菜上了。就这样，常客不来了，新客一看就走了。狗娃餐馆不到两年半就关门走人了。

狗娃老婆买了一年的彩票，就是没得到奖，心里老是不甘心，可又是很后悔。这下好了只有带着孩子，不得已又回到了乡下。狗娃是很后悔不该与老婆吵，应该克制点儿，但是不甘心就这样回乡下。不得已，他凭手艺又到南方去"漂"了。

一晃五年，狗娃脸黑多了，额头皱纹深些了，但炒菜的手脚更麻利了。他又回到县城来了，先托人把孩子送上县城小学，出高价在正街租了个小酒店，开了个"南来北往酒楼"。他这回只叫婆娘打杂，其他采买、端盘、收银、记账都是聘用的专业人才。自己还是操大勺，什么乡味、城味，甚至是洋味都能来几下，价格都比别的店低一至二成。开张炮一放，人是越来越多。

狗娃老婆自上次回乡下后，一直很愧疚，就对儿子说："妈过去没听你爸的话，钱花了，没中个奖，真是个'二不弄'，还把你爸的心思搅乱了。好好读书，做人像你爸一样，就行了。"

…… ……

美丽的背影

是晨曦时的启明星/是创业者的进行曲/扫帚,从这边移向那边/每天丈量着家园的山城。是黑夜里的催眠曲/是天籁之乐的伴奏声/扫帚,又挑战着黑夜/每天迎来生活的崭新。他们与她们/扫出三百六十五个洁净的日子/是那美丽的背影。

——题记

每天清晨,当我到政协上班时,一路虽然脚步匆匆,耳边那"唰唰唰"的声音总是美妙动听。我时常会看见那样一个人,推一辆厢式架子车,一把移动的大扫帚和那宽沿的铁铲。走过严寒酷暑,走过风雨晴日,走过每一个天明,在同一个时间,同一样地段,那移动着橘黄色的背影,从我的眼眶中由挺直的腰慢慢变向佝偻。

偶尔走过他的身后,我总会不由自主地站立一会儿,回望着他那扫地的身影,感激之情油然而生。思索着假若没有他们,这山城桂花树成行的北城街,香樟树成荫的河堤路,垂柳飘逸的围湖两岸,翩翩起舞的凤凰广场,高楼林立的小区花园,小吃溢香的背街小巷……又该会是何种景象呢?

大片的落叶和垃圾,他用大扫帚集中,挥举铁铲送入车厢;满地灰尘与墙角渣滓,他用小扫帚集拢,小锅铲清入车厢;黏在地上的口香糖、塑料袋,他用手一一抠下来,紧紧捏着放入车厢……扫帚的节奏随心脏频率跳动,铁铲的起降随眼神上下,整洁的地面随移动的身影同行。移动的橘黄色在来来往往的人群里若隐若现,人们丢弃的脏物垃圾,飞落的枯叶尘埃,就在他那节奏动听的脚步声中消失,他留给人们的是洁净和清新。

从南城壕一直扫到南街，他就那样一直埋着头，眼里只有街边路边的枯叶与垃圾，用大扫帚扫，小扫把清。他若是见有人走来，立刻停下手中的扫帚，默不作声地站起靠边让路，偶然一阵风把他刚扫好堆起的纸屑枯叶吹乱了，他依然默默地再去扫拢；有时刚扫净的地方，路人随手丢弃脏物，他依然上前去捡起来，仍是默不作声地去清理干净。有一次，我也下意识地丢了刚擦手的手纸，他走过来在我眼皮底下拾起，我顿时尴尬得无地自容，至今记忆犹新，不乱丢脏物的习惯从此养成。

　　隆冬的一个周末，一清早我也拿起扫帚帮他去扫街，他有些迟疑地望着我说："你是新来的？""不是，我是来帮忙的。"我笑着说。"吓我一跳，我还没到六十岁，还以为是不称职叫我下岗了呢？！"他很珍惜这岗位，并很严肃很认真地说。然后抬起头，拿起挂在脖子上的毛巾，擦去我额头上的汗水，嘿嘿地笑了。同他一边扫着，他一边讲故事般地对我说："我们家三代都是扫街的，从解放前一直扫到今天。这南城壕到南街一直到马道巷，过去是一条崎岖难走的路，雨天是'水泥路'，晴天是'扬灰路'，路人苦不堪言。而今南城壕、南街、马道巷拓宽平整，路面全部水泥硬化，还人车分道，已成了山城美丽的风景线了，路边绿化四季常青，节庆还美化，花香醉人，我是越扫越开心，越扫越精神，越扫越年轻！"

　　开心，精神，年轻，这就是一个老环卫工人的苦乐观，看到他黝黑的脸上洋溢着浓厚的自豪感，顿时我对他的敬重之意就深深扎在脑海里，感恩之情就牢牢铭记在我的心中——那普通平凡的橘黄色的背影。

2012年3月刊载《散文选刊》下半月原创版第3期

以爱的名义

苕哥的期盼

　　苕哥，松毛似的发髻，瘦小的身材，灰色的衣兜、袖筒套在胳膊和双手上，每天早晨，他总是推一辆特制的两轮架子车，车上的双筒圆形铁炉子，烧着旺旺的木炭火，烘烤着筒中的红苕。

　　苕哥，是我家搬到南城壕的相缘小区后，才认识的，那时他刚三十多岁。说不出啥理由，也不知啥缘故，每天早晨上班就顺路买他的红苕当早点。

　　他烤红苕，基本就固定在南城壕的拐弯处，人流多，那里也是我上下班的必经之路。春雨飞寒意，赤日暑炎烈，霜风扫叶落，雪花降凛冽，季季如此，天天照常，每天必来，所以都叫他苕哥。大年轻的为啥卖烤红苕，我有点儿不理解！那天我下班他收摊，一路闲谈，才知缘由。

　　正当年华的他，母亲常年有病。一天半夜，他母亲疾痛呻吟，他背母亲往医院跑去，快到门口，左脚踩滑街沿坎，崴了，他咬着牙把母亲送进急救室，办好手续后，全身汗已湿透。医生问他为啥拐脚走路，他说脚崴了，医生一看很惊讶，脚腕肿大，脚掌偏移，一摸是骨折，赶紧拍片，骨渣瘀血混杂，在场的医生简直不相信他的忍受力。后来脚虽治好了，他左脚却跛了。

　　苕哥年轻时，白脸英俊。只因父亲去世早，母亲常病，初中毕业就在集体修配厂做工，干得一手好活，结识了一位教师当妻子，不久他母亲病故，工厂又改制，随之下岗了。刚拿到下岗的补偿金，妻子又患咽喉癌，钱花完了，人也永远地走了，留下他和一个才上小学三年级的儿子。

　　风霜岁月，日晒雨淋，那张布满皱纹又黝黑的脸，与他的实际年龄极不相称，一双老树皮似的手诉说他为生存的付出，记录他岁月的沧桑。

跛脚的他，实难找到工作，父子相依为命的一家，仅靠政府一点儿低保，而艰难度日。商贾人拥，酒楼歌鸣，街道车挤，广场舞欢，小孩穿红戴绿，大人喜笑颜开，他眼观的都是歌舞升平、繁荣景象、幸福美满，而面对自己的现实，却是无法回避的生活难题和窘迫。自己残缺的家，残缺的人，口有千言万语也无可诉说心中的无奈，他苦闷过、抱怨过、嫉恨过、厌世过，甚至想一死了之，可是年幼的儿子怎么办？在邻居和他人的劝说帮助下，街道和民政出资为他购买了一辆专用烤红苕的手推车，生活的来源才有些添补。

烤红苕，是他自己的选择。过去经济拮据的家，饭桌上总是蒸红苕，自己当修理工时，中午总是带些烤红苕充饥。烤红苕，好多年不登大雅之堂的贫民之粮，如今成了人们的健康食品，加上养生专家的宣传：红苕益气生津，健脾通便，久食益人，可长寿少疾。更加受到青睐。腿跛手巧的他，烤的红苕，皮脆香甜，瓤黄酥软，甜润爽口，在车流人拥的大街上，很远就能闻到一股飘逸在空气中那乡野气息的香，吸引着男女老少、白领游客的光顾。

微薄的利润，他感到很欣慰。为保持好这一难得的职业，他专选山里人种植的黄皮和红皮苕。烤烧的燃料始终选木炭，这样火功好，烤出的苕脆香甜润，不会有石炭或煤烘烤的碳硫残存物。我买烤红苕时，他给我介绍的，这才明白他烤的红苕为啥供不应求。

每天早上六点他出摊，烤到晚上九点多才收摊。他的一日三餐几乎都是烤红苕，他说他要多挣钱供儿子安心念书，给儿子钱叫他在学校食堂吃，他儿子却经常给父亲买晚饭送来，此时的他，嘴乐呵呵的，心甜丝丝的。

如今，他儿子正读初中，学习勤奋，表现诚实，是年级的尖子生。不管谁问起他儿子，他脸上就弥漫出笑容，手脚更灵巧利索，话也说得大声些，头也昂得直些。妻子虽离去多年，他坚持不再另娶，一门心思烤红苕，自感活得很自在。

生活的苦难，他已不在乎；烤红苕很累，他也无所谓。坚强活下去的他，就是心中有一个坚强的信念——儿子。这是支撑他、安慰他、补偿他的理由。儿子成长，这是他妻子的嘱托，也是他自己的责任，更是

心中的骄傲，未来的希望。

苕哥激情燃烧的动力，就是要赚辛苦钱，不委屈儿子读书，要让儿子安心求进，考上大学，找到工作，过上好生活，赶上好时光。

年年岁岁，月月天天，炉火在南城壕燃烧得兴旺，烤红苕在街巷弥漫着甜香，苕哥在叫卖声中显露着期盼。

安康春曲（三章）

金州东风来

　　汉江悠悠东去，水波粼粼西进。我立在金州汉江大桥上感觉，东风来了！

　　这感觉，不再是那怀念的风——从西北的秦岭吹过来的，绿色的田地吹成金黄，葱郁的香溪层林尽染，金州的两岸叶落纷飞，和风的江面微波荡漾。这感觉，就是今天的神往——秦巴泥土馥郁的芬芳迎面而来，掠过江城两岸低垂的柳梢，律动草木毛细血管，牵扯人们末梢神经，金州城乡匆匆忙忙。

　　东南风越过千山万水，融入金州，这勃发的生机势不可当。它用温馨柔情的身躯暖化冰冻的瀛湖，惊动鲤鱼跳闸门，唤起汉江号子，催生岸边柳芽，铺开山川绿毯，弦响二黄金胡，传送高调山歌，萌动安康诗坛。

　　东南风是一阵潮水，枕着花香和伊人到来的喜讯，漫过了爱情涉足的金州江南江北每一旮旯。昨日坚守的山盟海誓，此刻已不再仅仅是种子，它落在田野，萌于心间，诱惑你看看燕子飞回望江楼的尾巴，是如何裁剪春天的请柬。

凤堰的节气

　　吴家花屋瓦片上的月色，蹚过门前潮润的一坝田野，黝黑的泥土把一梯梯葱绿的油菜苗，尽显在一片清新的露水中。

黄龙河边的魔芋包，季节的心事在牯牛一圈一圈的蹄印里裸身地埋下，单调地出土，坚韧地只身，尽情地孕蕾，无悔地结果。这些都是透过露水看到的，于是就有梯田山高水高的农事谚语。大寒过后的节气成了生命萌动的日子，延续着的二十四节令，发达着耕读传家不朽的根系。

冯家堡子总是把风雨的愁绪牢牢地拴在长马槽上，把节气的伤感层层地湮没在堡子那些麻古石下，一切的事物，全部的心情，都将在母亲期盼的凝望里，恢复以往的活力，唤醒一年的生机。

凤堰人说，稻米谷香是纯情的福音，袅绕炊烟是喜悦的象征。而在这七沟八梁节气的深处，那飘逸旷野的，那风靡长久的，纯净年岁的，不是茂盛的长势，不是丰硕的收成，而是那些漫过山坡田埂、茶园桑林、泉溪河沟上世代相传永远忙碌的情绪。

河堤迎春开

一江两岸纷飞的思绪，都托付给淅淅沥沥的春雨，雾幔的长裙拽醒金州河堤公园的迎春花，那花仿佛捧出了紫阳民歌中铜质的唢呐，虽不那么显贵却有白河水色般风采，如少女尽情地欢笑在春江水暖的窥探中。

天朗晴空，湛蓝如洗，汉水公园里透溢着樱花、水仙、山茶阵阵暗香的低语。那迎春的花朵，不畏寒威，不择风土，端庄秀丽，气质非凡地围聚城墙嬉闹，还一瓣一瓣地连绵成美妙的江岸云锦。

不必专寻，只要顺江沿着云锦的边缘踽踽而行，抬眼就可望见桥北古朴如画的安澜楼，正被花的海洋淹没，时代的春潮簇拥，柔情的春雨洗涤。风铃摇鸣，执着地追寻春天的讯息，虔诚地祷告春天的景致。

秦巴相比为邻，暖意的春天触手可及；江城相比为邻，那黄灿灿的迎春花便会联袂高踞，向两岸的原野通报希冀的勃勃生机……

2014年3月14日刊载《陕西广播电视报》

黑 人

　　自到办公室，我便与夜相伴相亲。当报纸上有了我的小名，熬更守夜更是家常便饭。妻子说我"自找苦吃"，同事叫我"黑人"。

　　阳光灿烂时，不是你来我往，学政策、会精神，搞调查、找特点；便是起草、修改、送签、校对。有时也加班，整个儿像高速旋转的机器。白天的感受、采来的信息，到夜晚汇聚脑海。窗帘簌簌，静月窥探，一盒香烟，满杯香茶，遂展纸握笔诌我微小的习作。不时性来，心潮翻滚，字句迸射，百字消息，短篇小文，"唰唰"一气呵成。放笔，揉眼，窗外已是朝霞映彩。誊正，写信封，贴邮票，一溜小跑塞邮筒，又随早练的人们舞拳弄腿，疲倦顿消。隔三岔五，文见报端，这夜没白熬——心中自得。

　　喜夜耕作，夜是自己的。白天，公务、家务是大家的；而且红尘网罗，世事纷杂，不免有些心浮气躁，思绪不专。入夜，繁事收，心境宁，一书在手，乐不思蜀；一笔在握，妙在驰行。无羁无绊地思绪，痛快淋漓地品文，整个身心便进入一种特有的人生享受，甚至是一种巨大而又宁静的幸福。

　　雨后春笋般的"歌厅""酒吧"和"娱乐茶座"，还有许多不大协调音调的小吃叫卖，丰富了夜生活也吵闹了夜。喧嚣中少我一份，应算我给他人奉献了一份好处；做沉默的"黑人"，也算我给夜生活添一丝别样的色彩和光环。

1997 年 11 月 15 日刊载《安康日报》

丢失的"主见"

瘦猴子心眼儿多精怪，叫人捉摸不透；肥胖子傻乎乎厚道，让人感觉稳当。这是老人们常说的。这样以胖瘦来约定俗成人的品性，我是一直不敢苟同的。

今年正月过了，年纪稍大的我，眼睛有些不好使，想买副眼镜。于是，便在县城找了一个胖子老板开的眼镜店，试探地问："老板好，去年我买了一副老花镜，昨天大意摔地下了，镜片碎了，今天，想在您这儿配副新的。"

只见那胖子，笑眯眯地取出一副眼镜，不慌不忙地走向柜台，到与我不到一米的距离时，他将手一松，眼镜"啪"地掉地上了。让我的心也"啪"地一颤，不由自主地"啊"了一声。那胖子不以为然还笑眯眯的，身子艰难地从地上捡起眼镜，递到我面前："看！我这眼镜摔不烂，摔得烂的眼镜早就淘汰了，这就是现代人对质量的要求。"

我一拍脑门儿，"嗨！"自己咋还那样的"落伍"，赶不上瞬息万变的新潮。经过讨价还价，我用八十元买了一副摔不烂的老花镜。那胖子一手给我找二十元钱，一手心疼地递来眼镜说："看您像个文人似的，想不到还起价来却是个舞大刀的，一百六的货被您砍成八十，这个价我进货都进不到。再说，这大年正月刚过，半送半卖算结识您这个新朋友吧，多给我宣传宣传，想要啥，再来光顾。"肥胖子这一番话，说得我心里乐滋滋的，心想着漫天要价就地还钱，喊价砍一半，这杀价的事我开始适应了！

过了几个月，按惯例要举办农历三月三物资交流会，城南开发区临时棚店一排接一排，商贾云集。我闲下无事，趁早也去凑凑热闹。刚进会场几步远，就看见一个大排档眼镜店，店主瘦得像瘪三，两只眼睛猴溜溜地转，大嘴叫喊"上等眼镜，低廉价钱；戴上舒服，看啥清远。"我走过去，选了一副老花镜问："这眼镜多少钱？""九十八块。""太贵了！""您若是诚心要，赔本给六十！""六十也贵。"说着我便摸出自己的眼镜，比给他看说："我这摔不烂的眼镜才三十，你还要六十？"

瘦猴子接过一看，眯起个眼缝说："您这还算是眼镜？这简直是小孩儿玩儿的塑料品玩具嘛，您再看看我这物品，水晶玻璃的！物美价廉。老哥，您那摔不烂的眼镜买上当了哦！""啊！"这眼镜是塑料的？我心惊讶，不由自主地又摸摸脑门儿，这塑料也能做眼镜？但我还强打精神地问："那你看我这种眼镜值多少钱？""说价钱嘛，这要看您在哪里买的，若是正儿八经在商店买的，得二三十元；要是在地摊上买的，顶多也不过十来块钱。"瘦子说着，我又比画："那这个，您有吗？""有！有的是！"瘦子店主在柜台底下取出一大把："每副只要十元，你来几副？"

看着瘦子那一大把眼镜，我简直愣了，摸摸脑门儿，天哪！那肥胖子卖眼镜的利润是百分之八百呀！怪不得他吃得那么胖，在开发区新开店还不到六年，就买了一套阶梯房，一个大铺面。

瘦猴子见我傻待在那儿，不知所措，口气温和些说："我见您像个文人似的，这水晶眼镜就卖您四十算了，若是值得，这物资交流会散了，我回上海老店，您和您的朋友想买就打电话，图您个回头客！"说着就拿给我一张名片。四十元，我买下了瘦猴子店主的这副水晶眼镜。

那一夜，我摸着脑门儿，比对着两副眼镜，失眠了。

次日清早，我又来到肥胖子店，刚开铺的他笑眯眯地迎接我说："早啊，开门生意回头客，想啥挑啥自定价。"我也笑盈盈地掏出水晶眼镜，把昨天瘦子店主的话简洁地重复了一遍。肥胖子听后哈哈大笑："哎呀，你这个文人啊，难道你不知道卖麦面的见不得卖石灰的吗？你才上大当了，这还叫水晶眼镜？早过时的玻璃片子，本地卖不掉了，才到这县里来推销。三月三的物资交流会，简直就是假冒伪劣产品大交汇嘛！这种眼镜我有得是，八元一副，随你挑。"他也从柜台底下拿出一大把，同我手上拿的昨天买的眼镜一模一样。

我摸着脑门儿傻愣着，肥胖子见我呆若木鸡，又说："你要仔细瞅瞅，我这眼镜能是塑料的吗！告诉你，这是钢化玻璃的，比钢还硬，硬

中柔韧，所以摔不烂。"接着，他把两副眼镜放一块，退一步两手插背后，很像老师训示学生似的谆谆教导我："我看你们知识分子有个通病，只看表象，不究实质；人家说什么，你就信什么。"此时我脸颊通红。

"谋事要有主意，做事要有主导，成事要有主见。这不是你们文人经常讲的吗！怎么轮到自己买东西就没有自己的主见呢！"肥胖子仍在一本正经地训示。

我摸着脑门儿，看着两副眼镜，心想肥胖子说得有理，可是瘦猴子说得也在理啊。我的"主见"哪里去了呢！

2013 年 8 月 15 日刊载《陕西广播电视报》

江堤夜色

　　夕阳穿过一幢幢高层建筑的空隙，洒落金州江城岸边，远霞近辉，一片瑰丽的景象。江城西山香溪洞的"天门"送走夕阳，夜色就慢慢从汉江的眉宇间漫上江岸，金州江堤路就虚掩在天空的灰裙之下。

　　从跨江的金州三桥上平视，夜色似一毡无际的裙翼，飘逸天宇，轻缓地降落，把高楼林立、灯火粲然的江城包容起来。它又恰如一只巨大的雄鹰，腾空展翅，俯城而下，无声地、低平地贴着江岸飞翔，它的影子附着黄昏色的光，沿汉江娓娓游弋。

　　江城就这样悬浮，安澜楼就像杯盏一样，站立在汉江之上，隐约在夜色水波之中。江边河堤路是金州城袒露的两条腿，具有女性的暧昧，潜藏诱惑的眩迷，显摆色彩的斑斓，很有抚摸的质感和亲昵的颤抖。闲步观景的人，江堤路在他们心里延续了年岁中健康的人生，精神的、快乐的、生机的；眷恋相爱的人，江堤路在他们的脑海聚合了夜色里黏结的钟情，缠绵的、热乎的、忘返的。

　　江南大堤与古城相连，公园式建筑。夜幕下汉江龙舟园、汉水广场悠扬的歌曲声弥漫了整个江面，少男少女，中年老年，结群组队地在子堤与大堤的空地上，游乐放歌，翩翩起舞。动姿、音乐、歌声、笑语、波涛，构成一曲汉江夜色圆舞曲。偶尔几条小船，从上游穿桥而下，搅动着水色，却听不见桨声。伞状的香樟，高大的雪松，挂果的木瓜，滴翠的水竹，碧青的草坪，可见树影婆娑，绿荫成林。月色灯光树影下，一对对情侣随处可见，有的在细细的私语，有的在卿卿我我，有的在追逐嬉戏，有的在海誓山盟，他们在欢笑声中跨过江桥，踏遍桑田……

　　江北滨江大道，在没改造以前叫江边路，没有河堤。连年洪水暴虐泥坎，长杂草丛丛，乱石堆，废弃物重重，一直污染到江面。尤其是江

岸石棉瓦搭建的临时住棚，横七竖八，破旧不堪。改造后的江北大道成了金州城最美的人造风景。早上，江南江北晨练的人都在这儿散步、做操、打拳、舞剑；夜晚，五千米的灯光带，金碧辉煌的安澜楼，各种标志性建筑上的夜景灯光，彼此辉映，把美丽的汉江衬托得更具魅力。静谧、清新的空气里弥散着绿的清香、花的味觉。它背后浩渺的天空布满了深色的纹理，高悬的银河，闪光的星座便是一盏盏垂挂的射灯，摇晃的光源，湛蓝的眼神。

不远处，一些民俗艺人在一群二黄迷的围观中，和弦拉腔，不亦乐乎！"江中月明夜渐浓，两岸灯光伴清风。倒映波中仙容面，愁思水色触人梦。"随风传来的声声金胡萃调，优雅动听，更为宁静和谐的江堤之夜平添了许多生气。

江堤夜色，宁静又温馨。到处充满了浪漫和妩媚。在如此美景中，心灵碰撞摩擦出的火花，动人心弦，令人陶醉。数不清的恋情就是在情意浓浓的绿荫下萌芽、开花、结果；述不尽的乐趣就是在闲情逸致的爽快中释放、交流、融和。

金州江堤路，让一个城市景色生动，让一个城市人群蓬勃，让一个城市心灵明亮。

（昨日在安康开会，晚霞洒落，有闲时一游金州江堤路，感慨而发，拙笔一篇《江堤夜色》，以了心思！）

2011年5月刊载《散文选刊》下半月原创版第5期

做事的态度

人生在世，总要做事；事亦大小，尽力而为；为事负责，不分好恶（wù）；恶（wù）则虔守，难事天成。我想，这就是做事的态度。

活在世上的人，要活下去，就得做事。中国古代不管是儒家、道家、法家等等，都有一句至上名言——不做事的人，就是非人非生物也。当然，做事有大小、有难易、有好恶。个体做事还有智慧、能力、性格、品格的问题，也有欲望、利益、地位的关系。

我们不妨把人的道德、性格、能力、智慧等都想得一样完美，就是不考虑个人的差别，只针对事的大小、难易、好恶、利益来谈活在世上的人做事应该有的态度。

小事不小，要当作大事来做。古人曰：千里之堤，毁于蚁穴。小小的蚁穴与千里之堤来比，小得再也不可比了吧？而这忽略不计的小事，却能毁了千里之堤，这小事能看轻、能马虎、能敷衍吗？再说高楼大厦，再高也是一块砖一块砖、一铲一铲混凝土、一根一根钢筋有机组合起来的吧！若这些小事不做好，高楼大厦就会立不稳、站不高、经不起风雨！以此类推，世界上任何事，都是由一件又一件的小事积聚成大事，发展成大事。一个人，只有把一件又一件的小事做好了，才能办成大事，做好大事。

易事不易，要当成难事来做。俗话讲：话分三说，巧说为妙。有嘴就会说话，这是天下最容易做到的吧，可有的人嘴里说出的话尽是蠢话、傻话、不中听的话、外行话等等，而有的人嘴里一说就是聪明的话、智慧的话、好听的话、感悟的话……再说人人都要吃饭，而做饭应该是一件很容易的事吧，不信自己试试看难不难？过去是巧媳妇难做无米之炊，而现在啥都有，可是好多的人却做不出好味道的饭菜来，甚至有天壤之

别的差异。所以说，世界上许多事情都是看起来容易做起来难。因而，做易事也要认真，不能草率马虎，只有这样才能把易事做得容易，把易事做得成功，把易事做得很好。

恶（wù）事不恶（wù），要把厌恶的事当成喜好的事来做。前辈传："人在屋檐下，不能不低头。"尤其现在，做事的平台多、机会多、选项多，而相应的条件也多，限制也多，竞争更多，能随心所欲地按自己的好恶兴趣去选择哪些事做还是不做吗？答案是肯定不行的，最起码不是人人都行的。无论是过去还是现在，应该信奉"七十二行，行行出状元"的规律和人生的执着追求，把厌恶的事当兴趣的事来自我培养，即把不喜欢做的事当作爱好的事情去做，就会做出样子，做出自我，做出成效，甚至做出标杆。

时事关己，要把利国利人的事当成关乎自己切身利益的事来做。中华民族传统训诫："皮之不存，毛将焉附。"讲的就是国家利益与民众利益的关系，综观世界，思虑历史，谨索现实国际形势，不难令人警醒吧！"利人才能利己"的诠释，就是讲法治的市场经济社会中，人与人之间的利益关系。现实这么说，势必会招致"高谈阔论、空头政治、俗套说教……"的鄙视，其实不然，我只是想说：一、国以民生为国，民以国强为民。国无而民不存，民散而国不立。二、人人都是己，己己都是人。己亦不为人，人岂能为己。三、人人利为己，己利何人来。己己利为人，人人利来己。

说到底，人活一世，不分男女，不分老幼，都要事做一生，其做事的态度确实很重要。小事要认真，易事要在心；事不分好恶（wù），该做都虔诚；利国利人才利己，己与国人容一人。

品味安康

我年轻时在安康读过师范，妻子是安康人，儿子儿媳大学毕业也都在安康工作，吃住行在安康已有四十多年了。有朋自远方来问我，对安康有何解读、有何感受，我却脑空口结，无言以对，深感熟视无睹的愧意了。

我看过汉江水涨水落，听汉调二黄高腔低吟，群山依旧青，河流水常绿，我熟悉新城霓虹闪烁的喧哗，也知道古楼庄重典雅的宁静。闲时常常一人在大桥头，观夕阳逐水，瞅船舶穿行，听奇闻逸事，谈家常俗语，人们是那样的祥和温馨。站立金州桥头，享受清风爽心，还有风姿绰约的女子擦身而过，她们飘扬的秀发、纯淡的香气、柔软的腰肢，会让人产生许多美丽的遐想。然而，面对这片土地的风情和爱恋，我依旧沉默不语。

我漫步在绿树丛荫的解放路大街上，像是在触摸一条温暖的生命，接受它跳动的脉搏，吻着它呼吸的气息，敏感它不竭的灵魂。看似小家子气却又碧玉般精致的城市，徒步地用心去律动感受，才恍然大悟，小城的魅力在于既不拒绝时尚，也不厌弃历史；既能吸纳新潮，又能包容传统。从这繁华而不失静谧的大街走过，最现代的大厦和最古典的翘檐楼、旧城墙默契地融为一体，组合出一种安康独有的城市风格。步履其中，你不会为琳琅满目的商品而流连，也不会对装饰别致的高楼而惊叹，你会在细心观赏、静怡思考中，深深领略到安康的活力与激情，自信与图强，坚毅与奋进。踏实的步履，矫健的背影，清瘦的面容，浮动的短裙，轻柔的舞步，锃亮的皮鞋，沉稳的节奏，温柔的笑语，炯炯的眼神……这些无不向世人展现着一个蓬勃向上、生机盎然的安康，一个潜力无限、创造无限的生命体。毋庸置疑，这是一片活力四射的土地，生

存着一群智慧的勇者。

　　从解放路大街出古城墙北门，碧波荡漾的汉江就跃入眼帘，河风清爽的滨江大道，花草树竹与人行小路相间，与亭阁椅凳相嵌，散步的、乘凉的、谈情的人山人海。我看见鬓发斑白的两个老人从北门走出来，他们互相搀扶着，面容慈祥而淡定，老汉还拿着小板凳，大概是想在江边唠点儿家常吧；大多数闲适的人，他们只是游逛、锻炼或路过，对眼前的美景视而不见，因为他们和我一样，走这条路的次数太多了，这里的街道、桥头、汉江早已经是生活中的一部分了。江边七八棵大樟树下停着七八辆绿色的士，车夫们不拉客，敞开车门坐在车上睡起觉来，那意思是哪里都不去，就在这河边清凉地打个盹儿，也是很潇洒很幸福的事情。

　　从大桥路过汉江，就到了江北安澜楼公园。每次来，这里的宁静和秀美就让人动情，公园依山傍水、简朴素雅，有着田园诗般的清新和恬静。兴建前，这里是一片荒草杂树坡和臭水沟，2004年建成后成了人们休憩娱乐健身的绝好去处。每每在云生雾绕的清晨或者霞光满天的傍晚，大人、小孩、情侣、玩伴，或漫步江畔，或寻幽竹林，或疾走强身，或歌舞怡情。青山碧水，绿树红花，鸟飞鱼跃，蝉噪虫鸣。兴之所至，情之所钟。于是，尘世的诸多烦恼便如烟云般散去，疲惫的身心也仿佛饮了仙酿琼浆，又精神抖擞，神采飞扬。我常想，一座城市，倘使只是高楼大厦、名车广路，而没有一点儿自然的绿色，壮则壮矣，却不免呆板而失去了灵气。然而，在这里，我却欣喜地看到，在钢筋水泥突起的开发新区里，居然保留着一块绿色的田园，于喧嚣的尘世中凸显了一方自然的净土。仿佛于热情似火的夏季突然听到一阵雨声的冰凉，又像是奔腾汹涌的急流悄然沉入一碧寒潭的深渊，激情而不乏理智，壮阔却不失秀美，动静结合，相得益彰，如一首圆润和美的乐曲。

　　不再想说安康的香溪公园，那是悠久了一千多年的历史园林；不再想述瀛湖的水上景致，那是如今海内外游人享有的仙境；不再想倾张岭火热沸腾的开发园区，那是国内外企业商贾云集的兴业宝地；不再想谈二黄花鼓山歌的民俗，那是国家级省级的非物质文化遗产……

　　夜深了，该是人们常有的暧昧与甜蜜的时刻，虽然汉江两岸、大道路街的霓虹依旧闪耀，而河岸滨江桥面已是行人渐稀，月空显得宁静而高远。我的思绪也随着夜深而宁静下来，这时的我，似乎才感悟到这方人文的精神，才触摸到这片热土的灵魂。

2013 年 8 月 8 日刊载《陕西广播电视报》

龙城水乡之行

去龙城水乡沛县,参加《散文选刊·下半月》杂志社举办的采访笔会,心情爽,激情满。于是,我买了 K16 次硬座火车票,有意识地想体验一次年轻时有过的坐车感受。

不料,这一举动遭到了一片谴责。老伴指责我:"老都老了,还自找罪受。自己不惜身子骨,也不顾家人的感受,卧铺多出的一百元钱,家里又不是出不起!"儿子埋怨说:"当政协主席还买硬座票,是故意作践自己,也不给我们当儿女的脸面,儿女们还不缺那百十元钱吧!"姐弟亲戚也冷嘲热讽:"节省俭朴也要看啥事啊,总不能用身体做代价吧,现在一般干部出差办事都买卧铺坐飞机,看你十八小时的硬座咋熬!"

一张硬座票,惹来四面指责,但我真不在意。对待生活细节,我生就是爱独断孤僻,爱自讨苦吃,因为少年时代遭的许多罪仍历历在目。现如今,有工作了,条件好了,虽然人也老了,却不想贪图安逸,有意无意地找些苦吃和罪受。觉得这样才是自己,才像乡下人,才不会丢掉父母"苦"的本色,才不会忘记庄稼人"苦"的历练,才不会远离乡亲与"苦"拼争的田园村舍。

八月四日十五点三十分,我从家步行到县汽车站;十七点十分,坐班车到达安康;十七点三十分,一元钱坐公交车到达安康火车站;十八点十分,检票上车。

重庆北至济南的火车上,车厢内过道已站满人,好在我有座。车行至襄樊,上来母女俩,无座倚靠在座背边,"妈妈,我想坐!"那小女孩扯着那女人的手央求说。我坐在车窗边,扭头看那小女孩的个头儿还没靠背高,大约三岁多,那眼睛、小嘴和机灵样,真像我的小孙女儿。我冲她微微一笑,她立刻把脸藏进那女人的腿夹里。我明白了,她妈妈有交代，小孩不能和陌生人搭话。这是经验，也是教训，机警的小孩信妈妈。那女人没说话，只是把小女孩提起，让小女孩的屁股坐在自己并拢的双脚上，双手轻护着女孩的双肩。晚二十二点左右，硬座车内的人都有些迷迷糊糊，站着的人随着车速、瞌睡而东倒西歪。"妈妈，我困了，想睡觉！"那小女孩又央求道。我看在眼里，痛在心里，想对那孩子说，我来抱着你睡会儿。可我没能说，因为我估计那女人和孩子都会拒绝。"妈妈，妈妈。我困嘛，我想睡觉嘛……"那小女孩不敢大声说，可是眼眶流出了晶莹的泪珠。我的眼在酸，我的心在疼，我坐着都那样困倦和难受，何况那站立了几个小时的母女呢！我无奈，实在是看不下去了，就把座位让给了那母女俩，说自己想到车厢连接处透透气，请她们先坐着，先让孩子睡会儿，来了再换。于是，我就蹲坐在火车连接部位上下车处的过道边，着实地回味了一夜年轻时挤火车的幸福梦，天明了，也没再回到那座位上去。

八月五日十点十分，徐州车站到了，昏昏沉沉，无精打采的我出了站。

"大叔，您到哪儿？我们送您！"一个穿着灰色短裤，一个穿浅黄色T恤的两个高大魁梧的小伙子，猛然矗立在我面前，惊醒了还在蒙眬状态的我。这突如其来的架势，让我有些惊讶、毛骨悚然。脑海霎时翻滚出二十年前在此地的一幕。

那是1993年的八月，我和同事到徐州出差，中午到站。刚下火车出站不远，正在张望时，两个壮小伙子突然一贴身，没等我们反应过来，一个小伙子从我手中抢过行李，丢进后备厢；另一个小伙子拽着我们俩上了出租车。初来乍到，只好顺从而没拒绝。去徐州市云兴小学，本来就不远，一会儿就到了。"车费五十元，快拿钱！"跟车的小伙子看都没看我们一眼，一边恶狠狠地要钱，一边从车后备厢提出行李。五十元是当时我俩三天的补助费呢，那时我也年轻，就上前一步，正欲与他理论，同事扯了我一把，我扭头见那出租车司机就贴在我身后，那双眼球鼓瞪得像牛卵子一样。好汉不吃眼前亏，同事连忙掏出钱，车票都没敢要。

那一幕似乎在今天重现。一出站，我就直愣愣地望着西边，这情形还真有点儿汗颜。

以爱的名义

这时火车站西边有位老人跌跤了，穿灰色短裤的小伙子离开我跑去了。

"大叔，您是找汽车总站吗？到哪里去，我给您指路！"穿淡黄色T恤的小伙子轻声问我，但没主动伸手来拿行李。此时，我紧张的心弦有些松弛，痴呆的思绪开始灵动，便谨慎地答道："到沛县，参加会议。"当时很想以参加全国散文名家笔会来壮胆，但深知自愧不如，没敢大言。"哦，怪不得大叔老望着西边，汽车总站就在火车站的西边不到一百米远，到沛县很方便，有直达车，半小时一趟，来，我送你。"说着他就伸手来帮我拿行李。我下意识地把手一缩，行李箱顺势就滑到我胸前，赶忙说："行李不重，自己拿得起。谢谢你，小伙子，你快忙你的啥吧。"我仍心有余悸。

也许他看出我的心思，把手猛地一收回，有点儿难为情地说："好吧大叔，你沿街走人行道，前面街口楼顶上就有'汽车总站'的大招牌，再右转一百米就是车站大门了。"我顺着他指的方向，仰头就清楚瞅见了大招牌，我的心彻底放在肚里了，连声说："谢谢！谢谢！"边说便拉起行李快步而去。走出一段路，我回头，他还在那里看着我；到了大街口我正欲右转，再回头望，只见那小伙子高高向我挥手，然后消失了身影。

轻松而顺利地到了徐州汽车总站，但站内仍是人海如潮，十个售票窗口都排成了如龙似的长队。到沛县该排哪个窗口呢？犹豫不决的我，在车站门口徘徊不定。

"老爷爷，你是买票坐车吗？"一个五六岁的小女孩跑到我身后，扯着我的手问。我转身认真瞅了瞅她，圆圆的脸蛋，大大的眼睛，翘翘的嘴唇，黑黑的小辫，很可爱。我便弯下腰，拨动她的小辫子，毫无顾忌地夸着说："好漂亮、好机灵的小朋友啊！你问对啦，爷爷要坐车，要买票到沛县去开会呀，你呢，和爸妈一块儿吗？""对呀，我和爸妈也到沛县去看我的爷爷婆婆呀！那我们就能一块儿走啦！"说着说着，她就一蹦一跳地跑到队子前面去了。

活泼、乖巧、可爱的小女孩，我在心里感谢她为我定位了排队买票的窗口。十条长队，人就像蜗牛一样移动着。在队子里，我迷糊着眼，打着盹儿，脚跟沉重地挪动着步子。不一会儿，耳边隐约传来"老爷爷，老爷爷，你的车票！"蒙眬中感觉到是刚才小女孩的声音，她是在叫谁爷爷呢？脑子正猜想，"老爷爷，老爷爷，你的车票！"那小女孩的声音越来越近，一蹦一跳的脚步越来越近。等我使劲儿睁开眼时，她手中的车票已塞进我的手心了。我还不知是啥事，"快走，快走，爸妈在进站口等着我们呢！"小女孩连拉带扯地把我拽出队子，向检票口奔去。我就这样莫名其妙、心甘情愿、精神快乐地随她和她的爸妈进了站，上了车。

空调直达车，票价十九元，小女孩的爸爸乐意地收了我付的车票钱。车上，小女孩系上了安全带，她们一家三口正好坐前一排，谈笑风生地说着到婆婆家想啥、问啥、做啥、干啥，等等。那浓厚的亲情真让人羡慕，我坐在后排想搭句感谢的话都插不上言。

我静静坐那儿，沉思、诧异、不理解。这一家三口为什么会那么友善？为什么会那么真诚地对待一位年老的陌生人？

我静静坐那儿，反省、疑虑、很难懂。同样是徐州站，出租车服务今昔为什么差异那么大！同样是徐州人，处人待事为什么今昔会有让人"刮目相看"的巨大变化呢！

我静静坐那儿，汽车已驶出车站，进入城市大街。我想在车上看看徐州城的新面貌，就撩开窗帘，透过车窗，一抬眼，那十字街口楼顶上大宣传牌上的"学好人沛县，建文明徐州"的十个红色大字，耀眼夺目。我情不自禁地、心悦诚服地向这幅标语恭敬地点头致意。

我激动地坐在车上，感慨、抖擞、荣幸有机会参加"中国梦——好人沛县"全国散文名家笔会。

我激动地坐在车上，惊叹、精神、感悟。人虽然还未到沛县，可龙城水乡，汉王故里的"好人沛县"已深深烙印在脑海、赞叹在心里。

2013年11月刊载《散文选刊》下半月原创版第11期

沛县城市的色彩

走进汉王刘邦故里——沛县。这座城市的色彩，让我黑色的瞳孔缭绕出无穷的惊喜。

穿越沛县东部的京杭大运河，那激流壮阔出浩然沧桑的历史风韵；纵贯沛县西部的大沙河，宽广清澈出绿浪千顷；微山湖面鸟掠渔帆，编织出画意诗境；泗水古道的汽笛鸣响，在我的心中就是一曲平安静谧的情歌。

我第一次来到沛县。第一眼，不是雄风恢宏的汉武气势，而是优美山水的生态自然；第一感，不是豪壮冲天的威严傲气，而是魅力淳厚的悠久人文；第一叹，不是喧嚣嘈杂的街亭闹市，而是温馨和畅的园林县城。大街小巷充溢着文明的气息，男女老少脸上挂着爽心的笑容。美好沛县，我的第一印象。

古往今来，世人对好人的认识不一而足，但有一点却是共同认可的，那就是这个"好"，绝非自我感觉，而是别人感受到的"好"。

在沛县新城区会议中心小礼堂，徐州市电视台制作的《走进好人沛县》的新闻纪录片中，十位获得全国道德模范和全国好人榜的沛县好人，依次上台展示风采，座无虚席的礼堂不时发出阵阵震耳欲聋的掌声。八旬儿媳精心护理百岁婆婆三十多年的农村普通妇女张公兰；二十九年义务守护管理抗日烈士墓园的张悍华；悉心照顾半身不遂的母亲和瘫痪的岳父、岳母三位老人十多年的党校教师刘庆超；九岁就失去母亲，父亲精神失常，奶奶年迈多病，幼小就肩负起偏远乡村贫困家庭生活重担、同时刻苦学习的谢长玉……那一幕幕真实动人的记录，一件件感人肺腑的平凡事，一个个令人惊叹的作为，一处处让人震撼的场景，使我的心灵被洗礼，我的情愫被融化，我的眼眸已泪染。一个个平凡的面孔汇聚成了"沛县好人"的群像，"好人沛县"群星更是形成了独特的"沛县现象"，成为沛县大地公民道德建设丰硕成果的缩影。好人沛县，我的深刻记忆。

好人文化彰显着城市之美。"选好人立足群众,让好人走进百姓,用好人引领文明",沛县把原来的中心广场改造升级为"好人广场",这一善举、义举、正举、明举让我感慨不已,心领神会,受益匪浅。踏入好人广场,一幅宽厚竹卷式的《好人赋》映入眼帘:"泱泱华夏,胜迹桩桩……山河荟蔚,万物悠悠葳蕤;人间至爱,众族济济生辉。炎黄子孙,孝至善万代丰碑。好人好事,闻之感慨,观之慕羡。助人为乐,铸造民族灵魂,造就八方共和……"一字一句寓意深刻,教化深远。广场主雕"仁爱互助",以抽象飘逸的两个人形,一个简单的拥抱,包含了无尽的关爱;造型又如两人伸出的右手,去拥抱爱,去帮助人;其主雕基座刻有沛县"好人"标准:孝老爱亲、明礼诚信、乐善好义;"好官"标准:厚德爱民、勤廉务实、公道正派。一大片绿荫草坪上,有平民铜塑张公兰、孙沛丽、刘庆超、谢长玉四位全国好人模范的小品,让凡人善举成为寻常之事,让好人有好报,让"做好人"成为社会风尚,让"做好官"成为党员干部的功德准则,好人广场处处彰显着好人沛县精神。文化沛县,我的激情赞叹。

一群好人带来满城新风。沛县这座龙城水乡的文明价值观,正是因为一群普通人的平凡善举,而得到精彩诠释。好人引领道德风尚,好人滋润社会向善。在徐州市沛县这座盛产"好人"的城市里,来自不同行业、不同领域的道德风尚倡导者,或以一己之力帮助一个群体,或默默地付出撑起一个脆弱的家庭……沛县第一例成功捐献造血干细胞,挽救了一名白血病患者生命的煤矿工人马吉国,在他的影响和带动下,大屯煤电公司已经有六百八十多人自愿加入到造血干细胞捐献志愿者的行列中。十九岁的张苏东,父亲去世留下银行十万元贷款,他一面打工挣钱,一面四处借钱,说服亲人变卖全部家产,硬是按期还清了贷款,父债子偿,坚守诚信,他做到了。石楼村村民时贵荣,三十年如一日,既要照顾残疾的丈夫和年迈的公婆,还要照顾百岁的外祖母和八十岁的母亲。生活清贫,失财不取,做了近二十年环卫工人的朱丽丽,不仅长年认真清扫她所管辖的路段,而且三十多次捡到装有现金、银行卡的钱夹和手机,都及时寻找失主交还。与朱丽丽一样拾金不昧的环卫工人还有刘胜英、郝敬霞拾到一万五千元巨款物归原主……

以爱的名义

  一群好人，一城感动。一个个看似平常的"小爱"之举，奏出了守望相助的大爱乐章。点燃一盏灯，照亮一大片。一个个平民英雄的善举撼动着人们的心扉，一大批"沛县好人"与道德楷模，让这座文明城市绽放出更加绚丽夺目的风采。

  向好人看齐，内化于心；与善良同程，外化于行。在"好人沛县"采访中受到了启迪：尽管好人难做，但站在人生的高度上俯瞰，世上还是好人多。好人不受地域的局限，跨区、跨省，甚至跨国，每天都在我们的人生中不断地传承着。也许好人没钱，但一定清白；也许好人没势，但一定仗义。好人能够给人诚心的帮助，好人能够给人贴心的依赖，好人能够让人真心的尊敬，好人能够让人永远的怀念。好人是我们这个国家和民族的脊梁，是我们这个国家和民族赖以生存发展的决定因素。

  在"好人沛县"采访中让我明白：什么才是好人！百姓说，好人是助人为乐的慷慨，好人是诚实守信的力量，好人是见义勇为的形象。干部说，好人是敬业奉献的无私，好人是孝老爱亲无怨无悔的善良。社会说，好人是新时代道德的无声标杆，好人是生活中无形的榜样。

  在"好人沛县"采访中让我感知：好人在哪里！岁月会告诉我，像阳光一样，大地处处都有好人的身影，生活的每个角落都有好人的温暖。好人很平凡，当你有困难的时候，当你最需要帮助的时候，好人就会来到你的身旁；好人很普通，却都有一颗颗火热的心，乐善好施情注弱势群体，用爱心撑起一片天空的明亮；好人很勇敢，危难时刻显身手，勇斗歹徒，为人民甘洒热血保平安；好人很实在，一诺千金，诚信为本，一心为公，胸怀坦荡，祖国与人民的利益从来都是至高无上的；好人很敬业，虽然工作平常，却数年如一日地付出和奉献，用青春和智慧写下动人的篇章，留下清晰的足迹一行又一行。

  在"好人沛县"采访中让我领悟：好人如春风，温馨大地的脸庞；好人似雨露，洗去迷茫与沧桑；好人像一缕阳光，带给你一个新希望；好人是一首歌，与你一起把自豪与梦想歌唱。

  "中国梦——好人沛县"采访、学习、参观，让我特别喜爱这座城市的色彩，这座城市渗透出的最高境界——好人色彩。

2013 年 11 月刊载《散文选刊》下半月原创版第 11 期

古城遐想

魅力汉阴

无论你是汉阴人走出去，还是从外面走进汉阴，你的脸上、心里总是激荡着喜悦的涟漪：山城是带着微笑，带着生机勃勃，带着丰富多彩，带着无限希望，充满时代感，洋溢现代性，是实实在在的山清水秀、人杰地灵、赏心悦目、优美富庶的山城。

山城的魅力是写在脸上的，那是一张张热情奔放的面容。春来，黄灿灿而铺天盖地的油菜花，在月河川道，那是欢跃的金波笑语，在凤江古梯田，那是悦目的群蜂蝶舞，演绎出花海人家的灿烂；夏季，在农业产业园那白瓣粉蕊的万亩莲花，在浅丘经济林那桃红杏熟的千山果园，显露出跳眼入目的激情；秋天，在南山老君关，可喜看稻菽直入云端，在三堰大坝，可目睹池塘星布鱼跳门，彰显出年丰人寿的喜庆；冬临，一朵朵白云盘山架岭，一团团红叶嵌山镶云，勾画出山翠水绿人缘亲的温馨。这情这景，无不笑盈盈地记忆在脑海里，坦然表露在开颜的脸颊上。

山城的魅力是建在行为上的，那是一群群雷厉风行的团队。上学的，早晨六点就到校，书声唤醒川野鸟鸣；上班的，提前赶到单位，办事服务高效热情；做小吃的，早晨五点就摆摊，深夜还是炉火正旺，叫卖声声；种庄稼的，良种良法地挥汗如雨，还间歇地挣些打工的、经商的钱；决策的写字楼里，运筹帷幄地研讨着突破发展的前景；招商的谈判桌上，诚信协作地决胜千里……这些匆匆走过的人们，编织了山城古今说不完的、道不尽的神话，成就了山城古今商贾云集、人文荟萃、五谷丰登的文明硕果。

山城的魅力是印在脊梁上的，那是一座座顶天立地的山峰。"团结奋进，求实诚信，艰苦拼搏，开拓创新"的汉阴精神，一届届领导班子的

政治风范，令山城人民拥戴和振奋；跨越贫困，实现温饱，向小康勇奔，汇聚着"人勤劳，民风正，众齐心，勇攀登"的无穷力量，在老百姓心中刻骨铭心。碧波荡漾潺潺东去的月河泉，把田野雨露滋润；奔腾潮涌滚滚东流的汉江水，把千山浇绿染翠；巍巍矗立在秦巴之间的凤凰山，把龙凤呈祥相配。这是流淌在汉阴儿女血液中的精神，骨子里的智慧，生命间的忠魂，改变着一千三百四十七平方公里的国土，工业在崛起，产业在升华，面貌在换新，百姓在致富，社会在前进。

山城的魅力是刻在人心上的，那是传承发扬着的文化名城。阮家坝在远古"仰韶文化"时代遗存石斧，春秋子贡过汉阴赞赏抱瓮德高品行，李家台遗址出土汉代铜鼎，盛唐"乾元"县址移"新店"，明朝古城东南角矗文峰，清时兴文举才建文庙，民国走出国之大师"三沈"，还有陕南抗日第一军……汉水文化古渡、汉调、民歌、三沈文化、国文、新诗、书法，现代经济文化"中国·汉阴油菜花节"、民俗文化"梦幻凤江"……越过流行的喧嚣，到乡村随时可听到花鼓、山歌，看到地绷子；南北两山集镇，早晚都能欣赏秧歌舞，细品唢呐、笛声；城区的街巷广场围湖边，到处都有二胡的低吟、二黄的絮语、钢琴的清脆、打击乐的颤音，还有那边缘的书香纷呈。

在菩萨泉深邃的龙井边，在城墙潮湿的青苔上，在千年菩提树的苍翠中，我看到了山城厚重的历史，深沉的积淀。走在通乡油路通村水泥路上，随处都可品尝到纯正富硒菜油、天宝贡茗茶，炫目的都是绿树成荫、广厦林立、安居乐业的新景象，耳闻的火车长鸣、高速驰车都是经济腾飞的新气息。我领悟到了山城如今观念的转变、精神的升华、志向的高远。

山城亲切、生机、多彩；山城温馨、和谐、守恒；山城坚毅、人文、精神；山城承前、启后、创新；山城日新月异，开拓未来。走出汉阴的，走进山城的，无不亮喉为你感慨——魅力汉阴！

2012年3月1日刊载《陕西广播电视报》

感动的空间

　　人是有情感的动物，大自然是变幻无穷的，让人感动的事物是层出不穷的，把这些感动的事物记录下来，就是我由感动而写作的自由空间。

　　宇宙无际，任凭星球翱翔；天空无边，任凭鸟儿飞翔；大海浩瀚，任凭鱼龟遨游。世上万物都有一个属于自己的空间，那是放松心灵的天堂，那是思绪横飞的殿堂，那是灵感来源的宝塔，那是奇思异想的时域，那是激情感动的神力。

　　该感激的是父母给了我生命，让我感慨的是色彩缤纷的世界，最让我感动的是享受大自然的美景。我的一生，是在成长的过程中享受浓浓的亲情，享受厚实的友情，享受甜蜜的爱情，享受挫折的锤炼，享受成功的、思虑的一生。

　　当一点一滴的感激与感动汇集于心灵的空间，就会使我忘去尘杂，我就有股遏止不住要表达出来的欲望，执笔伏案，这就是我给心灵的一个释放的地方。我可以悠闲地沏上一杯清新美味的天宝贡茗茶，呷一小口，思绪就到了那清澈如镜、花香扑鼻、自我行走的一个世外桃源，一个美好的天堂。在这里听小草细述一段不朽的传奇，听鸟儿诉说快乐的秘籍，听树儿倾诉坚强的真谛，听鱼儿讲述悠闲的奥秘，听溪水表达铿锵的毅力。可以看尘世的变幻与嘈杂，看人间的丑陋与善美。这样的思考空间，异象万千。那里有新颖奇特的创意，有独一无二的想法，有无与伦比的灵感……

　　写点儿啥，不虚此生，是我爱好文学写作的理念。反正想写，写自己亲历的、看到的、听到的、想到的，不管自己写得好不好，也不管别人看不看，更不管有人说不说啥，反正就是给自己一个空间，就是一个文学爱好者，既不干扰他人，也不荒废自己。文学丰满了我的人生，就

是这样的感觉，说不出任何理由。

　　学习工作的白天，我与同学、同事一样，学习的时候好好学习，努力向上；工作的时候认真做好本职工作，踏实负责。学习确实很苦，但有很多乐趣，能让我知道世界的奇妙与幻想，所以我乐于上学；工作很辛劳繁杂，却有无尽的成就感，哪怕说对一句话，办成一件很小的事，协助做好一点儿工作，都有幸福的愉悦，工作中还能证实团结协作的合力，领悟三思而行的道理，启发继承创新的激情，明白是非曲直的根由，理出好人好报的诠释，所以，我勤于工作。

　　到了属于自己的晚上，我就与人不一样，待在家里闭门而坐，奋笔疾书，对外说要赶单位的稿子，谢绝串门和外出；待在单位对桌而坐，拨动键盘，对家人就借故说加班，以免闲事干扰费时。这个时候，我脑子里全是"情、景、物、人、事"，笔下的纸，电脑前的屏幕，仿佛面对的是至亲亲人、知心朋友、红颜知己在诉说自己的心事，倾吐爱恋的衷肠，那种感觉真是爽朗、甜美、快意！夜深人静，大脑记忆呈现的是一个纯净的世界，自己耕耘的是一个属于自己的精神家园，可以将辛酸的泪种成含笑花，可以将苦难痛楚种成节节草，可以将喜乐欢快种成梧桐树，不管是人间的悲欢离合、喜怒哀乐，还是自然的风雨雪霜、阴晴圆缺，都由自己左右逢源，无人干涉、掺和。也有很多时候，自己常常被笔下的故事或人物所感动，独自欢笑、伤感、挥泪！真感情，是我写作一直不变的信念。

　　人人皆文学，文学皆人生，我是这样认为的。文学的自然，是指我们每一个人都有生活的经历，经历中都有感动和爱憎；文学的人生，是指我们每一个人的身上都具有文学的细胞，都有记忆和叙述的功能。所不同的是，有的人这样做了，用文字表达出来的人便成了作家；有的人没有把这种潜力挖掘出来，没有用文字表达出来的人成了读者。像我这样的文学写作爱好者，写出来的东西，远远没有读者的知识渊博，更没有读者的阅历丰富，还没有读者的见闻广泛，以及他们情感的细腻、品味的高深，我只是点燃了写作的火种，他们没有而已。

　　大自然的一切让我有种近乎苍茫的感动，自从我的散文集《乡村的牛》出版面世以来，我无法用语言来描述文学带给我的是什么，我只有一句话:"我的书要买没有,要看我与您共勉。"因而我一直处在感动与被感动之中,每一个认识与不认识的读者,都成为我继续创作有益于社会的作品的理由。

每当没有思路的时候,没有创意的时候,没有灵感的时候,没有想法的时候,我就到乡下去接地气,去眺望窗外的风景,去了解憧憬的生活;在努力的工作中去收获思考,去赞扬人生的美好,去感悟人生的真谛。

工作和写作,已经成为我生活中不可或缺的一部分,已成了我如今的习惯癖好。在空间行走,在空间奔跑,在空间畅想,在空间遨游,已是我享受空间,创造人生绚丽缤纷、寻求人生浪漫多彩的舞台。

2013 年 1 月 7 日刊载《安康日报》

文峰塔赋

城塔相依，一座文峰直入云霄；龙凤呈祥，万颗文曲普降凡尘。

山，以凤凰而俏丽；塔，以文峰而冠名。柔情与豪气常相随，佳丽与才子永做伴。显秦巴之地灵，彰江河之人杰，扬山川之锦绣，示民众之风雅。

逸闻兮传诸后世，声名兮早播万方。清同治十二年（1873），县令察文风不振，鉴人才不济，故主塔祈文圣。借东方之灵光，倚南府之吏盛，而塔坐明城墙东南角，世界少有，中华罕见。旨在吾地人才辈出，意存流年风调雨顺，而门开五层转梯，形体六棱瓷顶。题字文峰塔名，端书"文星高照"，撰联"塔势凌云开笔晖，人文启秀焕奎光"，外嵌"腾蛟起凤"碑，内塑"魁星点斗"像，角檐翘首，铜铃悦耳。均是青砖砌筑，皆为巧匠神功，结构严谨，工整坚固。塔高百余尺，遥视人间天。历千年风雨，经百战地震，仍巍然屹立，然神采飞扬。

建塔不为造景，倡文欲求业盛。祈文曲下凡，祷学风骤兴，启庶民之智，开顽愚之巧，励仕人日夜苦读，盼殿试一举夺魁。千秋书香飘逸，世代英才辈出。

登临兮远眺，凭栏兮四顾。群山绿环绕，峰峦翠起伏，松涛拨泉鸣。碧云游蓝天，神清见气朗，日月亮星辰。新店步栈道，高速车驰骋，古神融今韵。田野新楼姿，山城围湖景，民泰和谐国昌盛。迁建县学府、倾财镇师资，高校学子辈出百姓。艺术聚中心，文化建大厦，作家纷呈老少青。诗书激文淌，骚客涌墨翰，海外扬名华夏声。三山两川近在咫尺，沧桑裂变尽收眼中。嗟呼：正圆举塔初梦馨。

观文峰古塔，思龙凤情怀。历史渊源悠久，文化底蕴丰厚，人文景观众多，古物圣迹丰硕。龙传壮男多英杰，德高品正，儒雅而风华。凤遗才女更俊秀，天生丽质，贤淑而慧敏。人人领悟知识之灵性，个个追求人文之真谛。学者遍五洲，文明播四海。沈士远、沈尹默、沈兼士，一批大师驰骋中外文坛；杨弃、沈启贤、何振亚，一代将军称雄四海沙场。挥巨笔，指点江山，激扬文字，续写天下绝笔美华章。展才智，胸怀家园，放眼世界，继创中华不朽壮伟业。

夫文峰塔，文思之神仰矣，才智之灵泉也。

夫文峰塔，奠千秋伟业之基，遂世代文明之愿。

夫文峰塔，政以民生为政，民以政通为民。

2011年9月6日《安康日报》

山城六月

汗流浃背的日子,迎来阵阵响雷,大雨顷刻过后,绵延了几天的中到小雨。

山城放晴了,缭绕的凤凰山岚,浓浓的云霭散了;朦胧的月河川道,淡淡的雨雾去了。仰望蓝色的天空,那是透眼的蔚蓝;近闻清香的草木,那是沁鼻的暗香;长吸一口气流,那是富氧的快感。

龙岗阁顶升起的太阳,今天改换了脸色而不再炙烤,辉映的凤凰山尽是满目青黛葱郁;烈日显现出温柔的面容,和风下菩萨泉上的菩提树碧绿滴翠。此季节的一次酣畅新雨后,我欣喜地走出山城,用大脑的手,去触摸湿润清净的山城与乡村,大地丰满富有弹性,肤如新婚初孕的少妇,有隆起的兴奋却又害羞地甜蜜着。哦,是春天的恋爱找到了归属,便开始了新生的孕育。她用那近乎裸体的姿态挑逗人,让人无法按捺冲动的激情;她还用那近乎娇嗔的语气亲昵人,诱人无所顾忌地去亲吻去拥抱。

山城此时特别安静,爽风透过明窗纱帘,吹向三沈故里的莘莘学子,他们在桌前凝神注目,"唰唰唰"的笔下功夫,倾注着崇师的情愫,接受着高校的选拔,书写着少年的梦想。文峰塔上的常青树,凌空对他们高看一眼;月河水潮涌漫涨,为他们勇往直前而奔腾欢歌;双乳[①]丰盈了乳汁,为他们智慧健壮的展翅飞翔而积蓄能量。

绿油油的龙岗香樟林,甩翠的北城桂花街,飘柔的围湖岸边柳,酽酽的白荷花溢香,传递着山城六月重逢的喜悦。几只美丽的白鹭在南大桥下的水边细语,不知是谁放了一群鸭子,"嘎嘎嘎"地从上游凫来,

---

① 双乳:汉阴八景之一。

惊扰了白鹭而跃入柳梢。与草坪同色的几只蚂蚱，面对凤凰广场骚动的人流，它们却不屑一顾，没有惊吓还伸腿展翅地扎势子，任由照相的摄影的将它记入镜头。

临近山城的中坝、杨家坝，那一片一片的水田都插上了稻秧，龙岭社区果园村的坡梁上，若隐若现的有几位果农，在桃园、枇杷园中收获着什么。溪归山城的大木坝民俗村，恰似梦幻中的世外桃源。一湾湾哗哗的秀水，一丛丛翠色欲滴的桂竹，一座座通向汉漩公路的小桥，一桩桩粉墙青瓦的小院，还有那穿着短裙、半露着乳沟的村姑少妇，不时地出现在水边、竹旁、桥上、院中，忙碌着农家乐夏日旺季的生意。

月河、川道、街城，所有的日子都在大地上忘情地疯长，所有的欲望都在花丛间甜蜜地绽放，所有的爱恋都在双目巡视下惊喜诞生。还有什么梦能让人在这溢满芳香的绿色中悄悄地入眠？还有什么路能让人在这醺醉的微风中逃逸烦躁？此时，两行大雁从皓洁的山城上空悠闲地飞过，轻松地行进竟然是那样的整齐划一。是谁在冥冥中让生灵惊叹？是谁在绿野中拨响欢快的琴弦？是谁在稿园①文庙中激情四溢？我无声地在逼仄的田坎上徜徉，在天蓝地碧的日子里发出竭力的叹息。

今年山城的六月，是一个凉爽多雨的季节，一个初孕女人的季节，一个极易让人产生遐想的季节。

今年山城的六月，我的七魂六魄因你而静谧，我的滚滚思潮因你而停滞，我的锐敏灵感因你而痴呆。但我会静静地依偎在你的怀中，我会默默地祈祷你的平安，我更会微笑着迎来你幸福的分娩！

2011 年 1 月 13 日刊载《各界导报》

---

① 汉阴古代文人墨客集聚的地方。

汉阴雨

人们总说,生命之源是水,却不知水之源是雨。

雨之源是什么?是上天恩赐于万物的美丽精灵。

喜欢汉阴的雨,是我从小至今的心性。喜欢它的那份飘逸洒脱的灵性,喜欢那份淅淅沥沥的朦胧。更喜欢那份给人带来无限遐想空间的思情。

汉阴的春天,是少雨的季节。一旦有雨,那雨的缠绵便是最让人喜欢的了。燕子的第一声呢喃,迎来春天温柔的脚步,也给我们捎来了雨的滋润。春天的雨,飘洒如丝,轻柔如梦,从灰白的天空款款而下,犹如观音大师手中的柳枝,轻轻拂动,绿了围湖两岸的樟叶,翠了北城大街的桂花树,红了龙岗山脊的桃林,粉了涧池坡梁的樱园,让月河川道、城乡街院、凤凰群峦都弥漫在一种亲切、温馨的气息里。

细雨如丝的日子,漫步凤凰广场柳道,让细雨浸润眼角发梢;年轻人流连菩萨泉花前树下,赏绿叶盎然的春色,品花瓣上浮动的晶莹雨珠。中年人不时放段音乐,陶醉于雨打万物的意境,听夜雨轻敲在窗棚上,而内心的思绪里,总会有种淡淡的东西在飘飞。

汉阴的夏天,雨是那样的激情奔放。炎热的夏日,蝉在北城街桂花树上、在环城两岸垂柳上高声嘶鸣,空气愈加显得燥热。三山夹两川的山城地貌,总爱牵住那片载着雨滴的云朵,又挽留那阵清爽的凉风。十年九旱,龙岗人夏日的盼望,总是那么的焦急,那么的望眼欲穿,又迫不及待!

悄悄地,在午后,在黄昏,在夜间,在你猝不及防的时刻,那阵雨就这样悄然而来了。南山聚云风声撼,北丘飞空雨点射。大朵大朵的骤雨,来去如风,那种挟着狂风,擂着战鼓(雷电)轰然而来的倾盆大雨，热情洋溢，光芒四射，极像是一位莽撞的青年，潇洒酣畅，热情有余，但缺少韧劲。不时给山地、给河坎、给房屋带来不情愿的灾难；但这雨大多还是滋润了坡梁山林，填补了观音河库塘的枯竭，饱解了庄稼的干渴，冲刷了月河的淤积，净化了汉江的水道。汉阴人夏季盼雨之心远远重于惧雨之情。

秦岭北阻，巴山南挡，凤凰山中隔，因而汉阴秋天的雨总是斜风细雨。它以一种绵绵不绝的姿态出现，飘洒如愁，由小而渐大，由缓而渐急，不经心地吹打着万物，无意识地洗涤着这秋天的丰姿。一江一河的晨雾，爬山越岭，在秋季极像是一张巨大的帷帐，让天地变得灰蒙蒙的，一片苍茫……

汉阴人爱在秋雨中漫步，尽情地享受细雨落在眉间和身上的凉爽，体味着一种<u>丝丝</u>柔情。因此，秋雨总是给龙岗人一种有情的思绪。文峰塔上俯秋实，潇潇雨滴常青叶。每当看到大街小巷满飘落着的、应该四季常青的香樟叶，就好像看到了时光的轮回、生命的更替。在春华秋实的细雨中，南山辈人北山佬，背背笼掰苞谷堆在板楼上；川道坝子里的人，拉电动拖拌桶打谷子。雨，拦不住汗水结晶下的执着。

买金易求冬雨难，有雨赛风必在前。

飘雨的冬日，汉阴人喜欢看文峰塔顶积雪的常青树，像雪白的莲花开放在雪白的玉石塔上；外来人喜欢翻过凤凰山，去看凤堰古梯田，像洁白的羊绒毛毯从天上的云间一梯一梯一直铺到汉江边；田野落寞，却是炊烟袅袅，绕着屋梁绕着银树，然后与天相接；围湖，像碧绿的翡翠镶嵌在银色的山城中，凤凰广场到处是大人带着小孩，与天上的夹着雪花的雨嬉戏，感受那份生命的契机与期待。轻轻地哼着《春天的召唤》的歌，体味一种豁然释怀的情感和思念……

2011年8月4日刊载《陕西广播电视报》

"无"是幸福

幸：意外地获得成功或免去灾难。福：一切顺利，幸运，与"祸"相对。幸福：则指心理欲望得到满足时的状态。

有"福"则凶。明朝洪武年间，朱元璋微服赏灯，见一家马灯上画大马猴抱小花鞋哭泣，就想到是丑化马皇后的大脚，气愤时在此门写一"福"字做记号，回宫吩咐锦衣卫次日一早去抓有"福"字的人家。

众"福"则福。好心的马皇后得知，令全城人家在天明之前门上都贴一"福"字。次日早朝，锦衣卫空手而归，禀告说，家家门上都有"福"字，不知该抓哪家。这"福"字就成了避灾吉祥的象征。

倒"福"逢凶化吉。次年，朱元璋又派人上街查"福"，有一家不识字，把"福"字贴倒了，他听了禀报大怒，立令将那家满门抄斩。马皇后又灵机巧解，对皇帝说："那家人知道您今日来访，故意把福字贴倒了，这不是'福到'的意思吗？"朱元璋一听有道理，便收回成命，消除了一场大祸。

如今幸福一词，人们想得最多，广播、电视说得最多，报纸文件用得最多。什么是幸福？网络纷评它，哲学论述它，道德解说它，革命与建设诠释它。幸福一词便一清二楚了。

人们常说，祝您幸福，这是最便宜的吉祥馈赠，手机可群发。虽廉价但幸福，因为总还有人记起你啊。如果把祝愿幸福变成承诺幸福，这就不一样了，必须付诸行动。比如："为官一任，造福一方"，这幸福就有分量了。不过回头再细想，先把自己当成"官"了，还能造福一方吗？还有"建设幸福××"，这众福的承诺分量就更重于泰山了。群众欢欣鼓掌时，应得的幸福指数该会明白吧！

幸福，如果用幸福指数来判断，那就太系统复杂了，常人很难感觉到幸福。若用心理氛围来理解，那就简单化了，幸福感就常有了。比如：农民辛勤劳作，有五谷丰登的收获；教师为人师表，育得桃李满天下；医生救死扶伤，病人痊愈，生命得以拯救；恋人彼此相爱，不论寒舍清苦而携手奋斗……微观理解幸福，更朴素实在：你渴了，有一杯水喝；饿了，有一碗饭吃；劳作中奔波累了，有人牵挂、安慰着，这就是一种幸福。再如：你虽有些清苦，但你身体健壮，还有追求幸福的信心，这也是一种幸福……古人言："有功夫读书谓之福，有力量济人谓之福，有学问著述谓之福，无是非到耳谓之福。"把读书列为福之首，表明了渴望知识、完善自我、丰富精神世界的追求，把乐于助人、济困好施列为福第二，表明了中华民族善良的美德。古之有道，吾可行之。

如今，幸福之词被误读，读成金钱，读成地位，读成名誉，读成权力、声望、美女、楼阁……追求幸福变成了巧取豪夺、肮脏虚伪、不劳而获、角逐财富权力的竞相比试。这样被策动地"追求幸福"，就走上歧途，不幸就随之跟进。

"无"是幸福？众人普遍想的是物质丰厚，生活自由。而众所往往不知的真实幸福是：无的存在——无病无痛，无冤无仇，无忧无虑，无债无欠，无忌无悔，无私无畏。幸福不在钱、权势……幸福是一种满足，一种意境，一种期待，一种状态。心中有天地，哪怕居斗室；心静至美，福在心里。

幸是和谐安详，福是知足常乐；幸是淡泊明志，福是宁静致远……今天，为民造福，应是当政者取信于民的践行，期望幸福是芸芸众生的谋求，福满人间是太平盛世的向往，福星高照是千家万户的憧憬。

记住："幸福生活哪里来，要靠劳动来创造！"

酸楚的暖流

乔冕昨晚和老婆谈了一夜，老婆思想通了，他最担心的问题解决了，感觉特别好。

第二天一大早，乔冕就来到办公室，铺开宣纸，略思片刻，挥笔泼墨："斗转星移时变迁，县镇换届拨云烟。重整阵容列排雁，组合集结封授衔。五一七五律条严①，吾位耐心守株安。任人唯贤高歌赞，执政为民交新班。"写罢这首七律诗后，他读了读平仄，对自己诗句很是满意，然后倒了杯清茶，坐在木质靠椅上，扭头反复看了看字面，觉得这书法也还像那么回事。

是啊，自县委召开换届动员会后，乔冕就反复思考过自己的事。他是七十年代农校毕业，分配到边远的山区当农技员，由于笔下还有两下子，不到两年就从农技员调整到乡党政办公室做秘书，两年多的内外打杂、报告总结、文化宣传，让他当上了股级的党政办公室主任；三年多的上传下达、督办检查，他被提拔为分管农业的副乡长；五年多的扶贫安置、农业产业化、低保养老新办法，他又被异地晋升为镇长，再后来当上了镇党委书记，然后又调回县里当了局长。

一晃六年的县直部门工作，快两届的局长了，他很心满意足；自己从一个农民娃娃稳步当上了科级干部，感觉也良好，所以他决定在这次县镇换届时提前退下来。

还不满五十岁的他，依照县委组织部科级干部管理规定，能干到五十二岁。再说他的政治品德、综合素质、驾驭能力、方法水平、工作业绩虽不那么特别优秀，但组织上还比较满意，完全可以让他再任。然而，

---

① "五个严禁，十七个不准，五个一律"的换届纪律条例。

乔冕不这样想，他想提拔，却觉得自己干的、做的、说的、摆的都不是那么很突出，也不那么很显眼；再说又不爱自我宣传炫耀，想再升肯定没有希望，于是就想：退一步，海阔天空。

他的想法是：这一则，退居二线的路迟早要走，与其迟走让人撵下台，不如急流勇退早让贤，还能得到领导认可、同事高兴而皆大欢喜。这二则，一个单位的局长岗位干得太久，手下几个副职都眼巴巴瞅着这个正位子，自己早点儿退下来也好给他们提供一个升迁的机会。这三则，迎上奉下、政务繁忙，把自己的身体也搞得"三高"（血压、血脂、血糖高）不下，长年处于亚健康状态，早点儿退下来也是健康的需要。妻子想得通也劝告得好："拥有健康不等于拥有一切，但失去健康就失去了一切！"

由此，乔冕铁了心、定了性要从局长岗位上退下来。怎么退，退到哪儿？他思考过许多，妻子说，就退到本局里，人熟以后有啥事好说话，老了去一个生单位怕讨人嫌，自找没趣。可他担心的是"人退茶凉"，更担心的是在位时表扬了干得好的，批评了差的；奖励了工作优秀的，惩治了主观犯错的，怕遭受冷遇和刺激。想退到人大或政协委办室，做一名非领导职务的主任科员，面对世态的炎凉、世俗的偏见，眼不看心不烦，耳不听脑不乱，话不说情不淡。

想好了前后，在一个星期五的早晨，乔冕就把自己的思想向县委书记和分管领导及组织部长分别做了汇报，领导们对他在换届时提出退位的请求，给予了充分肯定，说他是高风亮节的举动，是无愧党培养多年的好干部，是为换届人事安排减轻压力，是为选拔优秀的年轻人进入领导岗位做出了榜样。

他听到了一致的肯定和赞扬意见后，县委书记和组织部长还同时请他考虑："帮助组织上推荐一名局长新人选。回单位还要做好相关换届人事推荐和考察准备工作。"

乔冕从县委大院回到局里后，赶上明后两天正好是双休日，他干脆就在办公室住了两天三夜，说外出开会，家里也没理会，局里也都没人注意。在办公室吃了两天方便面的乔冕，对推荐新局长的人选，思来想去很是犯难。

以爱的名义

眼下三名副局长，选谁呢？

分管机关、党务的副局长外号叫"直肠子"，工作方法简单，口无遮拦，办事毛糙不细心，缺乏当一把手必备的综合协调能力。分管业务和外联的副局长外号叫"秤杆"（暗指星多），心明眼快点子多，干事有板有眼，但处事爱耍小心眼，私利心重，机关干部和基层群众对其敬而远之，缺乏当一把手的光明磊落和信任基础。排在最后的副局长外号叫"石头"，姓石的做事老实过头，虽不多言多语，但太不灵活亲近，安排啥事做啥事，不积极领事也不经常汇报事，心中没啥印象，完全不具备当一把手的能力和水平。

三天过去了，乔冕经过反复权衡，决定把"直肠子""秤杆"两人都作为局长人选推荐了上去，矛盾干脆上交了事。星期一的下午，他找了县委书记和组织部长。

一个月过去了，换届开始公选代表了，县委对一部分干部做了调整。免去了乔冕的局长职务，调到县人大办公室任主任科员，选调一名乡镇镇长担任此局局长职位。

组织部文件还没发，此消息就在该局里一一传开，副局长"直肠子"和"秤杆"大失所望，大惊失色，在他们看来，简直是晴天霹雳地出乎意料。

"直肠子"副局长竟然在公开场合（乔冕不在场）诅咒乔冕："好他个乔大厐，'三高'都快短命了，还只顾自己想安逸，也不给人做好事！""秤杆"却不公然露面，悄悄在机关在外面传播了一条信息："新局长姓董，老乔的妻子也姓董啊。"

那一周，县委选派调整后的乔冕等几位局长乡镇书记到市里党校学习培训。

培训结束，乔冕就回到办公室，整理收拾文件和自己的东西。"直肠子"知道他回来了，就"嘭咚"一下推开门说："你局长做够了，甩手到人大去做闲职了，也不想想我们这些鞍前马后做副职的，事事你把我们当枪使，走时还不为我们做些好事！整一个外来的亲戚！哼！""直肠子"做出恶狠狠的样子。

乔冕没转眼看他，也没搭腔，继续整理他的东西。"直肠子"张嘴还想说什么，这时"秤杆"也"嘭嗵"推门进来了，"秤杆"看到"直肠子"点点头，就往乔冕跟前走，边走边从衣服口袋里掏出一把发票，高声低调地说："还是叫你乔局长吧，这文件还没发，你签的字还是有效啊，前几天你不在时，'直肠子'派我外出考察项目，这花费的五千多块钱的便餐费，帮我解决一下，拖到新局长来处理可是不大好吧？"

乔冕越听越生气，这人事调整前后明明规定，不得外出也不能签字，他们还这样羞辱人，这哪是科级干部的素质啊，乔冕的手脚一下感到冰凉。

"直肠子"见乔冕没理他，自己就找个纸杯子倒了一杯水，"咕嘟咕嘟"喝起来，想看看他如何处理"秤杆"的事。"秤杆"见乔冕也没理他，也找个纸杯子倒了一杯水，"咕嘟咕嘟"喝起来，想看看他到底咋样打发他们两人。

半天没说话的乔冕，冷静一阵后，放下手中的书本文件，强打着微笑的脸，话里带刺地说："局长也是二纸宽一绺，说走就得走，党叫干啥就干啥，你们副职也一样。今天莫说我要先离开这单位，就算我人要临死前，也要当面把话说清楚，当领导在哪里都是铁打的衙门流水的官，你们在这局里也不一定能干一辈子。实话说，过去我们搭班子，那叫各尽所能，你们说我把你们当枪使，那就当枪使了，你们自己心里明白，就算我对不住你们，我道歉，行吧。不过，我郑重地劝诫你们，只有善待他人，才能善待自己！只有清白努力做好工作，才有更大的工作机会，你们好自为之吧。"乔冕一吐而快，心情热乎一大截。

"当枪使"虽不好听，但乔冕想的是：谁都是党指挥的枪，我当局长是组织的枪，我的手下副职当然就是我指挥的枪啊。他分工"直肠子"管机关，是充分发挥他敢说敢做、不怕得罪人的特长；分工"秤杆"管业务和搞对外协调联络，更是调动他工于心计、灵活机动的特长，这就叫知人善任啊。乔冕不管"直肠子"和"秤杆"误解不误解他，反正经他们一通数落，自己不仅不生气了，反而感到有些得意。

任免文件下来了，乔冕该从局里去人大办公室报到了。

临走时，虽有几个干部在身边，但三个副局长没一个来为他送行。"直肠子"早就说，他不送，见了就怄气也赌气；"秤杆"前两天就借故外出了，没回来；"石头"呢，因为重感冒住院，还在医院打吊针。这种尴尬的场面，让乔冕真的没想到，心口上好像有十几把小刀子在搅动那样难受。

他上了单位的车，车开往去人大的路上，要经过县医院，乔冕透过车窗，从老远就看见医院门口，站着的是他印象中最模糊的副职——"石头"。"石头"的妻子把吊瓶举得高高的，还没等车开近医院门口，"石头"的手还扯着吊瓶，吊瓶的输液管扯着妻子，"石头"和妻子就快步跑过来，双手拉住乔冕的手说："尊敬的乔局长啊，您今天去报到，我没在单位来送您。请老局长见谅啊！"

握着这还有针头的双手，乔冕心里掠过一阵酸楚后，一股强大的暖流从手掌涌进心里。

城市之美
——好人彰显

你们是众星的一颗/很渺小/却为黑夜聚合光明。你们是浪花的一滴/微不足道/却为浩瀚大海闪烁蔚蓝。你们是百花中的一朵/很不起眼/却为大地增添美丽。好人为这座城/这片土地/百姓的家/做出了无私的奉献。好人的美/人们会永远记住/也许那只是一个背影/但却永远刻在心里/挥之不去。

——题记《好人的诗》

装束粉饰可以让人美，绘画雕刻可以让物美，风格建筑、绿化洁净可以让一座城市美，而真正决定城市品位美的是这座城市的人文精神，是城市主人的心灵健康、文明程度和做人理念。

善行与良知一同前行，道德与文明一起提升。当不少人在为好人难当、诚信缺失、道德滑坡等问题焦虑时，山城汉阴却不断涌现仁爱善举、乐于助人、见义勇为的好人好事，这些好人身上高尚的德行，是汉阴人民厚德明理的标杆楷模，诠释着山城品位美的内涵。以道德楷模塑造城市之魂，实现城市文明和社会文明"双提升"，已成为汉阴最亮丽的城市"名片"。

凤凰广场简易的平台上，近万人在这里观看学习了道德模范刘传品、罗学义、陈珍、吴大松、黄祖顺、沈继信、刘守斌、钟地高、邱刚英、周家麟、王广凤等同志的事迹报告。当一个个平凡的面孔，平凡的身影，走进我们的眼帘，他们那平凡的善举，平常的勇敢，平民的坚忍感动了所有人，他们孝老爱亲、助人为乐、诚实守信、敬业奉献、勇于面对、敢于担当的道德之光，照亮了人们心中的爱，点燃了整个社会的激情。

使我们的灵魂受到震撼，心灵得到再一次洗礼。

三十九岁的邱刚英，丈夫在外务工，一人承担起照顾读小学的女儿和双双失明的八十三岁公公与七十五岁婆婆全部生活的重任。十几年如一日地精心照顾，她面对种种困难无怨无悔，她把孝敬老人看作是自己天经地义应尽的责任，为自己的孩子做出了尊老爱幼的榜样。她公公与婆婆逢人总说："我们是鱼，儿媳是水，没有这样孝敬的儿媳，我们早都不在人世了。"在贫困中，她任劳任怨，乐观通达；在艰难里，她无怨无悔，坚守清贫；她以柔弱的身姿，担当民族传统大义，这正是中国传统道德观在古老文明汉阴山城延续的一个缩影。

刘传品同志，三十多年如一日坚守在刑侦工作最前沿阵地，不为权势所扰，不为亲情所困，秉公执法，创造了经他亲手所做法医鉴定100%无误的历史纪录。被授予全国公安系统"二级英雄模范""全国优秀人民警察"的光荣称号。

"人格守恒行天下"的出租车司机吴大刚，农民之子，面对拾得的巨款，他像失主一样焦急，面对过往的顾客，他如亲人一样操心，老弱病残求医、购物免费接送，他的精神是一个民族美德的见证。

情系桑梓的退休教师李传文，拿出一生十几万的积蓄，回村开办"文化扶贫"书屋，"产业富口袋，知识富脑袋"是他逢人便讲的口头禅。

妙手丹心的女教师王汉荣，风雨兼程几十载扎根乡村，用爱心真心帮助贫困生，用耐心细心亲近感化差生，学生都称赞她为"伟大的母亲"。

一个道德典型在闪现个人人性光辉的时候，感召的是一群人的道德认同和行为转变，引发的是一个地方道德力量的内在发展，凸显的是推动经济社会发展的支撑效应。

十五岁的纯真女学生张悦，2011年秋天偶然得知同济医院住着一群衣衫单薄无助的孤寡老人，她不仅从家中拿出棉衣等物送去，还倡议全班五十九名同学伸出援助的小手，牵动家长和老师的响应，孕育出社会普遍需要的大爱。

十七岁的风华少年陈余祥，因家贫而外出打工，为救起溺水工友，而献出年轻的生命，被杭州市追授"见义勇为积极分子"的称号。

　　医者仁心的刘守斌，把爱岗敬业内化为了一种人生境界，一种人生品格，一种日常工作行为，获得"全国五一劳动奖章"……

　　在汉阴城乡，像他们一样的道德榜样不难寻觅；在身边的普通百姓中，助人为乐、见义勇为、敬业奉献、诚实守信、孝老爱亲等模范人物层出不穷，集群涌现。一群好人的事迹，谱写了一曲曲感人之歌，一群好人的精神，温暖民心、提升民气、汇聚民力，推进社会文明进步。

　　一群"好人"，温暖众心，彰显城市之美。道德模范已走下"高大全"的"圣台"，好人可以是你、是我、是他，好人的事迹有着人性的闪光点，给社会带来积极向上的正能量。千千万万个汉阴人，正以自己的善行义举完美着自身，扮亮着家乡。道德之美已成为山城最亮丽的风景，人心之美更是汉阴最厚实的底蕴。

　　山城，凡人善举层出不穷；汉阴，好人奉献大爱无疆。

山城冬雪

　　冬，整整齐齐走来。期盼的一场雪，就在这凛冽的寒风中理直气壮地、无惧无畏地、奋勇当先地落下。犹如山城刚解放那年的进城大军，队伍威风凛凛，战士精神饱满，步伐整齐划一，仿佛是一首节奏刚劲、悦耳动听的进行曲，旋律轻快而脍炙人口地风靡大街小巷。山城惊讶而新奇地听着听着，潜意识躁动的心律慢慢调平，便自然沉浸在这精妙绝伦的意境里，任雪花覆盖广袤原野、遍铺山川沟河、落满文峰城郭。山城似有所感悟，如一位智慧的贤者，静静地坐着，尽情享受这冬雪的抚摸。

　　北方来的一场雪，簇拥我独自信步在山城的街上，眼前弥漫着一片银白色的雪景，处处散发出清纯洁净的气息。去年今日被喧嚣焦躁充溢的心，在此时，像被这清幽洁雅之气滤过似的，一下子静如秋水，彻底敞亮了。我深深体验到：例行的检查会、惯性的总结会、诸多的联谊会、名义的座谈会、邀请的交流会、盛兴的答谢会等等，这年终名目繁多的"公费"被取消，重负的"公车"全卸载，繁杂的"公务"大缩减，劳碌的"公仆"得解脱，冷眼的"公众"被暖亮。山城被这雪花的真情所感动，三沈纪念馆前的蜡梅红了，龙岗公园的枇杷花绽了，大木坝茶花艳了，一股浓浓暖意涌上来了，山城人们的心间无不荡起愉悦的兴致。

　　棱角分明的雪花，矫健地舞动起冬的盛景，城墙白了，街道白了，行道树白了，广场白了，围湖白了，天地人间一览白茫茫，这还真是一个公平的待遇，一个公正的颜色，一个淳美的世界。眺望雪中的山城，不正是一个身披婚纱的新娘子吗！婀娜多姿、丽质清纯、朴实动人。我痴迷这冬雪演绎的美景，不仅仅是我，不仅仅是山城人，也不仅仅是中国人，恐怕地球人都想让心灵在这纯净的雪的世界里沐浴，从而深切地、厚实地、哲理地去领悟这冬的滋味与情怀。

今冬，用寒冷维护着自己的尊严，无形和泛滥的水在寒冷的强势下必然固定成冰。暖冬久了，人们只感觉舒服，依赖的欲望扩张，却不知自然规律遭破坏后的惨痛；经历寒冬，人们才会感到冷的刺激，事才会遵循规律，心才会有所警醒，人才会有所作为。山城今冬正是在雪的威严下，热情而乐观地迎接寒风，不再显摆豪楼皇馆的"慷慨"，不再出手礼尚往来的"大气"，不再忧虑说长道短的"关怀"，不再怨恨贫富不均的"偏爱"，该冷的东西就冷，该寒的地方都寒，雪是铺天盖地的，城乡处处都一样，没有特殊、没有例外。雪花轻轻地落入山城的怀抱，好似遂了自己的心愿，无声无息又有声有色。

"咚咚锵……咚咚锵……"一阵锣鼓声，把我的思绪打断，眼眸从凤凰广场被吸引到客运站，"汉阴公交车开通啦！"上千群众的欢呼声，同飞雪一道响彻云霄，惠及百姓出行的历史今天刷新。我也赶新鲜，坐上小城空调公交，车轮在街巷留下两道明显的印迹，车内闲谈声不断：一个男人说，今年冬天下岗职工又增加了补贴；一个女人说，昨天政府给咱贫困户送来了慰问金；一个中年人说，今冬咱清洁工也有取暖费了，我坐这趟车就是顺便去领……雪花飘舞的冬天，新鲜事层出不穷。在龙岗站我下车，从千步梯上到菩萨泉，一群年轻人在公园的雪地上打闹，女孩鲜艳的羽绒服，在白雪的映衬下格外炫目，她们疯跑的身影在雪地上，如彩蝶飞舞，美极了。我想，今天在这洁白的雪地上，他们不该有烦恼和忧愁，应该尽情享受这冬雪带来的欢乐。是啊！生活本应该如此，就如这自然规律的、寒冷的冬天，让我们心灵深处感觉它总是孕育生机的。

今冬的雪，用洁白的花朵绽满大地，似是天国盛开的雪莲，却不与百草比高论低；虽然满面柔情，却无心与花争奇斗艳，一心向往的是投进绿地肥池，给大地底层的生灵以无穷的慰藉和欢欣，将花的蜜、叶的汁统统化作禾的营养、苗的乳汁。掬一捧流年在手，启蒙着我的心绪，一种期待在雪中弥漫开来。

2014年4月10日刊载《三秦广播电视报》安康版

登安澜楼

经常去安康办事,知道金州在变化,却从未登过安澜楼。辛卯初夏,听说安澜楼要维修,抢时登梯上楼,一观江城金州风景,顿然感慨"江城安康如此多娇"。

登上安澜楼,与楼一体,可真有点儿"俏看风云雷动雨刷,综观江涛水涨潮落"之威仪。南望江城桥头,入城大堤上空雄鹰展翅翱翔,门鼎里外铜牛镇地对峙,日夜守卫江城而虔诚记忆金州。

江城汉水,自西方泛波而来,在这里怡情扭身便转向东去,坦然遗下东西两坝而坪现金州,然后摆尾甩出一个张滩,有东塔佐证,有城堤言明。这里的天地,这里的山形,这里林环水绕,得天独厚,钟灵毓秀,吸引南来北往古今中外的人流,在这里小憩,在这里生存,在这里发展,就形成了人们素称的"西北江南"之美誉!

开发之美在安康。过去是什么样,我不清楚,从史志里得知,这里有许多故事,还有许多传说,出了许多名人,也留下许多古迹。现在,大自然特别钟情于金州这块风水宝地,造就出了秦巴山间陕南"明珠"之州,使它放射出了璀璨的光华。站立顶楼我才明白,解开了禁锢的脑筋,打开了封闭的门栏,春风才激情荡漾江岸,江城南北的热土才开发建设,才如火如荼,不仅老城旧貌变新颜,而且新城一展丽姿,城市风格更引领时尚。过去不敢吹牛,而今可以亮喉:"一江春水两岸城,江南如旧金州新。"

和谐之美在江城。清清汉水波粼涛涌,高楼林立云烟缭绕,水养鱼虾滋润花草,一、二、三桥横跨金州两岸,高速公路贯通大江南北,铁路枢纽连接五湖四海。所以说:江城的宽容是金州人情感的种子,它在秦头楚尾安康人心灵的净土上扎根发芽,在"爱我安康"的呵护孕育下苗壮成长。因此，金州人不再排外而消化了妒忌，江城中南腔北调的汇聚感化了心灵，人气厚德播撒了善意，使得外资外商的企业客户拥来落户，合伙携手投资建设，给成长的"安康"注入了新鲜的血液。

文化之美在金州。香溪森林公园，先祖造就千年圣地，八仙洞玉皇庙镶嵌其间，望江亭、观音阁沿岭而矗，兼容风雨、栖息鸟兽、养生万物，化艳阳为力量，解云雾为彩绘，名誉国内海外。天河聚成瀛湖，烟雨缥缈，千峰竞秀，岛屿星布碧波万顷间，山湖相映奇石峥嵘中，白鹭行行波惊鱼翔浅底，船舶击浪晃动风光旖旎。宾客拥至与快乐相伴，携幸福同行；河堤街修剧院书院，收唐宋元明清圣典，辑名人大家原作，藏古文古物遗迹，二黄调起京腔，歌剧演绎盛世；龙舟一节，祭古事扬今神，聚人气开商门，让江城充满真情，在金州感受温馨。

艳遇之美在两岸。堤边百花艳，水中日月光，如果沿河滨而漫步，不能不为这里的美、这里的丽、这里的艳而折服。两岸江堤草木绿郁葱翠，一衣带下花飞芳芬，日光江中杨柳依依，柔枝拂拂；夜晚月光下，更是半城灯火半城河，江城颤动在波光上，金州摇曳在迷彩中，这不得不使人流连忘返，情韵悠悠。汉水公园依水而偎，偎水而卧，阁亭玲珑，古色古香。可以琴棋书画，可去酒吧茶座，可行交友洽商，还能柳下垂钓，最好佳人相约，那种悠闲，那种惬意，没人抒发得准确。这时想起北京的朋友说："生活在这样一个江城水色的怀抱，就是力拔山兮气盖世的勇士，也会软化他的锐气，磨平他的棱角，诱惑他的情衷，这样的美人关谁能闭眼而过！"

站立安澜楼，透过激情的汉水与阳光，我仿佛看到了一群穿着"黄马褂"的人，他们为江城的洁美，在春雨沥沥中流动，在烈日炙烤中闪动，在寒风落叶中行动，在雪花飘舞中移动，这是一种强力吸引目光的金色之美。

站立安澜楼，透过有序的车行人流，我仿佛看到了一群着装"蓝色服"的人，他们在危难之时，给生命带来希望；他们在春江花月夜时，给生活带来温馨；他们在苦和累、血和泪中，给社会带来安宁，这是一种真诚守卫安康的蓝色之美。

站立安澜楼，透过崛起的楼林高塔，我仿佛看到了，一群又一群穿着"正装、标志服、工作服……"的人们,他们在金州江城律动变幻着的舞台上,描绘着远景蓝图,泼墨着七彩缤纷,演奏着和谐旋律,这是一种践行民生使命的绿色之美。

站立安澜楼,透过历史与未来的时空,仿佛看到了——秀色安康,人文安康,幸福安康。

2011年2月27日刊载《三秦广播电视报》安康版
2011年10月荣获市委宣传部、市文联"把安康带回家"主题征文一等奖

思索自然

怀念一条江

五月即至，金州安康的汉江两岸，龙舟节的气氛已溢满江面，色彩缤纷的龙舟往来穿梭，《离骚》诗曲沁人心扉，屈原肖像路人皆仰。

爽风的清晨，我来到汉江边，与激流荡漾的江水相携，脑海中就哗啦出"路漫漫其修远兮，吾将上下而求索"的长吟声。勇往直前、奔涌不息的江水啊，恰似屈原赤胆亲民的心流、忠贞爱国的精神，"求索"执着的意志，已渗入中华民族的血脉，在时间的隧道中闪烁着不朽的光芒。

顺汉江东望，眼神浮现出一条汨罗江，江虽小，水亦窄，心胸却博大、宽容，在她的臂弯里，怀抱了一位忧国忧民、爱国爱民、矢志献身于祖国的贤臣诗人。于是这条江，在历史的长河里，就有了血性和悲情；这条江在现实的进程中，就让人体验到了沉郁绵长的历史质感，感悟到延续厚重的文化风韵。

站江边瞭楚，顿觉时空倒转，仿佛灵魂进入了满目疮痍的楚国。这里已是生灵涂炭，烽火狼烟；这里亟须励精图治，政治革新；这里亟待内立法度，外御强侵。然而，那时君主昏、贼臣佞，处处是急流险滩，屈原虽有九死不悔的精神，却累遭流放。秋风残照里，孤雁哀鸣中，他一路长叹相伴，一路落叶相随，沿着古道走向蛮荒之地。行吟泽畔，形容枯槁，仍念念不忘社稷苍生，把为民立命的斗志凝聚在江边的秋风里。

问江流何规，在中国封建社会漫长的政治文化中，济世救民的崇高道德理想与小人乱政从来就是宿敌，正义往往败北，正直之士常常难得善终，这就是历史悲壮的文人宿命。然而，独醒于浊世，哀民生多艰难，立国身常遭险的品性，必然伴随着不屈佞、不畏死的抗争，也正是这种坚忍不退缩的铮铮风骨，而形成正义刚强的传统文化精神。经历千百年的栉风沐雨，精神从来没有失败过，依然鲜活在后人的思想视野中。历

史见证：肉体可以随时被毁灭，精神却永远刚毅不可摧。

捧江水反省，柔弱胜刚韧的水，它是生命之源，可以安息洁净的灵魂。一江碧水，是孕育生命的江水，是生机不息的江水，这既是一种诱惑，更是一种高贵的选择。沧浪之水，清，可以濯缨；浊，可以濯足。诗人钟情于水，义无反顾地选择，告别苍老与疲惫，高洁的灵魂得以永恒。

"亦余心之所善兮，虽九死其犹未悔。"① "言与行其可迹兮，情与貌其不变。"② 这些饱含悲伤愤恨的诗句，是那样的完美丰富，泽被后世，其中爱国情感、修身洁行的高尚节操，疾恶如仇的斗争精神，都成为泽润后人的财富。

忠魂随水逝，今人尽哀思。屈原那对祖国的无限忠诚及其"可与日月争辉"的人格意志，激励着中华民族之不屈、图强、奋进。所以，有江之畔，人们纷纷建庙修祠，年年龙舟竞渡，以抚慰忠魂，弘扬精神。

立金州江岸，视华夏大地，屈原那关怀民生的情感、真善美的人格、"士志于道"的社会价值，探索真理的信念、爱国主义的精神已经牢牢楔入中华这块古老而崭新的大地。

怀念一江水，江江水不息。

2013年6月27日刊载《安康日报》

---

① 我内心追求美好的东西，就是死上多次也不后悔。
② 我言行一致可以考察，我表里如一不会变化。

几棵树

　　几棵小树，长在城市的河边。城市扩建要修河堤。有人说，毁了它，城市会更宽一些；工程师说，留着它，城市会更美一些。就这样它们被保留下来，原地站在新修河堤上的霓虹灯下，坚守着一方。

　　风去雨来，几棵树站在两岸的人流之间，生长在城市的边缘，它们默默无语，也似乎无所作为，早被人们遗忘。只有每日晨露在滋润树的心田，阵阵清风在解除树的寂寞，沉沉大地在帮助树的成长，阳光天天在调补树的营养，闪闪亮星在与树对话，潺潺小河在倾听树的诉说，它们相互无语而携手并肩……

　　冬去春来，夏过秋临，几棵树已张开博大的臂膀，交叉着手，给城市河堤撑起一片蓝天，为河堤行人撒下一片绿荫。这以后的晨光、夕阳、雾绕、雨淅，这以后的燕归、暑热、菊开、雪落，就都会招来东往西去的摄影家，从远到近围绕着几棵树，左转右看，上瞅下瞧，不停地调整相机焦距，不断地按动快门。多少个月光下，无数次星星眨眼时，数不清的眷恋情侣，在几棵树下海誓山盟，酸得这几棵树随风打战发抖；也有一些自作多情的文人，在树下憋出几篇文字，零散地挂在几棵树上……

　　几棵树不动声色，只等鸟儿来栖息，风儿来挑逗，雨儿来点拨，它们才欢快地嬉戏玩耍……

　　不平事，几棵树坦然面对。当初想毁树的一些人，还耿耿于怀地说长道短，说要不是这几棵树的影响，这城市开发用地就大把大把赚钱；肮脏的尘埃也来侵蚀树的枝叶，一心想叫几棵树同流合污；河堤管理人员随心所欲，架梯挥刀，剃枝剪桠，总想用自己拙劣的思维来改变树的模样。对此，几棵树一声不吭，慢慢地，流血的伤口结起老痂，从权腋生出嫩芽感知阳光的安慰，尽力舒展枝叶接受雨滴的洗礼，然后再和风

儿说说心里话。

对欺辱，几棵树不屑一顾。城市高楼以白色丽面的反光炫耀自己，把刺眼的辐射转嫁给几棵树；炎夏酷暑的洒水车，虚张声势地讨好河堤花坛中的灌木和杂草，高傲地鄙视着几棵树；本就在几棵树下行走的人们，竟无耻地把一口口浓痰和唾沫喷向树身；享受着花天酒地生活的厌人，硬是把一肚子酒囊饭袋的糟粕，狂吐在从没招惹谁的几棵树根下；同是生活在城市中的动植物，而城市人总要把养的宠物，牵至几棵树下去撒尿拉屎……尽管这样，几棵树还是一声不吭，自强地寻求生存需要，自洁地氧化净去污垢，自爱地活跃绿色生命。

能宽容，几棵树忍辱负重。调皮的小孩攀枝爬树荡秋千，还用小刀划出一道道伤痕，几棵树任由顽童们撒野嬉闹；穿着黄马褂的保洁员，风雨无阻地与垃圾打持久战，弯下的腰酸痛时，就直起身倚着树干，歇一口气，伸一伸腿脚，几棵树就挺直地抚慰他们的身躯；出城进城的人们，遇上大雨或头顶骄阳，匆忙跑到树下求救待援，几棵树就聚合枝叶为人们避雨遮阳；悠闲自得的老人们，趁着太阳没下山，三三两两自乐地在树下放鸟、下棋、打牌、说古论今，几棵树温馨地摆动着爽风，为老人们养性怡心。

找快乐，几棵树生机盎然。冬去春来，夏过秋临，几棵树始终默默地追求着阳光，把根钻进土地深层，在城市的空间和水泥沙浆浇灌的河堤缝隙里无语地生长，快乐地成长，已成参天大树……

那年，城市对岸又修河堤，砍倒了河边的一些树，扩张了城市用地，修建了好几座高楼。这几棵树对自己感到很幸运，对河道变窄很悲伤，对明天思考更是担心。

终于那一夜，倾盆大雨，河水暴涨，上游河堤垮塌，城池被洪水淹没，新建楼房倾斜，古桥被冲毁，求救声一片呼号。这时，几棵树倒了，并排横卧在河的两岸。几棵树搭成便桥！老的少的男的女的这些鲜活的生命，沿着几棵树跨过了地狱，走向了生存延续的地方，有了活着的希望。

二十年不遇的暴雨，三十年不遇的洪水，谁能想得到，谁都想得到——生态不可虐，自然岂能欺？！这是几棵树用生命换来的警示……

2010年8月刊载《安康文学》第4期

五月的声音

五月,这是个令人身心愉悦的季节,田野摊开金色的手掌,握住芳香的温暖,把春天的绿色染黄,坦露出夏天的梦想。五月,这是个能带给人更多感动的月份,大地用跳动的灵魂,编辑心声的旋律,把人间的生活冲击,定格成美好的畅想。

五月真的来了,这第一天就有劳动的号子,一个充满国际力量与创新智慧的节日。这天的山村农家,狗在深夜收割脚步声,炊烟收割乡愁,小花收割火焰,麦苗收割太阳。这天能看到"嘿!咱们工人有力量,每天每日工作忙,盖成了高楼大厦,修起了铁路煤矿,改造得世界变呀变了样……"的火热场景。如今这第一天,劳动的人们可乘着春末夏初的好时光,去看"祖国山河美如画",把自己忙碌的生活与工作的色彩,用假日的休闲来乔装打扮一番。

在时光的隧道中,走进"五四青年节",就更加令人激动兴奋。忆往昔峥嵘岁月,"九一八"的怒吼唤起民族的觉醒,"起来,不愿做奴隶的人们,把我们的血肉筑成我们新的长城,中华民族到了最危险的时候……"这义勇军进行曲,终于成了中华人民共和国国歌,这歌声像洒遍大地的热血永远铭刻在心。"我们年轻人有颗火热的心,赤胆忠心为人民……"改革开放的火热建设战场,他们是先行军,更加珍惜今天的机遇,奋力开拓明天的繁荣富强。

蓝天白云的五月,珍惜生命的人们,在十二日这天,诚挚庆祝国际护士节。全球的"医院日",我们每天都可以体验到,亿万个南丁格尔在以爱心、耐心、细心、责任心关怀着每一位病人,护理着每一位患者。这天我们该向广大医务工作者致敬,并放声高歌一首《白衣天使》之曲,让感人的旋律激荡人心,激荡的每一颗心就会赶走一个病魔,驱走

一个死神，唤回无数个生命的灵魂。

感恩的日子在五月，第二个周日我们都应该双手捂着心。母亲节，这个感恩的日子，我们感受母亲给予生命和养育的恩情，母爱无私而伟大。母爱让我们学会感恩，在一年三百六十五天里，捂着心去聆听"感恩的心，感谢有你，伴我一生，让我有勇气做我自己……"这首歌；捂着心去朗诵"谁言寸草心，报得三春晖""滴水之恩，当涌泉相报"的训言。感恩母亲，我们也感恩生活与生命中的一切。常怀感恩的人，就懂得"人靠人活着"这样一个言简意赅的道理，因而对现实都心存感激。拥有一颗感恩的心，就没有了不满，没有了猜忌，没有了怨恨，就像母爱那样有一颗从容淡然的心，有一生充实感激的情。

诗情画意的五月，每一行句子里，每一笔色彩中，都会把对残疾人的帮助和关爱融入其中！因为五月的第三个星期日，是全国助残日。看青山伴奏，听绿水吟唱："这是心的呼唤……这是生命的源泉，只要人人都献出一点爱，世界将变成美好的人间。"人人都献出那爱的"血液"，就会形成千万条小河在地球上流动，这爱的血液就会输送到世界的每一个角落，就会泛起一朵朵水花，一朵水花就是残疾人的一生，这幸福之花就会在和谐的世界中竞相开放。

五月的最后一天，是"世界无烟日"，大家都来宣传吸烟有害，那将是你我健康的起点。我们不会忘记香烟的自白："我是最好的直观教具，证明抽烟会缩短生命。"记住了，五月就是一首圆满开心的歌，春日栽植的小树就会在夏日的歌声中茁壮成长，栖息在树上的鸟蝉和树下的蟋蟀，就会奏鸣高低声部的欢乐曲，让全球的人都分享《健康之歌》的愉悦。

我们热爱五月，无论我们年轻还是年迈，一如我们所追求的活力与激情。五月是火，咧开桃李红唇，它的热度有麦穗的颜色来辨别；五月是海，和风摇荡心湖，它的浪花有阳光来数落；五月是雾，雀鸟骚动竹林，它的变幻有朦胧诗来勾勒。五月里的一切，扯着金光灿烂的花裙，旋转飞舞，随风飘逸。

五月，脚步轻盈；五月，声音美妙。

2009年5月7日刊载《陕西广播电视报》

凤江菖蒲

芒种的风，把我们吹到了凤江。收割了油菜的梯田，正好下了一场透墒雨，田里灌满了水，朝霞下似铺装出七彩的天梯，弯着、扭着、翘着、弓着，随势就形地直升云端。反光的彩梯中，有撒散的星点在移动，参差不齐地传来高低不同的吆喝声，还有七沟八湾的溪流、泉涌，合唱出夏至的激情乐章。

闲人当然是我们，美其名曰带了一些山外的游客来这里观景、探奇、赏俗、寻耕、摄影。我们似乎格格不入地、喧宾夺主地、画蛇添足地插在这自然和谐的山水景色中。明知有煞风景，可我们还是固执地、刻意地、无虑地在这个季节行走在乡间的小路上。

从凤凰翘冠眺视汉江的猴子崖，徒步那曲里拐弯的村道，经过沟沟弯弯的池塘、小河、溪流、泉眼和渗水湿地边，与我们亲密随行的都是菖蒲。那一丛丛修长挺拔的叶，集合在一起，展示出青翠与活力。在晨光辉映下，在清爽徐风里，在水光映衬中，是那样的润泽青碧，禁不住让人回顾起曾经历过的那美好的爱情，回顾起曾有过的活力那朝阳般的青春。

"看，太美了，这简直就是一幅'水剑塘'彩笔画啊。"山西的游客惊奇大叫，喊我们过去看他拍的照片，嘴里还振振有词："其叶中心有脊，状如剑。这是《本草图经》描述的。"北京的女作家接话："春秋战国时期，铸剑鼻祖欧冶子曾受到菖蒲的启发，铸就了'纯钧'宝剑。"游人七嘴八舌赞不绝口时，只见一阵风，荡漾于梯田水波之上，池塘那些直挺挺的叶子随风而动，恰如一支支宝剑纷纷出鞘，泛起一道道凛然的光芒。我这才明白，怪不得那位游客会把一叶菖蒲叫作"水剑"，把这一池塘的菖蒲叫作"水剑塘"了。

当地一位老人见我们对菖蒲很感兴趣，也赶过来颇有兴致地说："你们入夏此时来，正是菖蒲生长的旺盛期，按我们这里的传统习俗，端午节快到了，这天家家门上都时兴插艾蒿、悬菖蒲，俗以菖蒲做剑，艾蒿做鞭，就能退蛇虫、灭病菌、驱毒邪、免灾难。"老人一番话，我想这其中，必有一分虔诚，更有一分美好的期冀。

手抚一簇菖蒲，细细琢磨，它的气质——刚柔相济、明净生姿，且"耐苦寒，安淡泊"，却"不假日色，不资寸土，不计春秋，愈久则愈密、愈瘠则愈细"。怪不得唐诗中有"菖蒲翻叶柳交枝，暗上莲舟鸟不知。更到无花最深处，玉楼金殿影参差"的诗句。菖蒲不仅碧叶葱茏、根似白玉、挺水临石、清静高雅，而且其花茎香味浓郁，具有开窍、祛痰、散风的功效，可祛疫益智、强身健体之用，难怪它成了文人的风雅之物，可以托物言情。

目菖蒲生机，闻水剑清香，眺千层梯田，究农耕文化，比比皆是凤江人的遗风与写照。

凤江女端来一碗陈酿的菖蒲酒，那菖蒲清奇的香直入鼻孔，加之浓郁美酒甘洌的醇，要是真的喝下去，恐怕连神仙也要醉倒啊。

2013 年 6 月 13 日刊载《安康日报》

思考河流

又到抗洪抢险的季节，我又开始对河流沉默地思考。

我眼前所见的，在地图上找的，没有一条河流是直的，即使是人工建造的大运河，也有许多转弯处。因而，潺潺的泉溪、弯弯的河流、滚滚的江水，便是人们眼里的美景、口边的赞叹、心中的激情。

我站在山上浮想联翩，一条河流为什么不走一条最捷径的河道进入大海？我又坐在书案前笨想，直线的长度距离最短，土地神造物时难道不知道，玉皇大帝在天宫也竟然一无所知?! 于是我就躺在草坪上会意，神就是神而大帝就是大帝，大帝要用自己的智慧设计地球，土地神要用自己的理念管理造物，总怕太简单会出现人间的泛滥。所以，大自然的物质结构中，没有任何物体是一条真正的直线，在这个世界上，一个孩子用一把直尺就能做到的事情，无处不在的土地神和大帝就是不让你去做。

一条河流的命运，就像一个人一样，必须历尽艰险，要经受事先不知的、预想不到的各种考验。一条河流与一个人同样，有着强劲的生命力和历尽沧桑的皱纹，执意深藏不露的激情和回旋阻碍行进的碰撞，还有坦然逶迤而去的一段经历和意外的平静。一条河流就是这样，它遇到峭壁悬崖，毅然"飞流直下三千尺"；它遇到巨石险滩，奋然"浪花淘尽英雄"；它遇到田野沃土，欣然"千里江水万亩甘"。因而，一条河流的表述是委婉、含蓄、现实的。

一条河流的力量，是天、山、树、土给的。天上的雨是它的本源，群山帮它储存能量，花草树木帮它储蓄营养，沃土帮它分量运送血液，这条河才会长生不老，长年不断，源远流长。天若骤雨而下，群山就在能量储存中外泄，花草树木就在涵养中溢出，沃土就在运送中加量，于

是就有河流的水涨水落，平水洪水之差异。这也是一条河对人们的深邃暗喻，河流就这样一直用波澜扫过人的晦暗面孔，用微波粼粼的细语传说心声，当人们只欣赏而不在意时，它又用沙哑怒吼的声音诉说苦衷，可人们一味只倾听自己，轻视低估河流的智慧与力量。

常年以来，地球的人们一直沉溺于自己的种种妄想，以为自己的思考创造了直线。于是，就用自己的方式来规范河流的宽度，改变河流的走向，拉直河流的曲线，强行河流的屈服。骄傲于大修河堤，叫生态的河道变成渠道，让宽阔的河道变成狭缝；河边建房，把河床越挤越窄；大面积围堵回水湾，使河流没有喘息之地；大开发裁弯取直河道，江河的弦就越绷越紧……这时的人们认为：河流是可以任人摆布和主宰的。可人们哪里知道河流的心思与规律——拥有宽敞的河面，是湍流时的疏散畅道；遍布金沙的河床，是凸显河的美姿与自然景观；占有大面积回水湾，是泄洪消力的返冲地；选择了更多河道弯曲，是更广面积地滋润大地，在危急时缓解洪峰的发力、曲径减退洪魔的张力。然而，一条条河流就只能这样忍让、承受、屈服、不语。

终于一日，天发了怒，山看不惯，树忍不住，土随声吼，一条河储足了力，奔腾直下，摧垮了大堤，吞噬了房屋，洗空了回水湾的一切，抢回了湾里属于自己的领地……这就是大自然通过自己的种种弯曲、不平和坎坷，显示了自己直线力量的存在。

世界上没有一条河流是直的，河流之所以选择了弯曲，而且尽可能多地弯曲，不仅仅是展示它幽雅灵气的长度美、神韵美，更为重要而蕴藏的含义，是想让人类的生存在更加广博的范围上得到恩惠。否则，河流的存在就没有意义，人类就没有存在的条件。

我们最好不要改唱"浏阳河弯过了九道弯"，最好不要改写"这里的山沟十八弯，这里的水路九连环"，最好不要改言"七七四十九拐水道，九九八十一曲河弯"的自然环境。

每当抗洪抢险季节，人类是否提前想到建设生态大堤，是否想到尊重自然规律；是否想到善待泉溪河流？这样自然与河流必定恩惠人类。

2010 年 10 月 21 日刊载《安康日报》

金州汉江边

在金州安康学习培训一周，每天下午，我总要到汉江边看看，像情人约会。坐在三桥下的一块大石头上，静静地看江水流淌，河腥味淡淡的，好似白河水色的女子；河风轻绵绵的，好像紫阳少妇的细腰；河水声悠悠的，好比汉阴花鼓的吟唱；河船桨梭梭的，好比金州汉调的二黄。心弦被"人"和"调"轻弹拨动，心情让"江"与"水"荡漾神怡。

坐在汉江边，心胸是博大的，绵延几千里的汉江边，不知有多少"情人"在约会，更不知约了多少次会，甚至是约了几千年的会，这是一道千古传奇的风景。漫步在鹅卵石铺就的江堤游步道上，我的眼前仿佛又呈现一群群工匠在弯着腰从汉江沙滩中筛选石子，然后按一定的规则向前铺展。那些如情人般相互依偎在一起的鹅卵石，舒展柔美而又彰显个性。在人行道上踽踽独行，那些隔年而生的野草小花，居然从这窄小的石缝里探出头来向我招手，深情地迎接来人的造访。

我沿堤远眺，望不尽的临江垂柳，不时扑向人面，好生有情。扶栏俯瞰，大堤用岩石浆砌两丈有余，面江而峙；江面恬静，柔情细波，船舶穿梭，江涛吟啸。黄昏，有老人相搀，指点江声夕色；佳丽双双，搂腰细语爱河；走过来的人群里有蒙娜丽莎永远猜不透的微笑，走过去还有维纳斯丰美的身躯，晚霞弹跳起波形起伏的青春活力，把金州窈窕水灵的姑娘与健壮粗犷的小伙子欢舞得淋漓尽致。

我是汉江的儿子，出生在江岸。上世纪五十年代父亲因教书的缘故，从汉阴县城来到南山汉江边漩涡古镇，母亲在江边洗了一篮子衣服回到老街后，肚子痛就把我生出来了，街坊邻居谐称这是"江生贵子"（前面三个姐，唯我是男孩）。我不到两岁又随父亲迁到汉阳坪，石羊滩的大沙坝是三个姐姐经常带我玩耍游泳的地方。不等上小学，我就喜欢呼

朋引伴，把上下隔壁的水娃子、奎崽子，对门的秀妹子呼喊到江边捉鱼、摸虾、扳螃蟹，或是打水仗，笑着、喊着，在汉江的怀抱里，我们开心得不亦乐乎。江边怪石嶙峋，草木丛生，夏日的清晨与傍晚，我们牵手在江边看风景，脚边蚂蚱跳飞，水娃子松手捕捉蚂蚱；眼前蝴蝶蹁跹，秀妹推手追逐蝴蝶；左右蜻蜓逗乐，我放手赶逮蜻蜓；奎崽子茫然无措，傻呆地站着。真是一幅真实和谐、美妙、游动的江边童乐图。至今，这美丽画卷在脑海、在梦中时常浮现铺开。

此时，我的汉江梦向纵深延展。我梦见西周至春秋的一群贤人，在汉水与长江交汇处写下民间歌谣和祭祀的雅颂《诗经》，战国时，屈原以奔放的激情，奇特的想象挥笔《楚辞》；我肃出汉水流淌的荆楚文化，淘涟的汉、魏晋、唐、宋、元、明、清文化富矿；我看到李白酒醉南京时理想勃发而文辞大发、气势磅礴地诗颂《金陵望汉江》；我听到王维泛游汉水而仰天咏叹《汉江临眺》。金州安康这陕南汉水流域的经济文化的重镇、"秦头楚尾文化"的轴心，犹如明珠一般镶嵌在汉水中段，啊，就在这块宝地，我就读安康师范，捧《唐诗三百首》，似乎与孟浩然同行而《登安阳城楼》，兴致勃勃地畅吟："县城南面汉江流，江嶂开成南雍州。才子乘春来骋望，群公暇日坐消忧。楼台晚映青山郭，罗绮晴娇绿水洲。向夕波摇明月动，更疑神女弄珠游。"汉水与安康人民休戚相关，与我的情缘紧密相连。

走上工作岗位，我去了很多的城市，见过诸多异乡旖旎的山水风光，总是匆匆而过，虽有留恋之意，却不是故乡情。去上海漫步在黄浦江畔，我被那汽笛匆匆的先锋时尚所震撼，但它的江水里多了一些十里洋场的风韵，充满金钱的世俗，不及汉江的悠然静谧，一江清水送北京；天津的海河虽有"沽水流霞"之称，但显得焦躁张扬一些，不如汉江水来得细腻、润泽……我下意识地拿汉江与其他江河做比较的思考，毋庸置疑，源自我与母亲河的情结。

我真真切切地被汉江吸引住了，更准确地说，是被汉江那种厚德载物的文化、大度灵动的气质吸引住了，是被乐山亲水、克难奋进的人文精神吸引住了。汉江独特的精神气质和思想境界，让人心胸为之开阔，自然产生一种巨大的吸引力和昭示力，这种内心感触的亲切，来人临江便晓，毋庸诠释。

  人在童真无邪的时期是短暂的，但人在感情深处，却有一个永远而凝固的童贞。汉江教会了我做人与处世——清清白白、无私奉献。汉江，是祖国大地上普普通通的一条江，却是我约会的"心江"，每每接触到汉江的时候，我的心便升起一股激情，这种情感纯洁，让我的胸臆美好，心守童贞。

          2014年4月30日刊载《今日安康》

春　声

　　天刚启蒙，山城的围湖面上，薄烟轻漫，有三三两两的燕子贴着烟波穿行。岸边柳梢的枝头已露出密密麻麻的豆黄，印象中还有绿的颜色在泼洒。淡淡的，细细的，微微的在耳边。

　　在耳边，在眼中，在脑海，在这个时节似乎到处都是这样的萌动：阳光跃上龙岗，筑巢在文峰塔内的麻雀一串串飞出，惊颤了塔翘的风铃，感化了塔檐的冰吊，骚动了塔顶的白蜡树，闪耀了塔尖的霞辉。

　　霞辉，是染色的、是生命的、是灵性的，拨动着龙寨沟潺潺溪流的水花，挑逗着朝阳洞含苞欲放的迎春，骚动着大木坝千年老树发芽，催促着双河古镇斑竹拔节，律动着麒麟河柳絮飞舞，增添着三沈纪念馆蜡梅丽质，收官着凤凰山层林尽染一年的欢笑。

　　欢笑，多么爽朗，多么开心，多么率真，记忆的都是童年放飞在天上的风筝，难忘的是跑着转动的纸风车。三五一群，十人一伙，看谁的风筝放得高稳得久，比谁的纸风车转得快吹不散。沿着月河沙滩顺风走，风筝在空中穿云破雾；绕着四四方方的城墙跑，风车在手中"呼呼"旋转。有时牵着它举着它，走出南门过木板桥，爬上三元梁，穿过磨坊岭，跑向离家很远的山野。遇上乡下的女娃野性，也不介意，随她抢随她要，一起笑着跳着，单纯地快乐着。累了，困了，就坐在路边的田埂上，躺在河边的石头上，枕着轻风柔和入梦。

　　柔和入梦，河里的虾蟹蠕动地刨沙，小鱼一冲一跃地游离，鸭鹅昂头拍翅戏水，还有飞鸟前呼后拥地点波掠过，惊得鱼虾四处逃窜，惹得鸭鹅望而兴叹。地上的麦苗开始返青，像绒毡一样铺展在地上田里，被雪覆盖后，很像棉花毯子，招来大人小孩踩雪、抓雪、堆雪而被踏倒，阳光雨后它自己又缓缓挺起，绿成波浪的海洋。

波浪的海洋，去南山，去堰坪，去凤江万亩古梯田，那里的绿色惊奇。一埂一埂的绺绺田，直逼苍天；一梯一梯的油菜毯，直铺云端。苗秆在升高，翠叶在渗紫，花苞在鼓圆，在你不经意的时候，白云浮动出一条条飘逸的绿带，骄阳涂粉出一层层浓抹的黛妆，河风吹皱出一叠叠荡漾的碧浪，绕着山旋转，贴着梁勾画，随着弯迂回，挂着天采光，衬托出金色的向往。

金色的向往，发自孩子们的欢笑，在龙岗园林中躲猫咪、查"岗哨"、捉蚂蚱，尽情奔跑，尽情欢笑；展现出大人们休闲的时光，在凤凰广场，携手家人，找一块草地，尽享明媚的阳光，尽赏和风的美好景象。

美好景象，那是南大桥绿堤拂柳，那是龙滚凼烟薄迷醉，那是花果村万紫千红，那是桃园林浩荡繁花。文化广场三沈雕像边的香樟树下，有人吟诗："几处早莺争暖树，谁家新燕啄春泥。""竹外桃花三两枝，春江水暖鸭先知。"在这浅吟轻语中，这些精彩的诗句，化作文化中心的民乐演奏，习习如风，颤动湖面粼波，吹鸣流韵丝竹，弹拨铮铮弦曲。

铮铮弦曲，催醒沉眠一冬的心，文文雅兴，顷刻间在诗意里复活。随调思绪，只有在这个季节，也只有在这样的时代，光阴才总是激励我们走过峥嵘的岁月，关乎我们挺拔生命的高度，炫耀我们展示生命的活力，鞭策我们只争朝夕。

2012 年 4 月 19 日刊载《安康日报》

夏天的雨

在这个季节，闷热一阵，刮来狂风，闪着雷电，雨倾盆而来。这个季节的雨，有时洒几滴走了，有时狂泼一时跑了，有时歇歇停停撞击几天，把天地之间变成一片汪洋才算了。

我喜欢来势凶猛、所向披靡、气势磅礴的夏雨。因为它把沟边河边的垃圾、路沿街面的残渣、草树楼房的尘垢等等，一扫而光，洗刷净尽，荡漾出一个洁净的新景象。

我又讨厌这种狂风雷电，翻江倒海、摧枯拉朽的夏雨。这样的雨会让一个城市的指挥系统如临大敌，下水道堵塞、河水外溢、楼房进水、道路不畅、车辆搁浅、江涛越堤等等；这样的雨在沟壑纵横的山里，就会导致走山滑坡、良田冲毁、危房倒塌等人命关天的险情。因此，只要一到雨季，"抗洪抢险"一词，无论是领导者还是老百姓，都有"一朝被蛇咬，十年怕井绳"的恐惧，第一责任从干部到领导都视为己任，谁也不敢懈怠，谁也不能疏忽。

久旱盼雨露，在乡村的百姓感觉就不同了。炙烤大地的旷野上空，片片浓重的乌云铺天盖地赶来，狂风大作，飞沙走石，一声震天的响雷，天地之间立刻被瓢泼的雨幕所覆盖了。每当这样的时候，所有农人的脸上都会露出由衷的喜悦。蔫萎的禾苗、饥渴的田野如饮甘霖，干涸的河塘焕发生机，牲畜、鹅鸭、牛羊都为这样的雨欢呼雀跃。对于乡村来说，雨就是金钱，就是生命，就是收获和希望。雨天，是农民快乐幸福的节日，虽然他们也知道这雨或许有害。

过去我在山里生活的时候，遇上这样的雨，就是崽娃子们童性雀跃的天，大家披上蓑衣，赤着脚，先是在场院里打雨仗，根本就不惧怕雨点的威力，在雨中尽情地奔跑，尽情地嬉戏；待雨下过一会儿以后，就去拿米筛子、捞箕子，集合起来往田野里跑，去小河边，这时田野里的雨水顺着河道流下来了，灌满的库塘就会放水，河塘里的鱼儿见了新水就会逆流而上，大家就用米筛、捞箕框鱼，看水鸟叼鱼，撞水花。

现在的夏雨，这样的情趣少有了，有哪家敢让自己的孩子在大雨中去玩耍呢？另外还有一种现象，明明水田坡地、河流库塘、炎热天气都盼雨；一旦天气预报有暴雨，从上到下又都紧张起来，害怕这雨来。怕雨的心情远远大于盼雨的心情。为什么？盼雨应大于怕雨，这是生态的需要，这是自然的规律，只要日常做好预案，长远性抓好灾害的未雨绸缪，念雨的好，就会成为共识了。

要是来场夜雨，不论雨的大小，我都喜欢。做完了一天的事，凉爽中听窗外的雨声，自然生出"躲进小楼成一统"的意味，顿添一分悠然和诗意。如果看书，就有"风声、雨声、读书声，声声入耳；家事、国事、天下事，事事关心"的意境。如果这时恰好有朋友来访，平添了"风雨故人来"的情致，沏上一壶天宝贡茗茶，谈诗论文，说古道今，这样的雅致何处去找！

四季都有雨，最美不过夏雨后。你看，乌云远撤，电闪隐退，风力减弱，天高碧蓝，气爽清新，万物洗礼，所有的树木花草都生机勃勃、昂扬向上、充满活力。河流、滩头、瀑布在雨后的阳光下，架起绮丽的彩虹，赤橙黄绿青蓝紫在天空中美妙无比，天地之间的景色顿然鲜亮，山河如此妖娆，大自然真的神秘无比。

夏天，有雨，生活才有情致，人生才有诗意，世界才有美感。

2012 年 7 月 12 日刊载《陕西广播电视报》

北山的秋

秋到北山，色彩恢宏，山野很美。

没有哪个季节，能看到北山秋天那样的色彩斑斓、绚丽如画，山水景色是那么热烈的美，那么深沉的恬，那么震撼的丽。

素珠岭，迎着高悬湛蓝的天，莹白温柔的光，微动清爽的风，从深厚灿烂的秋中一路穿行。岭上的丛林随着岭的高低与褶皱，被神奇的秋霜描抹成绿中寓红，红里含黄，黄外嵌紫的五彩缤纷的世界，美不胜收。

近处看，树是一棵棵托举着秋，叶是一片片抒发着秋，草是一株株摇曳着秋——漫山遍野，心内心外，闻到的气息是秋天沉着飘落的气息，听到的声音是秋天豪迈回归大地的声音。

远处望，像是一幅山水之秋的水墨画，颜料随意泼洒，色彩大胆涂抹，黛绿的松树、血红的枫树、鹅黄的楸树、赭石色的柞树、红黄色兼有的桦树……岭脊与沟壑的差异，树色铺陈各有风姿，十分写意。一片一个基调，一岭一处风格。

鹿鸣山，层林漫卷尽染，万木已见斑驳，山上山下的田野秋成待收。中河两岸那阵营式的苞谷地，像武装着的蓑衣人那样立着，保持着获胜者武士的风度；山坡那遍地的黄豆，早已甩掉所有叶片，裸露着满身的豆荚，展示出成熟的姿态；水田坝中那一坝一坝的水稻，肃穆地低垂着穗子，随风掀起金色的浪涌，荡漾出高贵的身价。山间的板栗树，袒胸开怀一簇簇颗粒；牵架的杨桃，吊出一串串毛茸茸"鸭蛋"；山下的灌木也日渐枝叶稀疏，救米粮树，挂满了一团团红豆；鸡骨头树，长满一嘟噜一嘟噜的野果；这些果实摇曳在枝头上，摇曳在秋阳下，摇曳成珍珠玛瑙的质地。天地山野以凝重的秋色昂扬出成熟的美丽，全然不是衰老、不是枯萎、不是生命的绝唱，而是气势磅礴的成就，雄浑壮美的旋曲，动人心魄的秋歌。

  观音河，此时节显得很悠然恬静，悠然得如水库大坝中的一潭湖面，恬静得似八仙沟药王庙里的泉溪。曲径悠长的河水边，时而有几只洁白的鹭鸶，移动着细细的长腿，在浅水处悠闲地散步寻觅。观音河水库，库面有几对鸳鸯漫游，库上有几群飞雁掠过；库水漫延的湿地，盛开着金色的黄花，挺立着红烛状的毛蜡，点缀着洁白的苍术，镶嵌着粉红的蓼花，间夹着紫色的水灯芯。秋越浓，河沟就越清浅，清浅得可以望见小鱼小虾在水草下嬉戏，小蟹在沙砾中爬行。铜钱窖河沟的清泉叮咚作响，潺潺地流淌，犹如天籁之间最动人的音乐。

  北山的秋，肃穆的远山，高旷的苍穹，澄净的河水，婉转的鸟声，温柔的紫花，富足的粮食，黄亮的果实……让人不禁在这浩瀚的成熟中，读懂秋的智慧中的低语，读懂秋的灿烂中的恬静，读懂秋的绚丽中的淡雅，读懂秋的丰盛中的稳健。

  北山的秋，每条山径上都有秋的芳踪，秋声使人得到灵悟，秋景使人沉着宽容，秋情使人和鸣如歌。

2010年11月25日刊载《安康日报》

今年立冬时

今年秋季少雨，没见寒意却感燥热。自立冬那天起，连绵几天小雨，人们不得不加了保暖裤，套上厚毛衣，老人穿上大棉袄。"立冬日，水始冰，地始冻，风始凛"，真是应了这句古谚语。

秋天在立冬的雨中走了，走得那么庄严而陡然。冬天在秋干的暖季来了，来得那样湿润而冒失。好多年没有这种秋冬两重天的感觉，秋天褪去了她最后的装扮，洗尽铅华，素面朝天，任凭脚下的落叶和尘土随风飘动。冬天以惊冷的面容出现，刷新云空，清净世物，把一切还想泛滥的心思封冻。

站在冬天的门槛，凝望秋天的背影，我们仍有许多哗然的回忆。今年这个季节很烦躁，蔓延的雾霾、噬人的黄蜂，欧亚非拉动荡，朝鲜、南海、钓鱼岛、越南等问题的缠绕。这个季节又很厚重，生态建设立目标，剿杀"四股歪风"的"老虎、苍蝇"一起打，"蛟龙"下深海，"神十"上蓝天，外交安四洲等成就。这个季节，我们嗅着空气中弥散的稻黍与果香，望着绿油油的麦青和油菜苗，晒着不再火辣的暖阳，如同酒至半酣，醺醺然，飘飘然，焦灼与美好同时不断升腾，希望也那样的持久绵长。今年的秋天虽然不那么清爽，但还是带着收获的富饶，来了才走。有几分严肃，沉重得几乎让我们承受不起；又有几分灵动，坦然带走的是那么的无足轻重。享受过秋天的人们，都怀着一颗感恩的心，感念秋天，情怀是实在的；送别秋天，思念是醇厚的，并朴实地盼望初冬的到来。

的确，人类总爱曲解大自然，而按主观意志去涂抹，结果是自然让人类遭罪；的确，人们总爱曲解社会，而按自我欲望去争夺，结局是社会将自我淘汰。其实，大自然实在是有规律而妙不可言的，四季的更替跌宕起伏而又错落有致，就那样异彩纷呈且过渡自然。春之妩媚，轻歌曼舞；夏之妖娆，急管繁弦；秋之富丽，小桥流水；冬之恬静，长河落日。各展风姿，各尽其妙。这融入自然造化和人工雕琢的风物，伴随着人们走过了无数岁月，也一同创造着一个个新的神奇。这就是自然与社会，谁能看清，谁能融入，谁能厚待，谁就能适应自然，调养自然，享有自然，推进社会。

真的，我喜欢冬天，因为立冬这一节气的到来是阳气潜藏，阴气盛极，草木凋零，蛰虫伏藏，万物活动趋向休止，以冬眠状态，养精蓄锐，为来春生机勃发做准备。我信奉顿悟这一注解，也渴望能在沉静之后感受一份心野的宽阔，追寻一种沉寂、一种刻骨铭心反思之后的超然与淡定。

尤其，我酷爱严寒，因为只有经历了寒冷的考验与磨砺，生命才能从一片苍茫萧瑟中生机勃勃地复苏，才能够获得厚积薄发的力量，那是一种深沉激动的美丽。

冬天来了，虽然南北地球上的季节不同时，但冬天总是有的，这个季节的每个心灵，都想要寻找一处温暖的港湾，却是一致的。而在立冬后的阵阵寒风中，我可以静静地聆听大地的密语，悠然地反省自己生命的历程。打心眼里，一切的作为与钟情尽是无悔的轮回，开目瞭空，无数烟波都只是重蹈覆辙，唯独深沉的领悟和执着的追求，才是最宝贵、最值得珍惜的。

看世界风云变幻，任季节雨雪交替，永存心中的暖流，走遍天涯无寒冷。

今年立冬时，明朝报春日。

2014年刊载《汉江文艺》第1期

想说山高不容易

　　星期天一大早，与一位朋友从千步梯上龙岗，站在龙脊上，我说：凤凰山就是比龙岗高得多，峰岭都在它脚下。下午，我们又乘车上凤凰山，晴空万里，视线内群山一目了然，朋友说：你看秦岭又比凤凰山高得更多，万山都在它脚下。于是，我反驳道，照这样推下去，那就是珠穆朗玛峰最高了。朋友俨然笑道：珠穆朗玛峰是群山中最低的，请问，有几个人上去过？恐怕亲眼看见过的都没有几个，这能算高吗？

　　看山高山低，比山高山低，想山高山低，不正是"这山望着那山高"嘛。说山高山低，是要分地域的，不然比是比不出来的。朋友心中的山高山低，缘于世界是个圆的，最高的不能算高，最低的也不能说低，它似乎是一条颠扑不破的真理。而事实是：世界、国家，以及人，都在这种张望中自我拔节或者蹉跎岁月，想一蹴而就地去理论去检验。

　　说自然，看社会，想生活，这人跟人就是不一样。说山高山低，有些人就根本没去想，他们只管一日三餐，吃饱穿暖，不想拔节也不管蹉跎岁月，生活像一泓平静的湖水，不起一丝波澜，每天活在这个世上，就感觉是快乐的神仙；谈山高山低，有许多人实实在在地去感受过，冷冷静静地去思索过，有对现实看得太清的，也有一点儿没看清的，于是就安于现状，与世无争地活着，日子就一天一天过去了；比山高山低，就还有一些人，他们有"不到黄河心不死"的执着，思想总是闪耀睿智的光芒，爬上一座山，看着那座山，仰望高山而祈祷，不惜放声呼号，发出惊醒世人的箴言……

　　"会当凌绝顶，一览众山小"，是站在这座山顶上有感而发的，要是站在那座山顶上呢，一览站过的山不都是很小吗！因此，我对朋友说：我们是普通人，容易忽视山的高低，山也会藐视我们；而山总是巍然屹立，而我们总得爬才能到山，对不对？朋友说：你这是表面对山的崇敬，而心里对山是鄙视和同情，因为你可以不爬山，山对你就没有意义。所以，谈论山的高低，本来就是平常人的茶余饭后，够不上思想的源泉，也没有谈到山的灵魂上，当然就不会有什么结果。

"山不在高，有仙则名。"这古人的话，才真的是道出了山高与不高的真谛。因为生活赐予不同的物类以不同的礼物。赐予大山的是森林，赐予小草的是露珠；赐予海洋的是巨浪，赐予湖泊的是微波；赐予平川的是江河，赐予沟壑的是泉溪。这就是自然法则，这也是生态环境。

"不识庐山真面目，只缘身在此山中。"人在山中，连啥山都不知道，还能去比山高山低吗？其含义就是：人就要心态平和地看山、想山，而不固执地去比山的高低。

想说山高不容易，因为山的高度是以海拔而计数的。

2011年1月刊载《散文选刊》下半月（增刊1）

人文写真

正文

心灵需要文化滋润

当焦虑与浮躁成为社会普遍现象,文化的自觉与伦理的操守就显得重要而迫切。这也是社会大众呼唤文化回归的强音和责任。因为,作为社会的每一个人,虽然都不能免俗,而深陷在各种现象的困扰之中,但每一个人都有责任为之尽一份微薄之力。

人们对社会各种现象进行评价时,常常说一句:"这个世道!"人们处世待人总会感慨议论一句:"世道人心。"人们满意时会说:"这世道好。"不满意时会愤愤地说:"这是啥世道?"说世道不好,归根到底是人心出了问题。人心为什么出问题?是人的精神出了问题。人的精神为什么会出问题?是这个社会的文化出了问题。

所以说,文化是人的精神,是民族精神的折射。人的精神一旦出了问题,那这个人肯定真出大问题了。若一个社会的精神出了问题,那就是一个民族在某种历史阶段集体性的价值迷失。这种集体性的价值迷失,就会严重阻碍一个民族的发展与进步。

我们正处于一个改革开放的激荡年代,心要宁静起来、智柔起来。要巩固民族的记忆,追回民族的失落,修葺民族的精神家园,守护中华民族灵魂之"根",我们就要呼唤文化的回归。但现实呼唤的文化,不是那种空文化、假高雅,而是我们每个人都可以感受到的人性中最永恒的东西。这种文化是我们的生活方式,是本乎人心的真文化。

信息时代的今天,我们上网用任何一个搜索引擎去查一个关键词,上千万条信息都展现在眼前,但我们永远也没有一个"心灵搜索器",能显示我看见"我的心"。所以孔子为什么说,人要穿越"向学、而立、不惑、知天命、耳顺",直至七十岁古稀之年,才到达最后的境界"从心所欲、不逾矩"——真正能够听从内心指引的方向,又不超越外在社

会的规矩法则。这就是我们生命的方向，有文化的先入，我们才可以心行如一，不越轨地去实现预想的目标。

传统的儒家、道家，即使是佛家也都归一：人要有"觉"有"悟"。何谓觉、悟？从会意字上看，觉字头下面一个看见的"见"，"悟"为竖心旁边加个"吾"，其最简单的含义就是"见我心"——真正对事物及其产生和发展的规律的认识和理解。孔子的弟子曾经提问："您的人格理想是什么？"孔子回答说，他的理想无非是"老者安之，朋友信之，少者怀之"。意思是：人终其一生，如果让我的老人想起我，觉得可以安身安心。就是老有所养，孩子孝顺；就是不辱祖先，传承精神。让朋友想起我觉得可以相信。让孩子们想起我，觉得我的今天就是他的明天。

见心而悟，在禅宗中流传着一个著名的故事：有一弟子问师傅，什么才是真正的参禅方法，师傅仅说了四个字：吃饭睡觉。这个徒弟很不理解，又说谁不吃饭，谁不睡觉，怎么就叫参禅了呢？师傅说，人人都吃饭，但是绝大多数人都挑肥拣瘦，吃得不太痛快；人人都睡觉，可是有很多人睡得不踏实。所以你要是能把吃饭睡觉的事都解决了，你就知道什么叫参禅了。

心无杂念，僧才吃得美，睡得香。人与人之间如果能够从基本的信任、善意、正直、真爱，这些最扎实的地方做起，追求朴实，崇尚淡然，远离功利，跳出诱惑，赋情感以本真，予生活以原味，在尘世浮沉中不变色，在众生穿梭中不迷失，像庄稼那样挚爱土地，像牛羊那样朴实草原，像阳光那样执着山川，像孩子那样热爱母亲，那么文化就回归到了我们的内心，幸福就在我们身边了。

我敬仰为三沈纪念馆绝笔题字的启功大师，待人平和、谦逊，每天都乐呵呵的。有人问他为什么总这么快乐，结果他说了五个字："不乐多冤呐！"让人醒悟：一个人追求文化、欣赏艺术，为的就是生命里有这种苦难而击不垮的快乐。

盛世兴文，在实现伟大复兴的中国梦的今天，这样一个时代，我们所追求的文化应该是朴素真实的，应该是我们发自内心愿意相信的，应该是人自身的一种创造性的幸福，而不是依赖性的幸福。不管依赖物质还是依赖他人，都是可能失去的。除了依赖生命，依赖心灵的纯真，我们别无选择。

让传统文化拯救生命，让时代文化延续生命，让创新文化蓬勃生命，让文化滋润心灵，生命中的快乐和幸福就会时刻伴随！

龙年说龙节

今年的农历二月初二,是龙年的"龙抬头"节日。

据书记载,二月二"龙抬头"在我国民间传统又叫"龙头节"。它是从上古时期人们对土地的崇拜中产生发展而来。传说最早起源于伏羲氏时代,伏羲"重农桑,务耕田",尤其是龙年的二月初二,必是"皇娘送饭,御驾亲耕"。延传到周武王时,更为隆重,而且每年的二月初二还举行盛大仪式,号召文武百官都要亲耕。因而民间每年的二月二"龙抬头"的祭祀传统活动,就更加生动活泼。

"二月二日新雨晴,草芽菜甲一时生。轻衫细马春年少,十字津头一字行。"这是白居易笔下的《二月二》,写出了新雨初霁,春意盎然,青衫少年,牵马徐行农耕地,踏春赏景的好心情,让人耳目为之一新。而宋诗人王庭珪的《二月二日出郊》诗为:"烟村南北黄鹂语,麦垄高低紫燕飞。谁似田家知此乐?呼儿吹笛跨牛归。"写出了郊行所见,初春景色,鹂语燕飞,以景物衬托农家之乐,流露出诗人热爱自然之情趣。从流传的一些古诗和俗语,足可见证"龙头节"的文化渊源。

习俗二月二,在乡村更是百花齐放,但主要是农事节。有农谚可考:"二月二龙抬头,大家小户使耕牛。""二月二龙抬头,大仓满小仓流。""二月二龙抬头,农事物资好交流。"民间有买卖农具、农产品等物资交流赶会的习俗。在城市与乡村还有"二月二龙抬头,娃子好运快剃头。"这剃头的习俗意味着"龙抬头"会交好运,大人这天给娃子理发叫"剃龙头"。二月二这天也有忌讳:如"二月二龙抬头,家家户户针线丢。"即妇女不许动针线,动了针线会伤"龙睛";还有"二月二龙抬头,井水不能挑起走。"即人们不能从水井里挑水,水井打水会触动"龙头",等等。

人文二月二，古时把二月二象征为一个企盼学业有成的日子。"二月二龙抬头，娃子入学占鳌头。"即过去老人们常选在二月二送娃子入学塾，叫"开蒙"读书，私塾先生多在这一天收学生，谓之"占鳌头"。学娃子们也有顺口溜："二月二龙抬头，龙不抬头我抬头。仁智礼义记心头，诗书五经奔仕途。"。

饮食二月二，各地不尽相同，北方地区有吃炒豆、吃萁子的习俗。至今还流传着这样的民谣："二月二，炒萁子，大人孩子一席子；炒豆子圆溜溜，今年是个好年头。"二月二民间还有消灾避祸的祈盼。如"二月二，照房梁，蝎子、蜈蚣没处藏。""二月二，敲酒盅，十窝老鼠九窝空。"等等。在南方传说龙主雨水，又可镇伏百虫，能保佑丰收，故二月二的食物也多与"龙"联系在一起，把煎饼做成龙鳞状，叫龙鳞饼；水饺叫龙耳、龙角；米饭叫龙子；面条叫龙须面；吃猪头称食"龙头"，俗以为吃猪头肉是吉祥的象征。

龙腾虎跃非常道，盛世九州同欢庆。尽管各地习俗有异，但龙年的二月二，人们对"龙抬头"的图腾信仰虔诚，中华民族企盼风调雨顺、人畜平安、五谷丰登的美好愿望永恒。

文明中华，幸福陕西，美好安康，在这尽情的祝福声中，来迎接"龙抬头"节日的到来！

2012年2月16日刊载《陕西广播电视报》

马年絮话

生肖纪年,是中国神话了的人类世界的奇特现象,人之所以为人,要依赖自然界的动物,而人的生命和存在所以依靠的东西,对于人来说就是神。生肖起源于人对动物的崇拜,这在世界上是相通的。

山舞银蛇游离去,坐骑快马奔将来。轻装而简单地把自己放在马脊上,风刮来青草的气息,驮着我和比时间更清醒的天空,在旷野的人世间,走出我的长途旅行。

日子总是明日复明日,而情感的日子总是缠绵不断。

小时候在乡下,总爱站在凤凰山的腰埫上,看风从汉江的川谷扬起,扯起白雾而腾风涌浪一般拂过沟壑,无声地咆哮一般冲上山梁。那哪里是风啊,分明是一匹马,竖起的鬃毛,扩张着鼻翼,驰过蜿蜒盘旋的峰脊,轻灵得让我甜醉气息。

河谷山峰之间,似乎有灵魂支撑,那便是嗒嗒嗒的马蹄惊动而生成。

当民办教师时,我深读过李贺的《马诗》,平仄汉字的韵脚,是精神深处的诗歌。如果让我回到唐朝,我愿意做一件三彩,一只陶马,不去糟蹋和消耗五谷;如果可能,我要嘶鸣一卷经文给不通佛语的月亮,并用我的脊驮着挟雨的云,前往久旱不雨的地方,或者是沙漠。

"此马非凡马,房星本是星。向前敲瘦骨,犹自带铜声。"我诵读着唐朝诗人李贺的《马诗》,还振振有词地教乡下的学生。一路走,一路感悟。我庆幸我出生在城镇的贫民家里,又下放到边远的山沟里劳动锻炼,我虽然没能把一生的悲喜交给泥土,但是,大地护佑并告诉我,山脉一样地引领我,让我始终都没有离开过土地跳动的心脏。刻骨铭心的爱,就是只有劳作,才能知道季节的冷暖、人间的冷暖、情感的冷暖。

如此喜欢,哑默的空气被撕裂了,在视觉里留下鳞状的踪迹,让我冥想云的波纹、雾的浪涌。

图腾的马,穿越历史而来,其形象最早见于甲骨文,一般都状其侧面,发展下去又见于青铜器上的狩猎图,马的形象被结合在复杂的图案中。从著名的四耳猎盂可以看到,马,甲骨文先书后契,铜器图文先画后刻;无论在诗、词、歌、赋里,还是在琴、棋、书、画中,都不乏马矫健的身影、铿锵的蹄音,一路而来,马在艺术中滥觞。

疆场的马,纵观古今中外,马在世界各国和人类历史上一直扮演着重要角色。在中国古代,"御",也就是驾驶马车,是基本的"六艺"之一。在欧洲中世纪,受过正规军事训练的骑兵,逐渐演变为一种荣誉称号——骑士,后来成为一个社会阶层。无论日常生活里的"骑""驮""驾""驭",还是战场征途上的"腾""闯""驰""骋",马是人类亲密无间的朋友、生死相依的战友,马是历代王朝的保卫者。

世界上如果有一种动物既懂人性又善用骨力追风,那便是马。人生如马,是拽着一匹走马的缰绳,顺着大地的骨缝走出村庄,走往远处。然而,可供我耕读的不是远方,我的心跳一直诱惑乡村,不能遗失谷草的清香。老马识途,庆幸它从未让我脱离季节的转换。想起今夜的苞谷粥,想起节俭而少言语的父母,如一匹马不能失去蹄下的土地,直盯着乡村白天和夜晚的容颜,如是,我想说,一片乡村不比一座城市逊色。

时间是不停的,脚步是停不住的,走进新一轮的马年,我心喜悦。

马年,马神,马蹄踏着风、踩着雾、腾着云,在布满荆棘的、铺开鲜花的、平坦广阔的大地上行吟。在阳光的切面上,搭伴儿走日子,与太阳和星光同步,走向马到成功!

2014年2月28日刊载《陕西广播电视报》

文学的力量
——《把安康带回家》主题征文活动有感

《把安康带回家》主题征文活动，突出以汉江水系、金州人、陕南文化为关键元素，多角度、全方位、浓情调全景解读了具有悠久历史文化底蕴的安康改革开放，特别是撤地建市以来取得的辉煌成就，热情讴歌了光辉灿烂的文化底蕴和文化的巨大进步，深情颂扬了"崇文厚德、求实创新"的安康人新形象，激情描绘了起步腾飞在城乡一体化康庄大道上的"安康金州及九县一区"的新画卷。以"平安健康"为主题的征文活动，让所有参与活动的、接触活动的五湖四海人，油然而生对安康"山、水、人"之美的这方国土的热爱与向往。

《把安康带回家》主题征文，具有"强大的文学的力量"，是党的十七届六中全会关于"推进社会主义先进文化大繁荣大发展"在安康实践的先锋号角，这一举措无疑是给全市广大文学工作者和爱好者注入了强心剂。同时，也进一步引发文学创作者的深入思考，在社会主义市场经济不断向纵深发展的今天，"文学的使命"究竟是什么等问题。

"文学的使命"是什么？《把安康带回家》征文招回了灵魂，即：无论是诗歌、散文还是小说，都是"心灵对于伟大时代的深刻观照性"。安康的山美水美，最为触及心灵的是人美；这人美的结点是智慧、勤劳、厚德。是当今这个时代，让安康人突破了思想的禁锢，融化了妒忌的心疾，豁然了胸怀的宽容，自觉了言行的文明，才呵护了山水的生态，才海纳了百川的契机。文学作为一种文字的作品，是经过心灵"洗礼"的，其字里行间能够直接提出和深入内心生活的世界；是经过思想"溶解"的，从情绪到观念，从叙述到议论，从心理冲突到思想辩争；是经过情怀"锤炼"的，一切客观的描写言辞，实际上都是表现内心的发展或存在的现实状态。"语言是存在的家",所以说,文学是比大海和天空更浩瀚的"人的心灵世界"和"历史的广阔天空",是由人的知、情、意构筑的心灵世界,只有语言能够进入,存在于语言之上和通过语言才能传达。因而,征文《把安康带回家》的内涵,招回的灵魂是对于这个时代的理解和诠释。

"文学的使命"言说什么?《把安康带回家》征文的题材,明显地做出了选择与剔悌。完全摆脱了"物欲"的纠缠,重返了"人的心灵家园",是大兴文学劲风的旗帜。现实文学传播的渠道、途径、形式很多,对文学的看法和理解更趋复杂化,因而在一定程度上,文学爱好者也包括一些作家,对文学的独特认知取向和价值归宿有歧义,出现了当今文学的相对边缘状态,还有一些人常常将文学的语言看作是媒介、载体、符号,甚者迷恋于物的世界,以描写情色肉欲来取代对人的心灵世界的开掘和探索;进而热衷"边缘题材"、着意"剑走偏锋",且以暴露阴暗面、片面揭露人性的"恶",甚至以写"黄、赌、毒"为荣。这无疑是低俗的认知、情操、道德水准,是狭隘的气度、眼光、胸襟与才能。文学的历史见证:一个"看不到希望"的作者,其作品也是没有希望的,只能给读者带来失望、沮丧和消亡。而《把安康带回家》主题征文,旗帜鲜明地选择了紧扣时代脉搏、弘扬时代主旋律,反映安康人民健康向上的精神风貌;篇篇章章都是激发人追求真、善、美,催人积极向上、憧憬美好生活,讴歌奋发图强,执着创造辉煌业绩的"主旋律"内容。

"文学的使命"贴近什么?《把安康带回家》征文的文章,还在于作者及广大的文学爱好者"发自内心"地对于生活的贴近感受。《把安康带回家》主题征文,这种生活的贴近性,既要求作者对自己是真诚的,也要求作者对待文学的态度是真诚的,还要求作者对这个时代、对自己生活和工作的环境,以及这个世界是真诚的,才能"感同身受"地写出激动人心的好作品。要写把安康的什么带回家,"闭门造车"不行;用什么情感把安康带回家,"无病呻吟"不行;怎样把安康带回家,"胡编乱造"更不行。所以,参赛的作品要让读者留恋地、激情地、热爱地把安康带回家,作者只有"发自内心"地对安康生活的"贴近性",以健康的审美观、踏实的生活观、正确的世界观和人生观,而深入生活地去

发现"沸腾的生活",揭示"火热的生活",叙述"安康的生活",诠释"幸福的安康"。

总之,《把安康带回家》主题征文,充分体现了文学的使命,展示了文学的力量,不仅有四万多参赛者用文笔和心灵"把安康带回家"了,而且发表在《安康日报》和"今日安康"网上的作品,该有几十万读者"把安康带回家"了吧!一个秀色安康、人文安康、幸福安康的美好憧憬已用文字记载下来,必然会继续发扬和传承。

2011 年 11 月 7 日刊载《安康日报》

秋寒乍暖文学情

  丹桂飘香的季节，乍寒送暖；大雁南飞的日子，云白天蓝；金黄色的阳光，将秋景浸染；明月皎洁的时候，凤江篝火点燃；红焰升腾的火花，将星光璀璨。

——题记

  深秋雨后的凤凰山，松涛如风铃般作响，山雀似大雁般凌空翱翔。

  十月十七日省市作家与汉阴作者，乘车穿山而行，驶进旷野，贴近山泉，走进农家，亲近泥土，在神奇而美丽的凤堰古梯田间的兆午春农家院，举行由市文联、市作协、汉江诗坛主办，汉阴县政协、文联、文广局、中医院承办的"首届汉阴文学创作改稿座谈会"，作家与作者面对面探讨文学创作的主题，审视文学作品的质美，感悟文学作家的责任。

  在明清建筑风格的农家院中，三十多位作家和作者坐着小木椅围成一圈，脚踏大地，眼望蓝天，畅谈文学创作。县政协吴大秀副主席主持座谈会，我代表三十万汉阴人民致辞，文广局张显斌介绍了凤堰古梯田移民生态博物馆建设情况，县作协主席孙远友汇报了近几年文学创作的成就与趋势，漩涡镇书记吴雄简介了旅游文化古镇的建设规划与前景。四位小说作者、十八位散文诗歌作者拿出了自己的作品，交由十位省市作家，予以斧正点评。

  面对汉阴文学发展的态势，省作协副主席、市作协主席张虹深有感触地说："汉阴文学有整齐的、理想的、实力的队伍，让人震撼；业余文学创作门类齐全、成就斐然，让人欣慰；加入省市会员近一百多人，作品刊入中省文学杂志一百多篇，笔会征文获中央、省、市奖励五十多篇，让人惊叹。"针对汉阴小说创作的问题，她语重心长地讲：一部好

小说毕竟需要准备和操练，成功作品多是厚积薄发的结果。作者写得不大好，最主要是小说语言没有从传统的单一描写转变为现代的博容叙述。她还说：文学，是一个永恒的主题，是人类历史情感的结晶，与文学相伴，你会感到生活是如此美好。

"走进汉阴，就走进了文化富地，走进了文学宝殿。文化发展、文学繁荣已经成为汉阴人的自觉行为与坚定自信。"安康日报总编、市作协副主席刘云作家，言简意赅地综述汉阴文化现象。如何写好新散文，他提出：新散文主题上应该是骨子眼的东西，写法上要借鉴小说的流派，结构上要改变线性的和扁平的模式，内容上要有上面千条线下面一根针的含量，语言思想上要有现代感，即现代人应该活在现代话说现代。他还从汉阴文化渊源、文化禀赋、文化库存中，归纳出汉阴文化应立足乡土文化，创作的文学作品，一定要有本土的特点、乡野的个性、方言的风格。

著名诗人、市作协副主席李小洛，把汉阴这次文学创作改稿会，确定为全市真正意义上的文学创作改稿"首届"。即作品之多、作家之齐、作者之众是为首，时间之长，单一专一是为首，手把手、面对面、心对心的交流是为首。就诗歌的创作，她提示：诗歌的特点是内容集中、想象丰富、感情强烈、语言凝练、富有节奏韵律。针对汉阴诗歌的缺陷，她明确指出：写诗的人首先要解决的是语言的问题，什么样的语言则会有什么样的诗歌；诗的语言，要做到言浅意远，在平实中见新奇，在简单中见丰富；诗歌的语言境界、个性的诗意通感及想象的奇妙应当自由、自然，使之成为一个闪光的多棱体。

"汉阴作家群那份对文学的尊重、真诚与执着，让我为之激情与感动。文学是一种长期坚持的过程，是一种责任心的体现。汉阴文学队伍异军突起，不是独立成长起来的，他们的周围会有一片森林、灌木丛、绿色植被等。"市作协副主席杨常军在座谈会上颇为感慨，他殷切希望汉阴作者积极踊跃投稿市文联主编的《汉江文艺》，为繁荣全市文学创作而做出新奉献。

市作协副主席蒋典军，点明当代文学创作，不但要有传统文学的沿袭，而且还要在语言及思维的世界里变通自己的笔触，去跨越时空，相约未来人们的心灵。市作协副主席李爱龙也讲：作者要有全新素质的提炼，必须具备同时代的哲学、语言学、心理学、法学、政治学、社会学等诸多的知识，还要运用意识流，在想象力等方面有独到的新意。作家、《香溪》杂志编辑洪妍说：文学创作最基本的要具备四个要素：一是好的构思，二是巧妙的叙述，三是完美的控制，四是真诚的感情。诗人、作家王诩真谈道：作者可以有自己的作品，有内容的终结逻辑，除此以外，还要有一种特质心灵及天赋。

改稿座谈会是在热烈、亲和、友爱的气氛中进行的，是在凉秋风爽，暖阳辉柔，露天场院展开的，一切都是公开、透明、自由、个性的。小说、散文、诗歌作家分别对汉阴作者的四部小说、三十八篇原创散文、二十九首新诗歌，一一逐篇地分析、点评。作家所做的就是营造文学植被的阳光，而写作者所要做的就是扎根土壤，扎扎实实地努力、付出，有足够的底气搞好创作。

如今纯文学越来越边缘化，孤军作战、孤独写作的业余作者越来越少，而汉阴县却催生了一批作者。这种现象的诠释，关键是心灵的理性。比如，座谈会上汉阴县小说作者李泉森说：他爱好文学，是因为文学汇集了大千世界的声色各味，而却无杂陈。小说作者柯增进讲：文学为他增进了生活的力量，在人生路途中有"路上风景"使他从不疲惫。散文作者、书法家张正生感言：他投入文学，是因为闲暇中解惑了许多陌生的生字文辞，并增添了多领域的知识与文墨技艺。小说作者、律师周建国感叹：文学创作让他在文字里有回味及抒发的情怀、教益，给他树立做人的质朴严谨、尊严及道义。散文作者韩丹，感悟写作是在如事如愿、是与不是中为之感慨，能为社会的人生图即歌即泣，因而在文学的意义上，人生是无限的。散文作者侯运萍直言：我爱好文学，是因为一个人总得有自己的追求，读书及文学，是能为自己带来悟性、善美、愉悦和快乐的。诗歌作者、书法家欧定成激情感言：文学创作的过程，总是让人产生对审美的吸引力，让人静听、静思、静赏后，使人精神愉悦。作者……

夜幕降临，明月皓空，兆午春农家院中点燃熊熊篝火，便携式音箱播放出"山是凤凰翅，在蓝天里自由翱翔；田是登天梯，在宇宙中漫步

观赏；岭是金字塔，堆起生命的粮仓；弯是明月亮，勾出绚丽的梦想——"一曲《美丽的凤堰梯田》，激动起作家与作者手拉手，环绕着艳红的篝火沸腾出欢乐的圆舞，引来村邻周边老少妇幼围观助兴。那熊熊燃烧的篝火，驱散秋夜的寒冷；那熊熊燃烧的篝火，与天上月光同辉；那熊熊燃烧的篝火，让涅槃的凤凰得到重生。这是乡村七色的梦，文学亮丽的风景，似乎置身于姹紫嫣红的花丛，汇入这载歌载舞的沙龙。点燃文学的篝火，寻回失去的童真；升腾创作的火焰，热血重新贲张滚涌。村民加入文化人群，用笨拙的舞姿，旋转出高亢的乡音。大碗的米酒，轮回的诗诵，瑜伽的风采，自发的歌咏，山野不眠，直到犬吠鸡鸣。

人尊人，人敬人，宜世宜人。物宜物，事宜事，风物宜长。改稿座谈会，就是一个葱郁长青的森林大地，就是一片文学爱好者追梦和锤炼自己的热土。通过文学交流，相约着无数的文字挚友。改稿座谈会成为"文人相亲"的百花园，虽然这里没有"诺贝尔"奖，但这个园地中，确有民族的灵魂，文化的自觉，社会的亮点，人性的真谛，质朴的精神。以理性的感悟及渗透，评判真、善、美，融入天、地、民，这是"诺贝尔"奖所望尘莫及的。

相约三月诗会

诗会三月，相约风情怡然的春天，诗人走进了油菜花开的凤堰古梯田，仿佛踏上金色的天梯，真有"一脸阳光三月丫，烫金诗作满山发。人间大气七分占，敢笑群芳不算家。"（《春来凤江》）的感叹。

清凉的风，从凤凰山吹来，吹红了汉江潮涌的一片祥云，吹动了山野花鸟的诗韵，吹醒了花屋尘封的一帘闺梦，吹开了诗人翱翔心空的一往情深。

一路走来，金狮崖松林，相约枝头的黄莺唱起了婉转的歌儿；冯家堡子，燕子成双成对地在袅袅青烟中穿梭；吴家花屋，蜂蝶群涌在"千顷沃野满地金"上蹁跹。

金州来的、汉中来的、延安来的诗人邂逅三月水响，用心灵之声把天籁之音律成一片春曲，分送给大好河山的万物生灵。田园农家的桃花听得入了神，禁不住落下了几滴粉红色的泪珠，凝在了酥软的土地里；黑龙潭边的小草偷偷探出了小脑袋，迎着春风摇曳娇姿；魔芋包上的杨柳，看不出枝丫上的叶片，却流动着楚楚动人的浅绿。凤堰油菜花啊，真可谓："鹅黄遍野乐融融，阵阵清香百里同；春花不及田花美，天梯金光醉目中。"（《凤堰油菜花》）

三月，是浪漫多诗的春天。今天，是诗雨飘飞的日子。汉江安康首届青年诗会，携诗人脚踏大地，走进乡村，亲近田野，步入农家，体验生活的这一创作实践之举，给诗人以清爽的境遇，骚动的心扉，飘逸的灵感，与大自然相亲吻，与乡俗共愉悦，与时代同呼吸，用爱的雨露、心的晶莹、诗的阳光，将这方圣地溢满神话般的传奇色彩。

诗会三月，诗意盎然。屏气凝神，听诗花绽开之音："我心在飞，是这个季节刺激；我心放纵，是这个季节诱惑；我心沉醉，是这个季节怀

抱；这个季节是生命力量爆发的季节，一切刷新……"诗人用灵动缥缈的字句，吟醉了黄龙河溪水，柔和了太平寨气息，积蓄了凤江力量，绚烂了堰坪风姿，洒满春晖的大地在诗的流韵中迸发出勃勃生机。

春天是最美的季节，劳作是最美的行为，诗歌是最美的艺术。秦巴汉江一群热爱诗歌的人，一群情有独钟而深入生活之路的人，把诗之歌视为生命的一部分，把春之诗倾吐给神州大地，在黄花的梯田、绿茵的山坡、风情的民间去观察、去发现、去思考、去追求和创造，共吟生命生存土地的敬畏与感恩的诗篇。相聚漩涡古镇，有的试图用秋的丰硕将欢笑唤醒，有的用冬的寒雪将真情洁净，有的用风的凛冽将腐朽剔除，有的用云的缥缈将灵魂陶醉，有的用泉的晶莹将诚信坚守，有的用美的心事将爱意永恒。其心之纯，其情之真，其境之高，令人敬仰。

缘在今朝，缘在诗歌，缘在"美好安康、诗意汉阴"。为了诗歌这永恒的艺术，安康日报社以汉江安康首届青年诗会为载体，呼唤无数文学行路者，融入这个友情群体，让诗歌融化陌生，让心灵坚守虔诚。诗会不仅是诗歌与文学的回归，更是对真情与真诚的唤醒，是一场极具文化品质的盛会。

我的那颗心/在春树梢头凝神/她刻骨铭心地懂得/岁月的无畏与坚贞/她坚信，寒冷过后/就会有雷声将万物唤醒/就会有雨水刷新生命……就是这群诗人，勇于对现实担当，用最少的墨，透最深厚的心房，诗歌燃烧着希望，字字珠玑，刻画着时代的华章。

山与水相依，天空与大地相守，诗人与乡土眷恋，一起相约花开的季节，一起剪下一缕誓言，刻在三月的风中，雕在凤堰诗歌林里，与大地亘古铭记……

2014年4月1日刊载《今日安康》

我们仰望十月

在硕果累累的季节，在金色辉煌的时代，在亿万人民仰望的十月，我们激情高歌："今天是你的生日，我的祖国……"这歌声，旋律最豪迈，阵容最壮丽，气势最雄伟，声音最铿锵。带着中华儿女的骄傲和自豪，一声声对祖国的祝福，飞向山川，涌动大海，凌翔宇宙。

我们仰望十月：撩起今秋桂花飘香的情结，打开一幅恬静优美的画卷，凝视着这幅祥和之景。纷纷扬扬的思绪如同一辆纺车，纺出深重的思索、积淀的心愿；纺出对祖国的拳拳情思、融融柔情。我将自己的祖国浸润在目光里，让雪亮的犁铧翻开泥土黑油油的记忆。泥土告诉我，祖国的胸膛、铁臂，来自一种造型，以镰刀为经、以铁锤为纬，交叉而成的标志，铸就了一种精神。我的思绪禁不住八方洞开，浩浩地奔腾无法抑制。

我们仰望十月：伟大的祖国，高山巍峨，雄伟的山峰俯瞰历史的风狂雨落；暮色苍茫，任凭风云掠过，坚实的脊背顶住了亿万年的沧桑从容不迫。伟大的祖国，大河奔腾，浩荡的洪流冲过历史翻卷的旋涡；急流勇进，洗刷百年污浊，惊涛骇浪拍击峡谷涌起过多少命运的颠簸。伟大的祖国，地大物博，风光秀美孕育了瑰丽的传统文化；大漠收残阳，明月醉荷花，广袤大地上多少璀璨的文明还在熠熠闪烁。伟大的祖国，人民勤劳，五十六个民族相濡以沫；东方神韵的精彩，人文风貌的风流，千古流传着多少美丽动人的传说。

我们仰望十月，共和国前进的道路，如一本无言的教科书。她记录着中华民族走过——贫穷落后、满目疮痍的年代；走过历史进程中那血与火染红的河流。她记录着无数中华儿女，前仆后继，开天辟地，建立前无古人、继往开来的伟业。忆往昔，国门禁闭，思想保守，人相争斗，

神州大地，经济萧条，发展落后。看今朝，千里江河，堤岸苍翠，百舸争流，万里山川，挺拔耸秀，车水通幽。六十年紧密携手的五星，团结一心，聚合万民同歌。六十年沿着岁月的年轮蜿蜒起伏，跨越五千年梦幻和希冀，跳动世界眼目。

我们仰望十月，就更挚爱——中华民族源远流长灿烂的历史，中华原野每一寸土地上的花朵，中华大地风光旖旎的山河，中国人民坚忍执着的性格。共和国六十年，创造了辉煌的历史，养育了伟大的民族。我们自豪国家的悠久，数千年的狂风吹不折你挺拔的脊背；我们自豪祖国的坚强，抵住内忧外患闯过岁月蹉跎；我们自豪共和国的光明，中华民族把自己的命运牢牢掌握；我们自豪中国的精神，改革勇往直前开放气势磅礴。我们仰慕，气凌霄汉的飞船巡天而过，浩瀚的三峡工程起浪飞歌，纳米蓝牙走进百姓的家居，雪域高原的天路通向阳光，汶川家园的再次崛起，奥运的五环辉煌五千年历史的祖国。

我们仰望十月，心潮激荡，浮想联翩。祖国母亲的六十个生日里，每一声虔诚的祈愿，就温馨在碧波万顷的江河大海；每一句殷切的祝福，就传递着全世界的瞩目与尊敬。古老而又结实的大地跳动的心声，那是祖国母亲的信念、憧憬、希望、追求与成功。我深深爱恋的祖国——是昂首高亢的雄鸡，唤醒拂晓的沉默；是冲天腾飞的巨龙，叱咤时代的风云；是威风凛凛的雄狮，舞动神州的雄风；是人类智慧的起源，点燃科学、文明、和谐、富强的星火。祖国啊，祖国，您永远朝气蓬勃。

我们仰望十月，就明确一个方向，就坚定一条道路，就信仰一个主义，就拥护中国共产党的领导，就承担起创造人类共同幸福的历史职责！

崇尚中医

一日胃酸胃胀胃痛，我弯着腰走进汉阴县中医院，挂号后找专家医生看病。医生深奥矜持，先号脉再开方，告诉我，中焦邪浸、寒热云尔，我赶忙付款、鞠躬，深信不疑。离开时，看见那医生的门帘上，写着"悬壶济世"四个字，我想这楹联蕴含着他是华佗再世、扁鹊重生。不过，这中医院里的草药味确实很浓，空气中飘散异香。

几服中药，我的胃病好了。不由得产生联想：我读过《诗经》《离骚》，常折服于古人的语言之美、意境之美；读过《老子》《庄子》，总被其思想之美、道义之美所震慑；而感触中医，品味草药，闲读《黄帝内经》《本草纲目》经典，方知其文言精辟，哲理深奥，悟得医学与自然浑然一体，医者仁慈博爱，持重至诚；恍然在语言之美、思想之美之上，更收获宇宙之美、智慧之美。

说起中医，大多数人都会联想到神闲气定、鹤发童颜、道风仙骨的中医师，但不争的事实是，中医师大都长寿，这是因为中医符合自然之道、养生之道。中医的许多思想到现在依然是前沿的，许多治疗手段和方法，现代科学依然不能破解。中医强调上工治未病，以养生保健为先，两千年前就形成的养生观，与兴起于二十世纪末的预防为主的健康理念不谋而合。

不为良相便为良医。这是中国古代读书人的两种追求。上医医国，中医医人，下医医病，这已超越了医学本身，体现了沉重的社会责任和天人合一的宇宙观。即所谓究天人之际，通渐变之病，循生生之道，谋天人合德。

中医看病，望、闻、问、切，其沉静、智慧的目光，纯净入定，全神贯注，病人宛如接受长者的爱抚，药理与哲理潜移而至，心灵欣然感

应。药物可以驱邪祛病，哲理可以神爽疗心。中医将哲理药理融会贯通，既医形体更疗精神，可谓标本同治。

病例是复杂的，世界也是复杂的，所以西医便悄然兴起。它解除痛苦，是极力寻找其终极构成，诸如患阑尾炎，一刀了却，表现出简单之美。而地分南北，天有四时，一刀切式的标准化，方便是方便，康愈的疗效可能有些折扣。中医则治病必求本，用药如用兵，在纷繁复杂中找出规律，呈现出一种缤纷之美。生就人身，不免世事纷争，百病杂生，中医治病以康体为上，则让人肃然起敬。

中医疗治宗旨，讲求医者必当安神定志，无欲无求，先发大慈恻隐之心，誓愿普救含灵之苦。若有疾厄来求救者，不得问其贵贱贫富，长幼妍媸，怨亲善友，华夷智愚，普同一等，皆如至亲之想；亦不得瞻前顾后，自虑吉凶，护惜生命。

另外，中医的根本的特色是整体观念。即，是把人放在天地这个背景里去考虑，人的健康也好、疾病也好，都与天地的影响密切相关，人与天地就是一个实在的整体。中医一向认为，人体身、心、神平衡，达到阴平阳泌的状态就是健康。身者，脏腑经络，生理活动。心者，情志思维，精神状态。神者，德行的修为与涵养。三者构成了生命的基石。在这个深妙的人体中，有一个无形的，却是先天赋予的能力，即自我康复力。而治疗疾病就是把这些不协调因素纠正过来，使局部重新跟上整体步伐。

中医博大淳厚的情义常常令人感动。孙思邈的《大医精诚》篇，开宗明义提倡为医者必须要有医德，要发扬救死扶伤的人道主义精神。进而论述大医修养的两个方面：精与诚。精，指专业熟练；诚，指品德高尚。提出为医者必须医术精湛，医德高尚。每次诵读都是一次灵魂的洗礼。

这正是：杏林一脉传千古，中医岐黄贯古今。

年到岁到

年到岁到，人从小变到老，如今这日子，确实是从苦变到好。中老年人抹不去的是那儿时的年景，如梦幻似的总萦绕着心思，尤其那扳着指头数日子"吃腊八，过小年；穿新衣，贴对联；放鞭炮，团年饭；走亲戚，玩彩船"的等待，那种期盼的心情，如今的青少年无从体验。

现在的生活，天天胜过少时的"年"，对"过年"的感觉虽已经淡化，不愁吃不愁穿更不愁玩儿，但对年的追求还是强烈。因为工作在外的、外出打工的、常年远离故土的，那回家过年的急切心情，亲人团聚的欣喜若狂，仍是一幕幕风景线。依旧的还有正月乡村街头的舞狮子、闹花灯、放鞭炮那热烈奔放，都是美好的祝愿。中国年在那浓浓的年味中，总是与新的希望相连，与新的期盼对接，把新的梦想释放。

"贺岁的钟声，浑厚深远，涌动了我们心底的波澜；欢快的乐曲，悠扬委婉，回荡在亿万儿女的心间。通明的灯火，光芒璀璨，映红了我们畅怀的笑脸；擂响的战鼓，齐振共鸣，唤来了新年的春意盎然。"我，写下这首《贺岁歌》，是想表达生命的意义在于追求和希望。

岁到年末，要与希望相连，在心灵里种下亲情，多寻觅"家"的感觉。忙碌是当今社会的现象，千辛万苦的百忙之中，也得回家看望年迈的父母，因为生命中最宝贵的不是金钱，而是浓浓的亲情。趁过年的间隙，安心地陪陪老人，亲亲家人，述说童年的往事，畅谈美好的明天，让奔波的劳碌与牵挂的情怀无拘无束地释放，让开心的笑和幸福的泪充满年关。

时到年关，应与期盼对接，在心灵里种下执着，敢唱《爱拼才会赢》之歌。市场经济千变万化，社会发展突飞猛进，只有拼搏才能立足，只有敢拼才有胜算。信息化时代，竞争的年代，势如大浪淘沙，人

的期望与现实千差万别，处世择业干事得有新的理念，把握住时机，把握住现在，就要认识自己绝不好高骛远，要求自己绝不见异思迁，珍惜自己绝不刚愎逞强，相信自己绝不悲观失望。

　　人到年头，是把梦想释放，在心灵里种下真诚，常谱《相逢是首歌》之曲。真诚是做人的起点，也是人品的极致，走过新年，大千世界中相逢而同行的人会更多，每一个人都以真诚对待同事和朋友，干事业就会事半功倍，交朋友就会朋友遍天下。真诚还可以消除隔阂，化解矛盾，促进人际关系的和谐，古人就有"精诚所至，金石为开"的格言。所以，以诚待人，就能得到友谊和真情，得到别人的信任和尊敬，得到双赢的成功与发展。

2013 年 1 月 1 日刊载《安康日报》

巧夺文化与自然的天工
——游凤江古梯田

走出土墙瓦房/迎面扑来油菜花的芬芳/蜻蜓拨弄黑龙潭清静的涟漪/颤动了黄龙滩水面的太阳。牛娃虔诚方土/从梯田飘出浓浓的汗香/催醒山冈一层一层稻菽的金梦/陶醉了翠儿扭动的新房。

《凤江梦》——题记

源源不断,顷波涛涌的汉江,是滚滚长江东逝水的最大支流,也是汉文化的发祥地,两岸景色如画,自古是南方移民的集散地。

当我站在汉江之畔那连绵起伏的凤凰山之脊,一个叫凤口垭的地方时,心底涌上久久难违的激动与冲击……天是那么蓝,云是那么白,气是那么爽,山是那么翠,一眼望去是那么辽阔。然后静静地凝视凤江古梯田,自己仿佛与蓝天融为一体。在大山的脉搏上,满目跳动的梯田,从那一座座如巨浪狂涛的山峦脚下直到山顶,一层层、一块块、一条条、一绺绺缠绕到尽头。

早晨的霞光如碎金般撒向大地,沟里、坡上、梁顶那连绵衔接的梯田,魔镜般闪耀着让人震撼心灵的鳞波光环。一万多亩顺沟随弯、爬坡绕梁的梯田,大的一块数亩,小的一块如线;少则一坡上百梯,多则一山上千级……留恋梯田间,蜿蜒的田埂让人辨不清东西南北,盘旋的梯田让人走不出沟梁坡湾,看得清河里渠里水中有鱼儿在悠闲地嬉戏游玩。凤凰山顶上有茂密的森林,森林下是一片一片独具特色的黑瓦白墙的"钥匙头房",那便是典型的明清时代的民居建筑,是村民居住的院落与房屋。从院落与房屋里不时传来隐隐约约的鸡鸣狗叫声,还有娃子们银

铃般的笑声。绵延跌宕的山谷中，黄龙洞河、黑龙洞沟、白龙洞湾的溪水在静静地流淌……

到过凤江古梯田的许多人，都会有同样的疑惑与询问：山上没有堰塘，沟里没有水库，河小溪浅水源短，而梯田里为何水流不断？游人一年四季来这里，摄影的镜头总是——春季油菜花舞蝶，夏初银镜嵌满山，秋季稻菽泛金浪，冬季白棉铺云天。

然而不知，地处偏僻、交通不便、原始落后的凤江人，是如何坚守顽强的意志、发挥自己的聪明才智，聚集宏大的力量，开垦出如此壮观的梯田景象呢？我一而再、再而三地去凤江古梯田，观云势、看山水、研环境、询原因，然后我才明白……

凤凰山绵延的山脊森林茂密，汉江宽阔的水面，地处暖温带的气候，云势的回旋环绕是水的不竭源泉。凤江人居住地方多为海拔较高的院落散户，山脚为海拔较低的汉江，且支流纵横，立体气候明显，汉江及其支流干热的气候使江河水大量蒸发，水蒸气随河雾上升，遇山顶的冷空气后形成云团，继而凝聚成雨水，降落到这山山梁梁，滋养了亘古以来的草木树林和大地万物。又由于草木森林及其根部的土壤沙石崖缝有巨大的含水贮水作用，使得这些降雨在高山草木森林中，又形成无数的溪流、泉瀑、龙潭、池滩，无数溪泉长年不断，沿着千沟万箐潺潺而下，凤江人架木槽跑水、搭竹筒过水、掏沟刨渠引水，滋润了片片梯田，也孕育了深厚的凤江农耕文化。因而有"木槽接天河，竹筒引龙王"的传奇神韵。

在这里，一年四季随处可见那变化莫测的云海，从汉江水面沿条条河流、道道沟壑，慢慢升腾到磴阶的梯田、坡梁的村院、山脊的森林，然后又呼啦啦扯开回转攀高，神奇变幻叫人赏心悦目，云蒸霞蔚使人美不胜收。

开凿梯田的始者，据说，在一千多年前，有逃荒避战乱的湖广人从遥远的南方迁徙到今天居住的这片崇山峻岭，远离了兵荒马乱的是非之地。尤以吴氏家族看好了这里的隐蔽与沃土，为了生存，他们的祖先挖下了第一块梯田，后来在更加民不聊生的明清时代，引来了一大批湖广移民，依山傍水开凿梯田，一代接一代地造田。在凤江的农家院落，我曾看到过这样的情景：孩子们会玩一种大约延续了几百年的游戏——男娃子们在院坝边的空地上，用铲子、挖锄掏成象征性的小梯田，再破开竹筒敲掉竹槽间的竹节，从院坝坎边的渠道上面开沟引水、搭筒过水、插秧种谷。女娃子们则提着小竹篮，在男娃子们开辟的小梯田里"摸螺蛳、逮黄鳝、捉泥鳅……"透过娃子们的游戏过程和每一个动作，我对凤江古梯田的起源有了基本的了解。

站在凤江古梯田那历经几百年沧桑，而不渗漏、不溃决、不倒塌的坚实田埂上，我隐约听见了开山歌、打夯调、踩青歌、摘桑曲，似乎喝上了清明茶、栽秧酒、墨鱼汤，吃上了木耳鸡、熏腊肉、米年糕，感觉脚下的每一梯田埂都是凤江人的脊梁。相机拍下金子般的千层稻菽，我仿佛看到了喜庆的花鼓舞、彩龙船、娶亲戏……我明白每一块梯田都是凤江人祖祖辈辈用生命和血汗垒成的，这是凤江人永远的骄傲和光荣，这一撼天动地的力量，已经镌刻在了这一方国土之上。

天上云梯，人间福地，我这样感慨。凤江梯田的壮观奇景，从古至今是一个充满生命活力的大系统，它是汉江岸边凤凰山下一块神秘的地方，今天它仍然是凤江人民物质生活和精神需要的基础和根本。已被陕西省列为十大物质文化遗产、全国三十大物质文化遗产新发现之一的凤江古梯田，其奇观的突出特点之一是它不像北京的故宫、埃及的金字塔等遗产，这些虽然成了文物古迹，但已丧失了当年的功能；凤江古梯田也不像山东的泰山、尼亚加拉的大瀑布等，这些也只是单纯的自然景观。而凤江古梯田是凤江人民与凤凰山大自然相融相谐、互促互补的天人合一的人类大创造，是农耕文化与自然规律巧妙结合的产物，是巧夺人类生存与山水美化的天工之作。

今天的凤江古梯田，除了仍在发挥着生产粮油这一生存需要的功能外，高瞻远瞩的汉阴领导层，把此作为永久保护的物质文化遗产，修旧如旧古庙古院落，开辟交通专线，搭建观景平台，扶持农家乐，开发古梯田旅游，发挥它更大的人文经济效益。勤劳智慧的凤江人民把农耕文化打造成特色，继承传统的耕作技术，保持民间的生活习俗，弘扬朴实厚道的民族风格，融入现代的科技信息，使古老的梯田成为旅游爱好者流连忘返的地方。

鸾凤和鸣盛九州，休闲旅游醉乡村。2010年全国第三次文物普查团走进了凤江古梯田，一下子就被壮观的梯田美景所征服，当即列为全国物质文化遗产申报地。随即全国各地的摄影家踊跃来此，无不为之宏大壮阔、气势磅礴、奇观雄美而震撼；许多文学家艺术家专程来此，无不为之神奇壮丽、变幻莫测、七彩秀美而叹服；慕名而来的游客在此游览，无不为之典型的地貌而形成的"山有多高，水有多高；一年分四季，隔里不同天"的独特山地风光而赞叹。

　　今年，中国·汉阴第七届油菜花节主会场，放在凤江古梯田中的老君关，创作编导一部具有民俗风格的《梦幻凤江》情景剧，创作传唱一首地方风情的《凤江女》山歌，会让您享受精妙至极的民俗风情，领略魂牵梦绕的"百灵"之音。总之，凡来此古梯田观光旅游，都会让您留下终生难忘的记忆，享受永远爽心快乐的幸福感。

2012年2月23日刊载《陕西广播电视报》

打造安康城市人文精神

推进安康文化大发展大繁荣,就是要塑造安康人文精神。

城市离不开人文精神。地球上的人之所以是万物之灵,就在于他有人文精神。人文精神以人的理性自由和全面发展为终极目的,即以人为本,关心人、爱护人、激励人。

我们通常说,这个城市有精神,有灵魂,有聚合力,其实说的就是这个城市有人文精神。城市的人文精神是这个城市的文化灵魂,是这个城市在向世界展示其自然风貌的同时,所展现出来的独特历史底蕴、现实风貌和未来远景。它就像城市的名片,镌刻着这个城市的精神品格和文化渊源。如今的安康,在秦头楚尾起步建设的现代化中心城市,本身就有深厚的历史文化积淀,但城市的人文精神还没有彰显和弘扬起来。尤其在江南江北的城市大开发大建设中,迫切需要深入挖掘、提炼和涵养"安康"这一城市的人文精神,并使之成为提升城市文化品位、彰显城市个性魅力的内在动力。

不管是"世界浪漫之都"巴黎,还是"世界音乐之乡"维也纳,以及古典文化集萃的城市罗马……说明世界上所有形象良好、文化活力强的城市,无不具有独特的人文精神。再说,中国上海的"东方明珠",云南的"民族风情",珠海的"世界花城"……这些城市的整体形象为城市文化创造了无穷魅力,所蕴含的人文精神,已成为历史与时代的精神主题,不断得以传承和发展。

安康处于汉水中游,古时秦楚之间,湖广移民之土,京剧母体汉剧之乡,是一片文化积淀深厚而富有生机的土地。安康本身就是一个吉祥的象征,安澜楼就有其内涵。现在的安康是朝气蓬勃的、走向新时代的大建设进程的中心城市。近几年来,"双创"使城市基础设施建设发展

迅速，城市功能日趋完善，城市形象和市民素质也大幅度提升。因而，在当前城市建设的黄金时期，迫切需要对城市文化进行全面梳理和提炼，树立起安康城市人文精神的大旗，才能全面提升城市的文化品位和本土特色。

"振兴汉剧"，毋庸置疑是拯救安康城市文化灵魂的举措之一，同时，也要挖掘城市人文特色资源，将散落在各地的自然景观、文物名胜和标志性建筑串珠成链，形成相互呼应、蔚然壮观的文化景观带，让人们在访古寻根中寻找共同的精神家园；挖掘历史文化名人旧踪和名人故居，开辟博物馆、纪念馆，丰富城市的文化内涵；在城市公共空间环境，利用富含文化品位的城市雕塑，艺术地记录城市的历史文化，反映城市的文化内涵和精神气质；利用安康的风土人情、民间习俗，结合众多的非物质文化遗产项目，打造富有地方特色的民俗风情活动；扶持保护老字号企业，培育创新文化产业项目，推出具有地方特色的工艺产品、特色产业、旅游景点。

引领城市的健康发展是文化，永葆城市的青春活力是人文，推进城市的文明和谐是精神。市民是城市的主体，城市的文明和谐依靠每个人的素质提升来汇聚。所以，要将和谐文化与人文精神渗透到社会生活的每个角落，进入人们的大脑思维，并将此逐步外化为市民的自觉行动和生活方式，从而形成新的时代风尚，感化市民与时代同行进步。

安康的人文精神，应在上进、厚德、智慧、和谐的安康内涵上思索，应从历史的、现实的、未来的相结合的观点去着眼打造城市人文精神，同时，在经济的、文化的、风光的路径上铺垫。以城市的人文精神，为科学发展造势、凝神、提气、鼓劲、加油，从而放歌安康，彰显安康，神往安康。

2011年7月28日刊载《安康日报》

旅途见闻

火车上的事

四月十五日,我与李泉森乘768次火车,从安康前往湖南长沙参加第五届海内外华语文学创作笔会。走进十一号车厢的硬卧下铺,搭眼就见床脚从过道向内拐了,我反复几次出进,还故意把脚向里甩也不绊脚了。

你脚扭了,李泉森见我甩脚不理解地问。没有,你看这下铺的床脚朝内斜了,真的改进了,再也不会有人叫火车负责了,我很兴奋地说。火车负责,负啥责?李泉森对我的行为和语言更不理解,并傻愣着双眼。此时,我的脑海浮现出去年九月乘火车到北京参加2009年全国散文年会,在硬卧车上遇见的那几幕情景……

硬卧的下铺,对面是一老一小,老的是带孙子到北京与其儿女团聚。顽皮的孙子在他婆怀里,吃了麻花吃薯条,喝了可乐喝牛奶。婆不叫吃了,那孙子就又哭又闹,婆怕影响车厢里其他旅客,就只好让他吃,结果吐了。幸好当婆的有远见,早把车窗台上的托盘撑在孙子的嘴边。我连忙接过托盘,朝厕所走去,就连续听见"谢谢伯伯"的童声。"不准吃了,再吃,我就叫警察来抓你!"当婆的吓唬孙子。"警察才不会抓呢,幼儿园阿姨说,警察是保护我们的。"那孙子在他婆眼前还比着大拇指。我放下洗净的托盘说,你要听婆婆话,警察才会保护你呀。那孙子看了看我,还是扯开婆的手去抓吃的。他婆又挡开小手,指着过道说,你看坏人来了,坏……不等婆说完下句,那孙子立刻收手,蜷缩在婆的怀抱里,看都不敢朝外面看一眼。

小孩不闹了,坐在过道车窗下那一女一男的轻声谈话,就能听清楚了。老实的男人没用!为啥?就知道回家干点儿家务,不会交流还总说累。那是在单位上忙的嘛!在单位干得再多,有谁说他好。那领导肯定

欣赏啊。还欣赏呢，他就会实话实说，有时不讲场合，给人下不了台。那同事一定对他印象好嘛！好啥好，他把同事做不好的事也做了，谁能喜欢他？那你应该喜欢他呀，忠实、勤恳，对你好哇！有啥好，除了死工资，啥都没带回来。不能这样想，这种人你放心，不会招惹别的女人哦！快别说这个了，他这种人就爱帮人忙，一大群女人在讨好他呢，都快把我气死了！你看见"那种事"了？那种事倒还没听说也没发现，心里就是不舒服……

　　正想再听下去，突然隔壁车厢"哎哟"一声大叫，全车厢的声音就都没了，一双双惊奇的眼睛都朝叫声望去。我下了铺，看见一位五十多岁的女人趴在过道上，一只脚扭在下铺的钢管床脚里，跟前三十来岁的男人正用手机在拍现场。我伸过手想去扶，那男人用手一挡说，你干啥？我说，赶快把她扶起来呀！他转过眼瞪了我一下，你是她啥人，我当儿子的都不急着去扶，你算啥？还大声说，现在谁都先别管。中铺的女人没下床，伸出头向车厢门口大声喊，列车员，列车员，赶快来呀！列车员闻讯赶来了，那男人把手机递过去说，我妈跌跤，该你们火车负责！你是他儿子，你们还不赶快扶起来，叫啥火车负责？列车员扶起人后反问道。这时中铺的女人一把抓住列车员的衣领说，我妈在火车上跌跤，就该你们负责！那男人又指着下铺的床脚说，你看这床脚是直的，进出总绊脚，要是做成斜的向里拐，它能绊人吗？这就是火车的失误，该不该负责？不说了，不说了，先把大妈扶到医务室，看脚扭伤了没有，该谁负责，有讲道理的地方。列车员边说边扶大妈走。那男人和中铺的女人一边跟着，一边不停地嚷嚷，就得火车负责……

　　一年了，小孩不怕警察怕坏人，女人不喜欢老实的男人，摔跤的大妈火车负责了没有，我没时间去想，也不愿去打破砂锅问到底。但是，我今天真实地看到了，列车硬卧下铺的钢管床脚人性化改进了，我亲自试过，不会绊脚了。

2010 年 4 月于汉中至广州 786 次列车上
2010 年 5 月 13 日刊载《陕西广播电视报》

班车上的生活

　　我坐上车，后续上人十六七个，可谓是男女老少、工农商学齐全。

　　认得的认不得的，一句寒暄一个笑意，表示同行的问候和打招呼，便各自依序坐下。

　　车启动，行驶在蜿蜒盘旋的柏油公路上，认得的认不得的就随口调侃与聊天。

　　穿着蓝色夹克的中年人，望着车窗外自语道，公路村村通，山野就交通阡陌；退耕还林十几年，变得山明水秀、鸡犬相闻，要是归隐这山里，就会有步入仙境的滋味。

　　头上金丝卷发，看似少妇的人，望了那人一眼说，现在的都市，服务设施完善，车水马龙，灯红酒绿，歌舞升平的景象更有现代时尚气息。

　　挂一副眼镜，额头满褶的人，推了推镜架，斜视一圈，提高了点儿话音，山里城里各有各的好，可是现在的人啊，穷得富不得，好点儿了就心浮气躁。这社会生活也是个大染缸，纯白的人往里浸，稍不注意，就把人染得乌七八糟。

　　穿西装扎领带、看着书的男人，把书一合接茬儿说，从心理角度上讲，现在的人心浮，是因为追求了太多东西，这些东西有时又求而不得，欲望过高达不到，就心浮气躁。不能怪罪现实社会生活，主要因素也不能归结为周围的环境。

　　夹克中年人，指着窗外而执着地说，人应该都是向往山林自然的，曲径通幽，花鸟虫鸣，置身其中，就能忘记很多烦恼，就会有身在山界外，不在五行中的纯净。

　　金发少妇，也指着车上正在播出的《同一首歌》演唱会视屏，语气强势说，没有都市的亮丽繁华，怎么会显得山林的静谧可贵。况且未必

人人都喜欢往山里走的，反而人人都往城市里挤呢。

夹克人，加重了点儿语气说，你不是他们，你怎么知道他们不喜欢山野丛林。

金发人，语气更强势说，你不是我，你怎么知道，我不知道他们不喜欢山野丛林。

眼镜额皱的人，也提高嗓门儿，摇着脑袋说，莫言我是，莫道他非。古有庄子与惠子的谈话为证：

惠子道："子非鱼，安知鱼之乐？"

庄子曰："子非我，安知我不知鱼之乐。"

我一直倾听不语，只是思考：这大千世界，芸芸众生。"混"日子者有之，"过"日子者有之，"奔"日子者恒有之。有道是林子大了，栖息的什么鸟都有；社会的人多了，什么样的生活方式都由自己选择。

不能说，所谓"混"者，不过是汲汲营营每一天，顺其自然，安于平凡，谁又知他们午夜梦回，不会因感到碌碌无为而悔恨不已、痛哭流涕。所谓"过"者，不都是已经世俗浮沉，大彻大悟，看待万象皆幻影。最后，一杯酒饮尽浮名，饮尽了尘世喜怒哀乐。所谓"奔"者，难免追名逐利，也许车尘马足，或得高官厚禄。终是疲于奔命，不堪重负，寿终正寝。

人处社会，多种生活方式，异形生活态度，"混""过""奔"者，谁好谁坏，谁对谁错，莫衷一是，无可褒贬。

生活不是蜜糖，生活也不是苦药；生活不是鸡肋，生活也不是空幻。

坐班车好，因为班车上有社会、有生活、有人味。

幸福火把

坐在去北京的火车上，听到身边一些大龄的旅客议论：现在的一些人不好说，吃得饱了，穿得暖了，过去想都想不到的电灯、电话，甚至手机、电脑都有了，还总感到不如意，心情越来越浮躁。现在只要不偷懒，就能挣到钱。可是一些人，就是大事做不来，小事不想做，还这不对，那不顺心！社会开始以人为本了，有的人反倒自己不人文了，不顾一切地自我膨胀，总在抱怨，总在疑惑，不知幸福在哪里！是啊，人有时往往不知道满足，也不会珍惜已有的所得，总是这山望着那山高，用不现实的欲望去对待现实，心态就这样失衡，真是"身在福中不知福"……南来北往的火车上，除了夜间关灯，就是旅客的社会大讨论。是啊，幸福究竟在哪里？似乎没有个标准，谁也说不清。我随着他们的谈论，也在火车上想：幸福究竟在哪里？幸福应该在自己的心里，在体验的感受中，在已有的每时每刻，幸福就是感觉。渴了，想喝水，水来了，喝一大口，从心里发出"好舒服啊"的感叹，不就觉得很幸福吗？饿极了，有一顿饱饭吃，脱口而出"这顿饭真美啊"，那感觉的确是好幸福。就连热了能洗个痛快澡，不也感到很幸福吗？小时候在山里就有这种体验。

夜间的火车，看不见车窗外的山川风景，相向擦窗而过的列车似长龙飞奔远去，把我的思绪带进那一闪一闪掠去的窗外之灯，像电影胶片滚动似的，镜头就推入童年时代，随父母下放在山里时的情景——那黑夜中火把舞动的长龙。

那时生产队里隔三岔五地开会，煤油灯下是一个个的黑影。可是会一散，几十支火把齐扑扑地点燃，齐刷刷地举起来，"前照一后照七"，我们就跟在大人后面，踩着火点，不管脚下是崎岖小路还是过沟让石，

总是又蹦又跳地蹿前蹿后，心里是那么单纯的快乐。长的火龙、短的火龙带着"呲呲嚓嚓"的燃烧声，向四面八方的山、梁、沟、湾里绕去。火把风景的这种感觉，总让我兴奋不已。儿时的我在夏季，白天在坡里割几捆蒿枝秆，在湾里砍几抱毛竹子，不等晒干，就学着大人扎火把。有时父亲拿起几支火把捏捏瞅瞅，看着我微笑一下，我就会抱着那几捆火把，在院坝中蹦跳几个来回。这时母亲就奖赏我，煮一顿不搭菜的苞谷糊糊肚子，还叫我管饱地吃，我就会狼吞虎咽地尽肚儿圆。在那个年代，平常能吃顿不搭菜的饱饭，那简直是幸福得不得了的事。在乡村的时代，上坎下屋的我们几个伙伴，有时就会串起来，给家里说好，起个大早，翻几面坡爬几架梁地去放牛，饿了吃些野果，渴了喝几口泉水，故意拖至天黑，在大山的深处，吆喝着牛群，举着火把一字儿排开，随弯过沟，斜砭爬梁，随着牛群的移动，一条星光飞溅的长龙就会在山里舞动，在夜空中游曳。吼着山歌的我们，那是爽朗的释放，是畅快的无忧，是开心的感觉。

　　举起火把，点亮黑夜里的心灯，为自己照明，为他人引路，轻松愉快地生活在乡里……"看远处的火车，看城市的路灯，真像一条条长龙。"硬卧中铺的两个年轻人悄悄地对话。把我的记忆又重新拉回车上。

　　山里的火把，美丽的记忆，不正是奔驰在这山川田野的长龙吗？夜间举火把，那是一种说不出的幸福感，何况我今天还能坐上火车去首都北京呢！

2011 年 7 月 28 日刊载《陕西广播电视报》

枕着太阳入梦

到乡下去，闻闻土香，晒晒太阳，吹吹清风，听听鸟声，相伴大自然。山城中几个还称得上的文人，相邀前往才开启的中国第一移民生态自然博物馆——凤堰古梯田。小栖原始气息厚重的乡村小院，便将凤凰山南麓这尘封多年的原野，撩出喧嚣的气氛。

不消说，是文学美神勃发的激情，把异居在文峰塔下本不是一家人的人凝聚在一家，久有"见文如见人，相逢亦相言"的渴望，因而个个都显得分外地兴奋与躁动，新鲜、稀奇、渴望地吸引了情感的滋养与心声的表达。

漫步沟壑交错，坡梁相望的原野，是层层叠叠步入云端的梯田。举目眺望蔚蓝的天空，猎奇的心情也越来越蔚蓝了。七嘴八舌地踩着自然生态的石梯小路，阳光透过沟边竹林的光点，像一群见人就躲闪的山村女娃，顽皮地摇曳着清泉一样的眼睛，真是惹人疼爱。大家都不约而同地伸出双手想要捧住她，心痒痒地想抚摸她那明净的小脸，可是，倏然间她就从我们的指缝里溜走了，然后又在我们身边摇来闪去地旋舞着。幼小的蚂蚱不时地从我们身边飞走，三五个小青蛙从我们脚边蹦过，还有一些山雀、黄莺那"咪儿——咯，咯，咯……"清脆悦耳的鸣叫声，引诱和挑逗着我们，大家就情不自禁地从心海深处发出爽朗的笑声，这种久违而轻松的超然释放，让人感觉到由衷的舒畅。

流线型的梯田，刚刚收割了油菜，还没插上秧苗，皆都水满埂溢，反射出千绺万皱的灿烂霞光，正如大地谱出的一曲山水激情的乐章。文友们心旷神怡，接连地"嗬喂——嗬喂"地迎山吼，坡梁山壑也就"嗬喂——嗬喂"地颤回音。面对此景，大家文思迸发，我便抢先吟道："近观是镜远为鳞，轻笔淡彩映天清。农家镶间炊烟绕，梦似瑶台胜仙

境。"孙远友一声"妙句",指着梯田下沿江而上缭绕飞渡的白雾,感叹道:"黑白褐黄青蓝紫,七彩祥云随意至。莫道江南水乡好,只缘南山人未知。"谢不涢立刻赞道:"好诗。"接着随口而出:"山岭郁葱葱,梯田数百重。路绕山内外,人居画图中。"李泉森沉思片刻后,记起陈良学曾写过的诗,便朗诵道:"湖广移民此拓荒,南风吹绿陌上桑。耕读传家世代延,山环碧带集祥光。"……文友们你一句,他一首地吟诵下去。

就这样,我们欣然闲庭信步,在不经意间一抬头,看到阳光下狮子崖那一抹红,红得像火的云落满山头,那是炫目的一簇簇红杜鹃,美得让我们心颤脚软。崖上此时传来"溪水泉边,石头下／手碰着手儿哟摸鱼虾／小树林里,翠竹下／脸贴着脸儿说悄悄话／妹劝哥哥别离家／哥哥要为妹妹闯天下／妹妹强把哥手拉／滔滔的泪水哗啦啦／哥哥呀,你要记下／妹妹我等哥早回家／不是哥哥妹不嫁……"那清泉一样明亮的女子歌声,恰似红红的希望等待着爱恋的呼唤。当这一声声世间最美最动心的民俗恋歌响起时,大家止步而出神地仰望、寂静地聆听,魂魄似乎悄然脱身,带着所有的梦想,无怨无悔地向着那个声音飘去。

我立在溪边,顺手从清凉的水中捞起一块鹅卵石,轻轻抚摸着石上的纹络。这时真真切切地感觉到一种淡淡的香,这完全不是我脑壳里的幻想在作怪,而是实实在在的一丝一缕的石香扑面而来。我想:这水和石亘古地不知缠绵了多少个世纪啊,那水的柔情和石的铿锵演绎着,演绎着世间最古老、最恒久的情爱。浓浓的爱和深厚的情在一个又一个的世纪里酝酿着,能不滋生出永久的芳香来吗?!在太阳光下,我赶紧把这个鹅卵石重新放入溪水中,我明白,离开了水的石头,香味就会消失……

绿郁的山梁,红艳的杜鹃,金色的油菜,橙黄的稻菽,不就是"万物生长靠太阳,雨露滋润禾苗壮"的生物见证吗!抓住了阳光,就抓住了含苞欲放的雷声,就抓住了春雨闪亮的眼光,就抓住了温暖的翅膀。是谁在溪水边啾着柳笛,是谁在梯田上撩起晨曦,是谁在山坡上放牧青春,又是谁在竹林大树后面,悄悄地把爱情捧起!是春天,从一朵花上跳到另一朵花上;是使者,从一个山头忙到另一个山头;是亲人,那不停口唱着的村姑，把湖广移民落脚凤堰这一"翻身道情"里的爱恋故事，演绎成山岭上的竹草树木，而一股劲地郁郁葱葱；演绎成坡梁上的层层梯田，就堆起了生命的粮仓；演绎成农耕上的生态博物馆，令天下人朝暮神往。抓住了阳光，就抓住了春的柔和，夏的绿荫，秋的收获，冬的温馨。

不知不觉，太阳就偏挂在大巴山的峰沿上，红红的落日擦抹得云朵是红的，擦抹得我们的心思也是火一样的。我们几个文学朋友，都叹息没带照相机，于是我就很认真、很用心地用手机把金色的太阳抱起，就这样把它揣回了家。

夜里枕着太阳，在酣酣畅畅的梦中悠然读情，品味真爱。

2013年4月25日刊载《陕西广播电视报》

心静至美

扶贫调研时,我来到南山的偏远乡村,见到一位老人的生活境况,让我铭刻在心。

这位老人的老伴去世早,膝下无儿无女,住在两间土墙茅草房里,苍凉又狭小。进得屋内,却是另一番景象,低矮的土灶冒着青烟,锅碗瓢盆虽然有些陈旧,却一尘不染,排放有序;一张用木板搭成的床,不多的被单却很整洁;翻开床被,一本《西游记》,一本《红楼梦》,还有其他几本书放在枕头下,不宽敞的小屋里是暖融融的生活氛围。

房前屋后,四周是一片菜园,豇豆、辣椒、冬瓜、洋火姜正一个劲儿地长,眼前一片的绿、青、白、红,给我留下深刻印象。我可怜他的生活境遇,劝他早点儿搬下山,过更好的日子。他说了一句话,让我刮目相看,内心震撼,如今想来,颇有见地。他说:"人生不过一溜烟,安心过好每一天,不想过去,过好眼前,不躁奢望,自乐心间。"

初听起来,觉得老人似乎有些消极待世,但他的字句里确实有理所存。他析出虚幻的遥远来画饼充饥,那是自欺欺人,既可笑又不现实。他面对现实,静思当前,用健康的心理、良好的心态迎接生活的挑战,把单调贫穷的生活调理得有滋有味,不是自得其乐吗?如是,我眼前就出现一幅幅美景——晨光时分,老人在茅屋前看书,雄鸡在墙头上引颈高歌;晌午时,老人在菜园里哼着小曲,还有几只母鸡带着一群小鸡,在菜地里捉虫;夕阳时,老人在茅屋前喝茶,屋顶上升腾袅袅青烟,牛归圈狗回窝。老人家一天的满足感,洋溢在茅屋前后左右,老人家一生的情趣喜乐,荡漾在他那清瘦的脸上。

我没有说动他老人家,他固执地住在那狭小的茅屋,但他那与世无争的神态,如今还在我的眼前晃动。茅屋虽破旧,在心里,他给自己营造了一个世外桃源的环境，把豁达的心灵放飞在狭小的空间里，没有与世纷争，没有物欲追求，没有与人计较，他用平静如水的心态来面对现实，立足现实，满足于现实。后来，听说他静悄悄地在一个黎明前的黑暗里独自一人走了，没有给山里的乡村引起骚动，一切都合乎自然，一切都归于自然。

有一次同学聚会，中午一顿喜乐欢笑的酒宴之后，同学家中，香烟缭绕，麻将有声，扑克有争。高兴的、沮丧的、怪天怪地怪手气的，这男女同学的热烈情绪，就都搅拌在那小小的方桌上。而其中两个同学手拿一本书，一个在园林那香樟树下，一个在绿草地上，静坐于青山绿水间，翻开页码，沉静在书的世界去了。闹中求宁，躁中取静，这种境界的情景至今难忘。

还有一次出差西安，在熙熙攘攘的钟楼地下通道，一个女子手捧一书，靠壁而读，旁若无人。在她眼前，人来人往就是一条静静流淌的河流，心灵沉浸在一个远离尘世的幽居书斋，营造着一个属于自己的空灵世界。

至此，那老人家的离世，让我数日辗转无眠，我从老人家的生活境况中，从两位同学意境高远的情境中，从女子空灵毓秀的世界中，悟出了忘我的最高追求——心静至美。

世上还有许多人，整日抱怨老天的不公平，一味责怪别人对自己不理解，叹息没有投生在一个权贵富贾人家，老是心浮气躁，总是唉声叹气，这样不思进取，就把一个本来好端端的、美滋滋的前程消耗在自怨自艾中，岂不可惜？

心静至美，心灵的世界就容纳了三山五岳，就畅阔了海流百川，而且还能深藏针头线脑，生活微粒。人生最难的莫过于在红尘弥漫的熏染下，丧失了坚守的勇气。坚守心灵的那份净土，那泓清泉，就会知足常乐。没有野心，心灵也就纯净了；没有贪得无厌的欲望，罪恶也就不会产生了。精神境界的升华，心灵中的净化，一切荣华富贵，粗茶淡饭，都在情理之中，都泰然处之，一笑面对。心静了，盲人眼前都是明亮的，再苦的生活都是色彩丰富的。

"心静至美"，行思就宁静淡泊，不逐名利；记恩忘怨，唯是除非，与世无争，泰然自若；遇事则心气不浮躁，举止不失常，行事不轻率，对事态的发展具有清晰的认识，有正确的判断能力和选择与决策能力。

心静至美——心若海川，静则神藏，至诚坦荡，美亦安然。于是，我请马昌琪老师挥毫题写这一条幅，挂在我办公室的墙上，时常让我的心中有美景。

2012年11月22日刊载《陕西广播电视报》

人生不售返程票
——读《骆驼祥子》有感

双休日，闲来又翻起老舍的代表作之一《骆驼祥子》，读来是那样的心酸、心痛，思来更有心省、心悟。

祥子是一个车夫，但他却并不平凡。"我只想拥有自己的一辆车，然后娶个清清白白的妻子，成个家。"要求不但不高，而且现实。这并不只是一个乡下人的想法，对于每一个内心纯洁、清白的人来说，都是一个非常简单而美好的愿望。

祥子十八岁从农村进城，三年奋斗，终于实现了他那小小愿望的第一步——拥有一辆自己的车，在他眼中，车能"产生烙饼与一切吃食"。可是命运捉弄人，他的车被乱兵抢走；当他再次攒足了钱后，又被孙侦探敲诈一空；后来他又被迫与虎妞结婚，虎妞难产，他又不得不卖掉了第三辆车。他所喜爱的小福子自杀，让他心中的最后一丝希望破灭。从此，祥子便丧失了生活的信心，而自甘堕落。

后来，祥子为了赚钱，用了所有阴险狠坏的招数，最终他举报出卖了阮明，成为一个小人。祥子也不再拉车，什么来钱快，他干什么，甚至出卖曹先生。祥子滑入吃喝嫖赌，渐渐成为一个堕落、无耻、麻木、潦倒、狡猾、好占便宜、自暴自弃的行尸走肉。在他心里，什么事都是"那么回事"，只要有便宜他就要占。这个原本纯真善良的人，变成了穷途末路的恶鬼。而这悲剧的产生，在那个黑暗的社会是必然的，但不仅仅是这个罪恶的社会，祥子自身也有不可推卸的责任，"有了车便有了一切"，"不想别人"也"不管别人"，正由于这目光短浅、自私自利的想法，而不知不觉地埋下祸根。

老舍在书中写道：昔日"体面的、要强的、好梦想的、利己的、个

人的、健壮的、伟大的"祥子，成了"堕落的、自私的、不幸的社会病胎的产儿，个人主义的末路鬼"。这真是一个浸透了血泪的悲剧。

祥子经历了"精进向上——不甘失败——自甘堕落"的生命过程。这个过程与他的落魄和弱肉强食的时代背景有关，但他的简单愚昧也加速了悲剧的降临。祥子所生活的那个个人主义社会，会让人们因贪念而互相残杀。在这儿，没有人能判定谁是对的，谁是错的。因为"物竞天择，适者生存"。祥子的故事，是事实，也是缩影。

如今，祥子生活的时代已经远去了，但是，像祥子一样的生活观念、生活历程的人变相地存在。其表象是：稍有点儿知识与能力，就自恃清高，大事做不来，小事又不愿做；人生更经受不住生活的打击、工作的磨炼；稍有点滴付出，就期待巨大回报；还有甚至不想付出，就渴望得到很多利益，等等。有这种现象的人，若是稍有不顺，就自暴自弃，还愤世嫉俗。模糊的人生观，浑噩地过日子，其人、其现象、其心思、其做法的影子还在依附游离。

改革开放的现代社会，已经为我们搭建了最基本的公平竞争的平台，为每个人的才华智能开辟了尽显身手的巨大广场和途径。成功了，是自己奋斗和大家帮助的结果；失败了，从自身查找不足，听取各方面的意见，再接再厉，从头再来。人活着的意义应当是在过程，不应当在结论。尤其是这个过程，该我们竭力投入的时候，我们就应当义无反顾地全身心投入，不给人生留下遗憾才对。

珍惜人生的过程，因为人生不售返程票。要活出精彩的人生，就要发挥自己的最大潜能，激情涌动地融入社会大家庭中，从我做起，从小事做起，做平凡之事，做有益之事，积极向上，不甘失败，自强不息。

2012 年 11 月 21 日刊载《安康日报》

首都秋来散文香

秋雨淅沥，润湿了北方干燥的空气，洗散了首都夏日以来的雾霾，美容了花草树木的叶颜，净碧了颐和园的湖水，倒映出斑斓的秋色。在这种秋色中，我来到北京，闻到了一种久违的馨香。

这是一种淡淡的清香，如秋菊拂过晨曦；一种静谧的暗香，如兰花守望幽谷。这是一种唯有以心去品味的雅香，似茶花含蕊的芬芳；一种倾注情感才可体悟的醇香，似久旱逢甘露时禾苗的渴望。

这香，发端于一个中华民族敬仰的地方——首都北京，在这里举办着2013年首届当代散文民间作家创作与交流高端论坛。

我很有幸，也参加了这次全国性的散文创作论坛。这机遇不得不让我专心致志地去倾听每一个讲座，全神贯注地去领会每一次关于当代文学创作的论辩。那些文学创作的前辈、专家、大师正以时代的激情、当代的责任、文化的复兴而直抒胸臆，围绕"散文现象与创作使命"这样一个主题，见仁见智，有担当、有赞许、有展望，也有指责，更有批评，富有梦想。著名散文家万伯翱特别阐述散文的知性和理性，有我求真，悟道扶善中守住自己的"良知"。北大著名教授钱里群语重心长叮嘱："当代作家一定要'脚踏大地，仰望星空'，紧扣身边的'底层'，在承继优秀传统文化的过程中，把住自己的'气血'，坚持自我，但不能绝对自我。"全国散文名誉会长林非从五个方面明确回答了文学为什么，即文学在创作中贴近身边的"小人物"，为老百姓说话，抒发人民的情感，反映时代的心声，推崇英雄事迹，弘扬爱国精神。鲁院著名评论家井瑞着重强调散文的真实性，散文的镜子作用，作者作品的好坏，与真实、与真情、与真诚、与真思考、与真精神相关，而与权势、富贵、地位、学历、名气无关。他提示来自民间的作者，不要崇拜什么大师、名

人，而要崇尚真实、原创。著名青年散文家、评论家苏伟从当代散文十大流派的风格特点，析出散文创作的趋势——个性化，这种个性化与个人主义有严格的区别，这种个性化就是散文的真实性，散文中人性的真实，人的个性特点的真实，表述语言的真实，思想感情的真实，来建立散文美学、散文通灵的独特的神圣殿堂，以燃烧自己的精神去感动读者的心灵！由此，当代散文一道道疑题被破解，一个个问号被释放。

散文论坛，把与会民间作者文学的心灵之窗，双扇打开，酣畅地呼吸天地灵气，尽情地汲取日月精华，为一片特殊的山野兰花盛开而积蓄养分。

山高路遥，任重道远。在"鲁迅文学"、《散文世界》这一平台和载体下，全国散文作家们正蓄锐而进。海纳百川的讲座，有容乃大的论坛，无不让人欣喜，但散文创作的冷面孔，难免让人仗剑空啸，四顾苍茫。大师们说得好，当代的散文需要春风化雨，也需要千钧雷霆；时代的作家需要壮行的酒，更需要清醒之剂；面世的作品需要阳春白雪的高雅，也需要下里巴人的通俗。在初秋下雨的日子，在首都北京，我亲身而真切地感受到了，也深深地倾听到了。我的心灵就飞出京外，敢情黄河、长江，我们中华的血脉、民族的母亲河，正迎着这清爽的雨，自然净化地奔流，后浪推前浪地涌动。

于是，我挥笔而抒：作家是时代的鼓手，铿锵的节奏从首都响彻寰宇；作家是时代的信使，四季的消息亦是春华秋实；作家是时代的虹桥，把勤劳和善良的幸福传递；作家是时代的歌者，把激荡人心的旋律激情演绎。九百六十万平方公里的国土是作家的根系，群山巍峨，峰峦耸峙，水系纵横，沃土千里；重温厚重历史的黄卷，长江黄河是中华文明与和谐文化的发祥地。作家用工笔画，绘就文学蓝图的彩艺；作家用老粗布的新生，织出现代意识的奇异。作家是记录者，细心地珍藏每一步前行的足迹；作家是创造者，让崭新的历史相伴每一个晨曦；作家是跋涉者，一路登攀领略那无限风光的瑰丽；作家是见证者，浩荡的四季风刻录时代的印记；作家用热爱和真诚，用思想和才情，把美好的愿望托起，再托起。

我在想：在用钱衡量的一股社会风气中，在物欲横流的一段急躁年代里，还有这么多的人、这么热的群体在精神领地上追求、眺望、攀爬，坚守着孤独、寂寞乃至清贫，实在是中华大地的荣幸，首都这座城市的欣慰。默默凝望着讲台上几位两鬓斑白的前辈，几位青春焕发的贤者，我甚感惭愧，深度不安。是啊，人生存在的最大价值，就是用文学来体现自己个性化地活着，文学总是在人生驿道上开成芬芳不谢的烂漫之花，可我呢，又能种植出几朵?!

不管怎样，散文创作，需要纯粹的激情，心灵的坦荡，真实的立意。如此，笔下的风景就耐看了，就鲜活了。在我看来，散文创作是一个生活的加速器，可以鼓励自己活出火的热量和色彩。置身散文世界这个其乐融融的大家庭，仿佛铁矿石入炉，总是淘废渣聚铁水，流动出铁柱钢梁，锻造成绚丽多彩的世界来。

北京秋色，层林尽染，长城壮观，散文飘香，醉了天坛故宫，醉了长天秋水，醉了田园山乡。

2013年10月31日刊载《陕西广播电视报》

顽童季本勇

去北京参加 2013 年散文论坛,有缘与季本勇先生同室而居,很有意思。他的话,我听不懂;他做的事,我看不惯;他对待人,我很惊讶。他就像一个顽皮的小子。

季本勇是江苏人,如东县拼茶中学的员工,军人出身,四十多岁。他说,他爱读书,爱写些文字,这是他痴心的爱好。但他这个爱好,不仅家人不理解,学校对他也是不屑一顾。说他是傻不像傻子,呆不像呆子,疯不像疯子,才不像才子,简直就是个"四不像"的人。我知道他这点儿底细,我花了整整三天四夜,当然除去论坛和交流的集中时间,剩下的多是与他交谈。他说江苏土语,还嘴快,我既听不懂,也一个字都弄不明白,像是在听外国人说话,每交流一句话,我都得请他再一个字一个字地,用江苏话转换普通话,重说一遍,才勉强略知一二。

他出了几本书,花去他上十年结余的钱,还上当受了骗。文章虽然是原创、是真情的,可出书的书号是假的,这书就只能送,不能卖。有几个文友爱看,评价也还不错,但是人数太少,和者盖寡呀!其他一些看书的人,是不是文人的就都瞧不起他,说他啥都不是,还出啥子书,不是作践文人嘛!送出去的书,他们目录都不翻开,就扔到一边去了。喜欢看他书的,大多是在校学生,却遭到老师和家长的反对与不允许。一个口径:读他的书,会影响学习,还会严重影响考试成绩,特别会干扰高考。因而,他说他不写文章很难受、不自在,写了文章更难受,更尴尬,很无奈。

听了这种窘况,我开始同情,后来漠然,我想大概与他做事的行为习惯有关。他来北京参会,路途把随身带的小包丢了,好在衣兜里的身份证和钱没被偷走,不然,回去就有大麻烦了。我主动安慰他,也很为他不安。到了晚间，他洗漱，那衣服、裤子、袜子、钱包就随处乱甩，铺上、桌上、凳子上摆的都是他的东西。他烟瘾大，抽烟的烟灰随手而弹，地上、桌上、床上，甚至在他裸露的胸脯上都落有烟尘。我把烟灰缸递去，烟灰也不往里弹。他喜欢吃葡萄，午休出去买回来一大包黑葡萄，吐出的黑葡萄皮满地都是，黑皮黑水还差点儿让他跌一跤。我劝他把葡萄皮吐在空塑料袋里，他说太麻烦；我把垃圾篓放在他面前，他仍坐在床上，不弯腰、不勾头地随口吐。他这种习惯着实让我心凉，这样的人还算文人？我只能忍，不能说。我想这是空军服务招待所，不能让服务员看不起咱文人，于是，就趁他出去之机，赶忙找来扫帚铲子把地面清理干净。可是到了下午，他还那样子吃、那样子地吐皮。为了提示他，我当着他的面清扫，他视而不见，还那样！我崩溃了！

从那以后，我就有些不大理会他了，可他却热情主动地挑话开腔。每当听罢讲座，回到房间我就拿出自带的电脑笔记本，把要点转记在电脑上，他就冷不丁地凑在我身边来了。他面带微笑，额头上又深又黑的皱纹，真像一沟一梁的沃土，一垄一绺的谷田，四十多岁的他显得有些苍老。半蹲着身子的他，活脱脱地像一个精灵的宠物狗一样，温顺地依偎在身旁，轻声细语地说些啥、问些啥，我一点儿也没听懂，只当是小狗温和地"汪、汪、汪"地叫，我也假装听懂似的"啊、啊、啊"地应答和点头。

听文学论坛，他很虔诚，记笔记最专心，他的眼睛直盯着讲台上的大师们，眨眼都很少。每当看到大师们歇口喝水时，杯子举平了，他就赶紧起身到前台，小心翼翼地提起热水瓶，上台去添水。课间休息，他先不抽烟，前后左右搜集热水瓶，他双手轻松地提走四个八磅的电壶，打满开水，再依次送放在原处。大师开讲了，他四周一瞅，若人没到齐，就起身到宾馆房间，一个门一个门地敲喊："开讲了，开讲了！"一个讲坛完毕，不管人多人少，也不管情绪如何，他就凑近大师身边，问这问那，还死缠硬拽地要给他签名或写句鼓励的话。讲坛结束那天，我和他交流笔记时，发现同样的笔记本，差不多大小的字体，而他笔记的页码却超出了我的两倍。

讲坛结束了，我们分别了，而对于季本勇先生，一个中学的员工，

那么认知文学，写了那么多文章，即使发表得少，读得人少，出的书很少有人要，却还那样执着！为什么，图什么？我辗转反侧，思绪联翩。小报小刊、网络文学，灵活多变，人人都是作家，个个都是评论家；读者与作者互换，作者与读者互动，成为一种趋势，推向了全民写作的时代。我想，这样蜂拥而上、风靡而行的群体中，不乏有人借文成名而不择手段，有人借文发泄而混淆是非，有人借文生存而不忌善恶，有人宦海落魄而习文疗心，此几类人有之。但也有一大群人在忙于事业，勤于工作中，利闲时挤忙时而乐文翰墨，寻找一个属于自己的净空世界，行文抒怀，挥墨释心，移放尘世焦躁的魂灵，洗涤雾霾蚀染的双眸，碧化自然美好的情愫。大概季本勇先生与我等都是此类同人吧！散文的真谛"有我求真"，是什么信仰就怎么思考，是怎么思考就怎么写作，不矫揉造作，不无病呻吟，自然流露，本真凸现。文学质品，不迎合、不奉承、不追热、不欺弱、不嫌贫，爱与善是我们励志的主题，民与正是我们良心的使命，情与思是我们挥笔的理由……

我终于明白了，季本勇先生之所以那样，是他有了那些信念，有了文字魔力的浸染，就有了他自己的心灵空间，就有了耕耘的田园，这就是他顽童的本能。

我衷心祝愿季本勇先生，继续童心不改，童趣不变，童贞不移，做永远的顽童。

永不分离

古人结拜时发誓的一句话是：不求同年同月同日生，但求同年同月同日死。可后来没有一个是同年同月同日死的。恋爱时表白最多的一句话是：爱你一辈子，永不分离。其结果不是分手就是分心……

生活中这样的例子比比皆是，于是我才明白"永不分离"成为誓言的道理。

现实中真的没有"永不分离"的情形吗？我说有，而且是永恒的不分离，那就是我们的影子。

我们还在母亲十月怀胎的时候，影子就附在母体上随行。我们一出生，影子也随之降临人世。我们一生追求光明，影子也光明地追求一生；我们在黑暗中摸索，影子也在黑暗里探寻。影子就是我们在这个世上的化身。

迎着朝阳，我们站在祖国的大地上，我们的影子清晰而明亮，熟稔而亲切。夜间，我们站在十字交叉路口的灯光和月光下，我们的影子就会有站着的、躺着的和斜着的，我们自身在这时会表现迷茫、会搞不清。

俗话说，人往高处走，水往低处流。可我们的影子不一样，凡是我们所能够到达的地方，影子同时能够到达；凡是我们所能够泅渡的地方，影子也同样能够泅渡。我们往高处走，影子同时到达高处；我们朝低处去，影子同时走向低处。

影子是虚幻的，却真实地表现自己；影子是缥缈的，却时刻记忆自己。年少时，我们勤奋努力，影子会呵护伴行；我们若调皮捣蛋，影子会烦躁不安。成人期，我们操心奋斗、成家立业，影子会忙碌左右、恪尽职守；我们若好逸恶劳、为人不善，影子会疾恶如仇、遗憾终身。

我们的影子从来不会埋怨我们的生存环境，影子的全部愿望就是那

么简简单单一句话：今生今世只要和你在一起，无怨无悔……

影子是宽容的，我们站在河岸上，它可以浮在水里；我们站在高处，它可以跌落在洼地。影子是大度的，它或长或短，或胖或瘦，或清晰或模糊，都是为了描摹我们的形象和心情，从不考虑自己的处境和地位。当我们沾满了奔波的尘土，影子像一股清泉洗涤我们的心灵；当我们贫乏到什么也没有的时候，也还有一条影子与我们同舟共济！

人生是短暂的，是一条生命的单行道，但又是一场拼搏奋斗、施展才华、作为社会一分子的光明伟大历程。我们不知自己从何处而来，但应该知道自己为何而去，生命的终点应该是影子的慰藉。

我们总是在向前走，因为根本就没有退路！只有影子，一如既往、坚定不移、忠贞不渝地伴随着我们。有了影子的陪伴、呵护，我们的一生，不会孤独，不会遗弃。

无论风云雷动，任凭世界多变，祖国始终是我们的影子，我们的影子始终映照在祖国的大地上，我们与祖国永不分离。

2014年6月26日刊载《三秦广播电视报》安康版

再见旬邑

金色八月,烟雨相伴,我第二次走进旬邑,是慕名"全省政协文史工作先进集体"取经而去。

从西安驶向旬邑,行道是高速公路而不再是上次的沙石土路;随风扑喉的是爽新润嗓的天然"氧吧",不再是干燥呛鼻的浑然尘空;满目秃山裸塬的情景已成记忆,迎面扑入眼帘的是满目苍翠,叶绿欲滴。车驰旬邑,闪眼而过的是"银包金果满塬冈,簇扎玉米尽粮仓,槐杨塔柏绣新村,深黛飘翠溢沟梁"的美丽景致;还有那山上塬下的翠绿之间,镶嵌着无数洁白的小花,成堆扎簇地摇摆着钻鼻的芳香。听,有蜂儿缭绕;看,有养蜂人在这原野里酿造甜蜜。

车入旬邑县城,政协的王副主席、李副主任在高大魁梧的花冈岩刘公塑像下迎接着我们。这时,秋雨奇珠款款洒落,云雾图腾层层沉积,环山叠嶂的旬邑山城更有清风感化、历史厚重的感觉。沿三水河堤岸的"迎宾大道",穿过人流云集的中山街,在泰塔脚下的街心广场停住,一下车,大家就异口同声地感慨道:"泰塔英姿挺拔、广场宽阔隽秀!""进入黄河剑齿象,板齿犀牛化石馆。"俊美热情的管理员用简洁明快的语言,佐证着三百多万年前的两副巨大的化石,为世界之最,使我们产生对这里沧海桑田的惊奇感慨;与大象犀牛展馆相邻的是文庙,伞进伞出络绎不绝,让我们产生对这里崇文敬圣的激情感悟;询问旬邑缘由,房副主席介绍:"旬邑古称豳,'豳'者,农耕文明发祥之意象;'栒'者,灌木葱茏之繁貌也;'邑'者,上为口(wéi),表疆域,下为跪着的人形,表人口,合起来表都城。周人先祖后稷四世孙公刘曾在此开疆立国,开创了古代农耕文明,此后秦封邑,汉置县至今,让我们对这里产生人杰地灵的深刻感叹。"

到马栏革命纪念馆去，旬邑县政协办公室冯主任特别邀请。驱车马栏一小时的路，蜿蜒崎岖而花香林茂，犹如在一幅优美恬静的画卷中穿行一般。到了马栏纪念馆，抢眼的是高耸入云的"马栏革命纪念碑"，瞩目的是山坡上的一孔孔土窑洞，留恋的是鲁迅师范学校、陕北公学等四所革命学校那一排排瓦房。讲解员说，这是邓小平、彭德怀、习仲勋、李维汉、汪锋、马文瑞、贾拓夫等老一辈革命家曾在这里生活战斗过的地方；进入纪念馆，我们观看了革命伟人的照片，聆听了讲解员生动述说当年这个"小延安"根据地的故事。在这片红色热土上，革命先烈用鲜血和生命铸就的民族精神，在我脑海深深扎下根。先辈成就辉煌，精神照耀未来——永恒的记忆。

走进旬邑文化艺术展室，首见《诗经》反复吟唱过的古豳之地，其中《七月》豳风、豳颂、豳雅、破斧等篇源出于此，公刘遗风，太王惜民，诗经可寻。且有扶苏庙、姜嫄圣母庙等颇具特色的人文景观，以及北宋泰塔、清唐家民居，都蕴含着丰富的历史典故、名人逸事等文化内涵，如今，以"剪花娘子"民间艺术大师库淑兰的作品为代表的剪纸艺术驰名海内外，且被命名为"中国现代民间绘画画乡"和"中国民间剪纸之乡"。从旬邑现存的诸多艺术展品中，无不让人感觉这里民俗民风尚俭淳厚，文化艺术源远流长，是一块文化积淀深厚的土地。

旬邑充满无限生机与活力，我无不为之感叹，同行人也异口同赞。这又一趟的旬邑之行，确实有无尽的情致。美丽旬邑——温馨和谐；古老旬邑——厚德载物；红色旬邑——照耀未来；书香旬邑——人杰地灵。

再见，旬邑，旬邑一定会再见！

乡镇记忆

উপন্যাস

铜钱街

铜钱街，坐落在瘦猪岭东北脚下，是大铜钱、小铜钱两条沟交会处的一个小乡，如果不是一条现代化的汉铜柏油公路与外界连接着，真的很难让人发现群山围绕之中，居然有着这样一个悠然宁静的偏远小街。

说是街，其实没有街。两条沟相会处，冲积形成不足百丈长、十丈宽的小田坝，半边靠山住着二十多户人家，加上乡政府、卫生所、学校，也不过三四百人，整个乡也才两个村，一千多点儿人口，街就是路，柏油公路经过这里就是街。

说它神秘，是源自一个传说。盛唐时期有一大师路过，见这里一岭三梁夹两沟①，环山绕水，林茂竹翠，而且石料易得，是修行的好地方。随即招僧，依山修建石寺，寺内殿堂金碧辉煌，观音香火飘溢缭绕，各路神像庄严肃穆。不料，在宋朝末期，被悄然而至的官兵，将几十号僧人掳走斩杀，寺庙变成营地，后经战火焚毁，至今只有石寺记载，已无庙堂踪影。

缘何铜钱，有物证而得其名。《汉阴县志》记载：清乾隆年间，有农人修田造地，在东沟挖出一大罐铜钱，在西沟掏起一小罐铜钱，其沟就改名为大铜钱沟和小铜钱沟，耕作的人们也就把此地原名的石门寺，遂改名为铜钱窖。

时过境迁，如今我来到铜钱乡，每当漫步铜钱人自称的街头，最直接的感受，就是如同置身于一个世外桃源。在这里，可静听溪声鸟语，细看山清水灵，远视岭横梁纵，仰望叠嶂连绵。

这街，是一幅美丽的画卷。春天野花芬芳遍布沟梁，夏季满岭苍翠

---

① 一岭：瘦猪岭。三梁：东、中、西梁。两沟：大铜钱沟、小铜钱沟。

蛙叫蝉鸣，秋到金浪翻滚满目丰收，冬临雪花飘舞原野素裹，处处风景而美丽诱人。

我羡慕这街上居住的人，他们享受着生机盎然的晨景。一大早，推开门窗，清新的大自然风光尽入眼帘。晴天曦日，霞光扑面而来，尽染山颜水色，尽闻草木清香，尽吸天然氧吧，尽听鸡鸣鸟语，尽享温馨安宁。雨天透光，薄雾绕房漫过，爽风轻拨窗帘，雀鸟入室栖息，雨点跳动街面，猫狗俯卧门前。

我欣慰这街中早起的身影，他们劳作生活在画廊中。东日初升，一个个鲜活的元素，借天上残星的光辉，透晨雾朦胧的面纱，构成了晨的动漫画卷。那些从薄雾中蹒跚学步的孩童，那些跳跃书包的学子，那些如柳飘逸的长发，那些似虎闪动的背心，那些漫步银发的老翁，他们的脚步骚动了寂静的小街，踩醒了沉睡的山林，扣响了沟溪的旋音，这街也就敞开了胸怀，把新一天的生活接迎。

我喜欢这街集的场景，他们是匆忙穿梭的人群。这里是再小不过的边缘山区街，每当逢集的中午两个时辰，来往行人穿梭，过往车流不断，商贸日显活跃。春蚕丝、夏木耳、秋干果、冬野味，从街的集市运出去；日用电器、时尚衣着、书籍信息，从山外源源送进来，无处不洋溢着繁忙的气息。这是勤劳的铜钱人，充分培育开发了山水有利的资源，才孕育出了这繁华的山里街景。好些山里人走出了大山，也有好多山外人走进了大山，山里山外共同感受着这大自然的生态美丽与博大情怀。

我刻意迷恋这街的夏夜，天然凉爽而富有风情特色。傍晚，沿沟的十几盏街灯亮了，矗立在山边的一排小三层楼房透出的各色灯光，相衬着天上的星月光华。沟风吹起，林风扫来，润湿的、凉爽的，一溜溜一股股，间而不断地荡漾在街的上空。街的主人们，举家和亲朋，相聚坐在不同风格的楼房的凉台上，喝茶、闲谝、赏景、看电视。崽娃子偷偷溜进竹林树扒，逮野兔、捉斑鸠、捡笋壳，也听老人们讲从前这里的故事——啥叫铜钱窖，还有石门寺发生的事……沿街边公路漫步的，大都是山外进街的一些伙伴，还有劳累一昼的乡机关干部和少数村民。偶有一两对情侣，借星光引路，让月色照明，以竹树遮掩，勇敢地下到沟边，坐在刚退去热意的大石上，将双脚浸泡在流动的溪水中，领略着山泉滑过的凉意，倾吐爱恋的情丝……

　　铜钱街，是汉阴县最远的乡，居住最少的人，规模最小的街，然而却有最亮丽的风景。尤其是那泉涌溪流，潺潺发出的都是串串铜钱的碰撞声。

　　铜钱街的一切，让人留恋；铜钱街的以后，会更加和谐温馨。

　　　　2011年10月刊载《散文选刊》下半月原创版增刊

以爱的名义

石条街的美丽

  我喜欢石条街的自然与宁静、和谐与风趣、祥和与真切、古朴与遐想。走在石条铺成的那条街上，你会感到踏实、稳健、厚重、心旷神怡。

  石条街，四面都是山，环望山野到处都是葱郁的，看不到山的尽头，草木也就无边无际。中河在这街头迂回，与河水连接的是无数没有尽头的溪流；这里昼夜都没有停止过风吹，一年到头都是没有污染的气息。这是多么撩人心魄的美丽啊！这里最多，也是到处都有我喜欢的棕树，长绺扇状的棕叶不断发出沙沙的耳语，透过叶隙可欣赏那洒落在地上的放射状的阳光。喝一口溪水，是天然纯净的矿泉水，还含有稀少的富硒元素；吸一鼻空气，那是天然洁净的氧气，还含有草木野花的芳香；听一曲山歌，那是天然淳朴的乡音，还含有通俗土著的情味。

  走进石条街，能感觉到石条的街面，石条的檐坎，石条的门窗，石条板房的依存。可听到过街走户的小商小贩悠长的叫卖声，而他们彼此间的讨价还价，是那样的轻言细语而质朴风趣。沿路沿街转一圈，可看到檐下、河边、树旁总有老人安详地在那里，咂吧着烟杆，含着微笑，享受着温情的光辉；调皮的小孩，总爱在溪水中摸鱼捉螃蟹，追蜻蜓学鸟叫。可思索到劳作的年轻人，吼着山歌哼着小调地汗滴禾下土，盼得五谷丰登。

  现在的石条街，的确是少了一些典雅，缺了一些粉饰，猛然听街里的人说话，很粗犷太直接，细想却是句句在心，句句真切。街虽不大，户不太多，可交往密切，在这里家贫不小看，家富不妒忌，一年四季喜笑颜开，拉事谝闲言辞悦耳，说笑骂俏声声爽朗。街里也有吵闹，什么张三家男人和女人干仗呀，李四家的小孩偷摘了王五家的果子，于是街坊们立马围上来，你一句劝我一句解，事情很快摆平。街里更多的是苦乐共享，一家有难万家帮，一家有乐万家享。

古朴的石条街，美在自然，美在和谐，美在祥和，美在古朴。铁匠、木匠、土匠、杀猪匠，匠匠后继有人；黑龙洞至今没人探知有多深，洞口的龙王庙虽已遭动乱损毁，但洞前的古戏台、古戏楼依然保存，每年庙会请戏班演古戏、唱古剧，从未间断；逢年过节民间敲花鼓、耍花灯、撑彩船，仍是不可少的风俗习惯。每当夜幕徐徐降临，火烧云似的红霞把整条街染成了一片血色，青色的石板路，古色古香的店铺……一片静寂。走过石条街，穿过石板桥，仰看天际点点繁星，俯视河中闪闪圆月，聆听街坊欢声笑语，别有一番情趣的遐思！

等到石条街宁静下来，已是夜深人静，碧空的星与街中的灯遥相呼应，天上人间已难分清。

2011 年 6 月 3 日刊载《安康日报》

田禾沟的乡

田禾乡里，有条田禾沟，统筹城乡建设要让沟里的人享受城镇的生活，2011年田禾小乡就撤并到蒲溪镇，于是田禾沟就名流永久，田禾乡就此消失。可是这个小乡，在我的记忆里却不能抹去。

上个世纪七十年代，我来到田禾乡，对这二十六平方公里的国土面积，记下了初相识的一段话：三沟①归一洞②，四梁③靠一山④，湍流一条河，摊开一坝田；沟里有人家，梁上冒炊烟，坝里开集市，扇形聚人缘。这便是小乡的地貌风景。

响洞子沟很有趣，一沟邻两洞，一石击一洞，两洞齐鸣声，便得其名。我听说后，每次路过这里，总要搬个石头撞撞试试，声音果然从两洞内发出，真的好听。住在这沟里的人，累了就摔个石头，嗬喂一声松松筋；愁了就砸块石头，怒吼几声散散心；乐了就抛块石头，畅哼两腔调调情……这沟到底有多长，我从没走到尽头，只看到沿沟有边边地，沟上长远梁，随梁弯处有塝塝田。沟崂崂上住的人家，到乡里赶半个月一次的逢场，鸡叫三遍打早饭，匆忙两个时辰的买卖过程，回到家里已是夜明星空。

白崖坡上的白云村，我的印象很深。八十年代初冬季慰问贫困户，我徒步来到这里，真有点儿"远上寒山石径斜，白云生处有人家"的感受，等到了农户家中，我已是满头热气直冒，虽没有"停车坐爱枫林晚"的直观，"如今社会好啊，政府惦记着我们乡下人，儿女们哦，可

---

① 响洞子沟、竹园沟、董家沟。
② 田禾沟。
③ 长远梁、白崖坡、庙梁、薛家坪。
④ 杨家山。

不能忘了恩……"这心声中却有"霜叶红于二月花"的激情。就在那一次，村里一位中学生，听说我是县里来的，硬叫我看看他写的诗，还说能不能在《汉阴报》上登登。"白崖坡的村／一步一步上白云／跪了膝盖／磕了额头／还常常碰破眼睛。赶场到乡集／一步一步下白云／横着脚掌／拉紧葛藤／还常常把屁股蹬平。上白云下白云／白云生处舞白云／崖层鱼鳞白／石块色似银／上下白云如天登／祖祖辈辈都如此／何时才能驾雾腾云？""真实写照，朴素无华，句句真情。"我感慨并脱口而出。

庙梁子是有来历的，缘于一段美好的传说。侯家河与蚂蟥沟挤起一座梁，梁脊两旁是悬崖峭壁，梁顶矗一古寨，寨中建一古庙。庙虽不大，正堂一间，门前双狮威严，庙中显位的是关帝圣君，一身的正气浩然。乾隆盛世，一小股土匪被追杀至田禾沟，沟里百姓无辜遭殃，不少农户攀崖上寨避难。一次，土匪横扫长远与白云之后，扎营庙梁下，整编队伍，以准备沿着脊梁逐个破寨，以安其身，据险而长期盘踞。一日早晨，正当土匪跨过了侯家河，还未进攻时，突然间狂风大作，吹得天昏地暗，庙上下来一个赤面长髯、丹凤眼、卧蚕眉、身高数丈的汉子，双眼大瞪，手握一把三环大刀随风杀去。寨下的土匪一时不知所措，惊得慌乱迎战，多数拔腿逃窜，待到土匪撤回坝后，满是伤残的人马。抬头望天，却是晴空万里，纹丝未动。自此，土匪再也不敢前行半步，庙梁山寨便成为田禾沟供奉的神寨灵庙。

这些，既是看到的，也是听来的，但都是二十世纪以前的事。新世纪田禾沟里的小乡，却是一片新景象。三级硬化公路从乡里连接到界外，长远再远，白云再陡，庙梁再险，却都通了水泥路；边边地、塝塝田成了蚕桑产业的基地，年年吐出一管篮一管篮的银子钱；坝子里是春天一片金（油菜花），秋天金一片（稻谷），夏季河水响，冬季雪铺棉，一年四季好景观。

然而，乡还是小，人还是少，小伙儿姑娘不愿再"扛着锄头背太阳"，梦想"穿着皮鞋逛商场"，追寻"双手劳动能挣钱，乡下城里人一样"的信念。于是走出了坡，告别了沟，离开了梁。

2011年4月14日刊载《陕西广播电视报》

酒店垭的酒香

第一印象，酒店垭是个镇，确实是与酒和店有关。

没到酒店镇之前，我就有这预感，好多次朋友请我去，我都不敢，怕喝酒。到了酒店后，确实体验了预感成真的感觉。不管你到哪一家，一坐下，先不泡茶，贵客就递来一碗枸杞酒，一般客人就端来一碗秆秆酒或苞谷酒，说是酒劲儿不大还解渴。

酒店镇的"酒"，除了见面就要喝一碗外，这酒店镇的来历还有一段传说：

相传在很早以前，有一位姓构的父子，走古道上宁陕过西安，挑漆麻耳倍到长安换盐，行至大沙河白树峰时，见一垭壑有古柏参天，路人皆歇息，使他动了心思。好山，好水，好树，一垭好风景，便留下搭一茅屋，因山上枸杞树多，就采摘枸杞烧水泡给过往行人喝，一解渴二壮筋提神。来往喝过他们父子端来枸杞水的人，再来时就顺便给他们托带些粮种和物品，父子俩便开荒种地，地多粮有余就酿枸杞酒，开设路边酒店。南客北商经此过往，大都已是人疲马乏，闻酒而知异香，必然开怀畅饮，还会一醉方休，醒来后更是精神抖擞，由此而远近传名——枸杞酒垭店。枸杞酒垭店，一传十，十传百，这样传的人多了，反而把枸杞二字传掉了，又把垭店传反了，传到外面的就都说成了"酒店垭"。

酒店垭传出名了，传到明清南方大移民时，来过这里做过生意的人，就带十几户人家迁徙到了这里。开始半农半商的生活，加上行人走客，就有了路边街的集市。移民人为了惦念先来的老人，就在垭壑下修建了"重阳庙"，庙前院内栽植"两构一桂"大树（意在构家父子是贵人），至今已有两百多年，树冠参天，每逢金秋，构树撒清风，桂花飘奇香，百路皆闻，千里有思。

时过境迁，这里自然繁衍，又有躲匪跑匪的人家进来，也就散落在酒店垭外围的沟沟梁梁，开始了劈树开荒、刀耕火种的日子。周围人家增多了，过往的客商也增多了，酒店垭的路边街就开始有了逢集，农历的三、六、九就自然固定为集日。由于山路崎岖，上坡下梁又涉河渡水，赶集就得起早贪黑，交换买卖就那么一伙烟时间。后来西万、汉白公路国道省道的修通，来往的人就少了，这里就成了穷乡僻壤。

　　"要说有点儿变化，那是解放后。"早在酒店垭居住的龙泉貌深有感触地说："不管怎么说，这学大寨把坡坡梁梁变成了梯田，这粮食就有增产；吃不饱穿不暖还有政府管，返销粮救济衣也在给；商店的东西虽然缺，就发给票票证证地让人买；再就是大运动地修通了毛脚公路，虽然通车的时候少，但山货洋货运进运出总还是方便些。那时集体太大，又要割啥子资本主义尾巴，不敢想路子，没钱用，还是穷。哪像现在，如今这生活在我们老人眼里，简直是天上人间的景象啊。"

　　的确，大变化确实是在改革开放后。我到这里已是腊冬节气，地冻天寒，迎面的是呼啦啦的阵阵寒风。可我行走在酒店冬天的寒风里，看到的是风景如画的县城北部山镇。

　　我看见的是一条条宽敞的山镇街，一幢幢整洁的铺面，冬季虽然寒冷，街巷仍是人来人往，饮酒猜拳声不断迭起，还有小车货车"嘀嘀"穿行。一栋栋漂亮的小洋房，沿路沿山矗立着，我徜徉在有绿色掩饰的村街小巷，却已不见当年的陈旧破烂茅草房。我往乡村的农户走去，或山底下或竹林旁或小溪边，掩映着数不清的两层、三层甚至四层的水泥钢筋结构楼房，还有数不清的庄基地在动土、在建设，大人小孩喜气洋洋。山坡上一杆杆挂着的电缆线，伸向远方，手机的铃声、电脑的搜狐，将最北边闭塞的信息与外面实现了零距离的沟通，从此无阻畅通。夜幕下的电灯亮堂了雾漫的山村，不堪回首的残灯如豆，如今变化成华灯闪烁的乐章。新建成的沼气喷出蓝蓝的火焰，在枸杞酒的挥发下，农家的饭菜更甜更香。

　　来到这最北边的酒店垭，新建设的通镇通村硬化水泥路密如蛛网，有的还连接村户，连接到县城和外乡外省。我踏上了密密麻麻、四通八达的交通网，是一条条贯通东西南北的巨龙，腾飞远方。叹昔日贫困肩

挑背扛，看今朝致富车载机装，千年重担从柔弱的双肩卸移在高速的机车上。公路上，摩托车、农用车、的士、小轿车、大货车，呼啸着奔驰于城乡。男的穿得潇洒，女的穿得妖娆，小孩穿得漂亮，老人穿得端庄。

走进最北边的酒店垭，任凭我的思绪在流淌、在飘荡，在冬日冷冷的寒风里，我感到春光无限，酒的芳香，梦的飞翔。大地在蠕变，乡村在发展，城市在变靓，我深爱着这片土地。因为这片土地正孕育着来年的希望，未来的梦想。

美好印象，酒店垭镇那醉人的酒香。

2012年7月5日刊载《陕西广播电视报》

人文双河口

　　青莲沟淌出的楼房河，白龙洞涌出的梨树河，两条河隔山顺势而下，在狮子包处相汇，冲出一埫平地，聚合几十户人家，石板随埫就弯铺出"之"字形小道，檐坎两边门户敞开，就有了杂货铺、盐铺、铁匠铺、茶馆、酒店……繁衍成双河口街。

　　双河源于秦岭北部中山区，南下改名青泥河，交集于洞河后缓缓汇入川道月河。从县城沿河而上，双河口街是古道去西安省府的必经之路。"干茧挑长安，担盐半月还脚歇双河街，一气出沣口。"记载的是旧时商贾往来之缩影。"北路扎双河，守关梨树沟。"记录崇祯十年（1637）李自成率部两千余人北下入袭县城，在此受阻三个月；同治二年（1863）太平军陈守才率部二十万人在梨树河被困月余而撤退……这里曾是军事防御要地。

　　民国二十四年（1935）西万、汉白公路修通，双河口街就变得清静了，走在青石铺就的路面上，再也听不到车水马龙的喧闹声，这馆那店也没有了吆喝声，只有陈旧的木格窗，斑驳的朱漆门，磨滑的石板街，见证着这里曾是商贾兵聚的热闹气象。但这"之"字石板街，仍有青山绿水与古树老屋相伴，依然灵秀着如今小镇的古韵。石板街在群山相拥下，如画如屏，"九分山、三厘田地、三厘河沟、四厘山路和户院"便是小镇的自然造化。双河清流，汇聚口街，给这小镇增添了灵气与妩媚。

　　双河口渡河的小船，已在岁月的河滩中永远搁浅。如今汉双公路穿山而上，劈崖架桥，直到双河口街，通村水泥路还分岔到楼房河与梨树河沟崂上。但双河人，闲时仍喜欢走他们保留自建的八木桥，聆听清脆的桥的心跳，思虑一种清空的启悟。河水清澈见底，悠闲的麻骨子鱼，横行的黑螃蟹，在人的倒影中穿梭，一股原始的爽意刹那间漫及全身。

石板街很静，还有几幢明清徽派古建筑，错落有致地嵌镶在老街两边，飞檐翘角，白墙黛瓦，掩映在青山绿水中。河两岸古樟老榆树下闲置的码头，已成为口街人休憩纳凉的好去处，坐在圆滑光溜的石头上，听老人说挑担长安的商旅艰辛，趣听守关攻卡的激战故事，感受小镇口街的沧桑情怀，寻觅生命的源与根。一群女人们，河边洗衣，嬉戏俏骂，挥棒落槌，表白着淳朴民风的承传。

开发街很靓，是革命老区，陕南抗日第一军从这里北上，有李先念部队的前卫祁排长等十二位英烈的忠魂碑记为证，学生和许多来人在这里祭奠接受爱国主义教育；山里矿产资源丰富，汉源水泥厂、硅钡钙厂的装载车川流不息；黄连、黄姜、杜仲等中药材俏货抢手，蚕桑、魔芋、核桃、生漆诱来商贾云集；白龙洞、小华山、观音庙、天然冲浪浴等景点开发前景可观；两条新街，楼房林立，开阔整齐，电力通信影视数码杆塔挺立，赐给双河口街的又是一派人间祥和与现代繁忙。

双河口街，蕴藏辉映的文化奇景，生动而超然，彰显着不朽的魅力。

双河口街，积蓄潜在的勃勃生机，厚积而薄发，孕育着殷实的未来。

2008年2月29日刊载《安康日报》

鳌头的上七

上七里镇，古有"一镇三县七里弧，虽有鳌头不占著，上街小心拌趴匍，出镇大意蹬屁股"之说。是因为镇政府建在鳌头山下钟南寺的脊梁上，过去到紫阳、进汉中、跑西乡从这里走最近，既省时间又省盘缠。可是，从哪一方经这里，都得上七里坡，就这样得名。

上七的鳌头山，山势雄伟，山峰高百丈，峰嘴如鳌头；鳌头上有城隍古寺，进寺下有一道石门关，进关有一座石条天桥，桥宽三尺、长一丈，多悬浮在万丈深谷之上，人至桥上有如脚踩浮云之感，惊险而又刺激。唐宋时为避水患匪患，县曾在这里为城，建天桥修古寺，此在镇巴、西乡、紫阳三县中却是独占鳌头。终因山大人稀，陆路水路不通，悬崖沟壑的阻隔而县城北移，鳌头辖为上七镇，由此萧条冷落，鳌头山下的上七人也就这样"熬"着日子。

新中国成立后，1978年，上七人开山放炮，锄挖铲掀从汉江边修通一条沙石公路，这山就不再挡路，这水就不再阻行，封闭自守的观念开始解怀。1982年钟南寺的私塾建成了学校，引进了山外有学历的教师，上七的娃子就不仅考出了山，而且还考出了留美大学生。有《鳌头山教师》为证：过了大河/那通往鳌头的脊梁上/风就沿路摇荡葱山郁林/他们就随风/一步一个脚印地/将童话从山梁朝山下农家传送/知识的阳光/透过鳌头的窗户纸/亮堂了自然的层层迷雾/鳌头崽子才明白/天为什么会亮/夜为什么会黑/而且能算出/八加九就等于十七/鳌头的过去/有好多辈的少年/熬白了头/熬不到头/鳌头山的如今/有无数的崽娃子/雄心满志地/走出了山/走出了国/是他们用心血释放能量/让崽娃子吸收/是他们捧着美丽的燃料/让崽娃子带走/去寻找与开创/更广阔/更美好的/天地。

这几年，从江边到上七的路已经实现了等级水泥硬化路，而且从双坪到上七镇，也不再走回头路，南环四镇公路串通，跨江大桥连接一江两岸，五座跨河大桥让七座山峰牵手，悬崖沟壑的阻隔已成为历史。昔日谁来这里，上七里下七里泥泞难行，如今已是公路坦途，庭院经济发达，茶桑耳倍与"种、养、加"一体化而产业兴旺。上七古街更是楼房林立，车挤人拥，集镇开发红红火火，不说商店酒店，仅摩托车行、电脑商铺就有三四家。

如今，站立上七街口，望得见鳌头山昂首，听得清钟南寺钟声，想得出松树梁涛潮，悟得到时代的崭新气息。

2009年9月10日刊载《陕西广播电视报》

金船双坪

　　南山行，我随之走进了双坪乡。一下车，在乡政府门前就碰上一群放学的小学生，他们拍着手，嘴里很有节奏地朗诵道："纳溪清溪两条河，载上金船向东歌；一岭三县扬船首，双坪引资聚贤客。林下鸡欢树鸣鸟，桑芋耳菌商贾和；路通四方成大道，城市方阵此处摆。"我知道这是双坪人的双坪老师，对如今双坪新貌的概括和评价，又拿此来教育下一代，用心良苦也实诚。

　　双坪形如船，这我知道，把双坪比成金船，我现在才听说。上个世纪的六十年代，父亲在这里当校长又教书，把九岁的我也带到这里上了一年学。那时听当地老人讲，双坪就是"帆船西行"的样子，"大寨梁"翘脊形如船头，一岭连三县的"新寨子"形如船尾，双坪子一坝粮田形如船身，"鹰嘴崖"恰似桅杆而撑开的船帆。可是那时山里太穷，娃子上不了学，父亲带着我挨家挨户动员；我看到的是树木被砍伐，时时有天灾人祸，许多人家衣不遮身，食不饱肚，茅屋不挡风，一片苍凉的景象，这里的人都说，这是一条千疮百孔的朽木船。

　　铸金船，当然是在"春雨欲来风满楼"后，"解放思想"的号角唤醒了贫穷封闭沉睡的双坪人。山川秀美工程绿了双坪的寨寨梁梁和山水户院；"两免一补"实现了娃子们上学的渴望；特别是"栽下梧桐树，引得凤凰来"刷新了今天双坪人的观念和胸怀。树不再有人砍伐而钟情于退耕还林，千疮百孔的船头、船身、船尾、船帆已经沐浴逢春，焕然一新了；过去这闭塞无人问津的地方，散落着几户人家的乡政府，现在已是三街五巷，十铺百店，听说是外出打工的农民纷纷引进天外来的客商，在这个风水宝地安家落户。

　　走进双坪乡，我们真的看到了，露天的黑盖瓦板石正数着一张张外

汇；百亩自然的林下养鸡，招来一岭三县的老板一筐一筐地抢购；千亩大头魔芋种植，多家大户正大养瘦肉型猪百头，人才和技术都是泊来的。车，经过山中的村落，是鳞次栉比的楼房，还有擦肩进山的一车车钢筋、水泥，出山的一箱箱茶叶、木耳、畜禽，匆匆忙碌的车流、人流，让我们看到了双坪人脸上那灿烂的笑容。

晚霞隐去彩色的光环，我们又见万家灯火通明。乡政府居中的三街五巷两边悬起的霓虹灯，在座座楼中闪烁着七色的光彩；一群群孩子，把烟花撒落在明镜的夜空，与天上的星河和地上的灯火交相辉映，真似金船在天上的银河中鼓帆远行。

2009年11月13日刊载《安康日报》

让心灵休憩的古镇漩涡

人融自然，自然洗心，一切随自然而来，又随自然而去。

凡俗的浮躁变成本性的宁静，人间的忙碌变成慢节奏的悠闲，时间空间变成自我掌握的选择题。一句话，到了这个地方，你就有心灵休憩驿站的感觉——漩涡古镇。

中国地理介绍：它是一个风水宝地，坐落于凤凰山下，秦岭之南巴山北端的汉江中上游，延续着秦楚之遗风遗俗，湖广移民的丰富文化底蕴，充满着深厚的哲理和原动力……

京城来人描述：漩涡是一幅山水画卷，山峰、烟云、江河、雨雾、吊脚楼等，尤其是它身后的古梯田，能让瞬间变成永恒，又让永恒变成瞬间，似乎永远也没有定格……

文物专家评论：古镇是一个磁场，一极古代，一极现代，散发着让人流连盘桓的磁力，凤堰古梯田的自然生态，能让心灵的罗盘在这里感应着过去、现在、未来……

大众游人感叹的是：古镇之名，山水之魂，烟雨之境，心灵之吻，天梯之馨，浮雕之情。

古镇据史记载，始建于隋末唐初的汉江北岸的老街，过去的水患、兵患、匪患，致使古镇屡废，水道、商道、人道又为老街屡兴，真可谓沧海桑田。记忆中最具标志的建筑，是明清时代在汉江回旋的滩上河畔的一座座木板房的吊脚楼。依山就势，朴素自然，立于根枝盘错的牡竹和檬子树之间。青瓦木构的楼房洒脱不拘，多为两层，石条铺街心，一分为二约六尺宽，街南木房临水开敞，廊檐中筑美人靠壁；街北板房开门开窗，悉由己愿，自由飘逸，凸显的是一份山野村居的娴静与安详，以及天然的本性和本色。

在漩涡随处可看见的是烟雨,有"漩涡烟雨"之称。谈到烟雨,人们自然会想到江南烟雨,如女子之婀娜,如书卷之雅趣。而漩涡烟雨则是"柔"中带几丝刚,充满着仙道般的山林气。这缘于其环境:汉江在这里大回旋,山势在这里大回转,冷水河在这里聚积大沙滩,江云雨雾在这里栖息,秦巴群山葱绿环抱,构成了一幅山水墨染图。在小雨中,漫步江边,一阵阵雾气染其身,妙不可言。怪不得孟浩然路经此地乘兴吟诗:"片片飞来静又闲,山间水上石桥边。忽无忽有空楼影,淡墨如图却有仙。"

诚然,来这里找寻的并不仅仅是古镇历史或绝妙的风景,而是那些在心底唤起的某些记忆,远离喧嚣和繁杂,想让心灵得到一刻安宁,过上一段悠闲而惬意的"慢"生活。因而当地人说:"漩涡漩涡,旋进来的出不去,旋出去的进不来。"

现代生活太急促,"慢"就是一种境界,走得太快就来这里停一停,让灵魂跟上自己的脚步,使自己安静下来,倾听内心的声音,在静谧和安详的氛围里,获得灵性的指引和无穷的力量。在木板房睡到自然醒,听听枕江潮水的流声;或在美人靠壁懒散地晒晒太阳,看看河畔悠闲的渔翁;或夜深推窗观赏"明月滩"的嫦娥娇姿……清心,就没有烦恼;寡欲,就没有痛苦。

当代心绪太焦躁,"慢"就是一种态度,关键在于自己的从容和耐心。去堰坪穿行富硒茶园,到茨沟观赏吴家花屋,对望凤凰岭的灵秀;或在黄龙河畔漫步,感叹弯曲的溪沟,观村姑洗衣的倩影;或在凤江魔芋包上,眺眼步入云端的古梯田,静思大地浮雕农人的竞技,聆听村院鸡鸣鸟语……随意地看看山,看看水,这样就会闻到空气的清香,就能看见太阳的五彩光芒。便会感觉这时的人才是最自然、最本真的。

时代理想太梦幻,"慢"就是一种追求,不苛求什么,不妄想什么,忘怀其得失,天人合一,独与天地精神相往来,闲与山林泉溪共鸣,进入一种自然自由的精神超越。在竹园林下沏一壶天宝贡茗绿茶,啥都不想,啥都可想;或在凤堰农家院喝一坛秆秆酒,想醉就醉,想醒就醒;或在古镇老街的店铺,淘淘古色古香的艺术品……心无挂碍,静心体验,方能成"能闲世人之所忙者,方能忙世人之所闲"的快活人。

漩涡古镇的过去：闲散，自在，简单，纯净而安静；古朴，自然，清凉，迷离而美好。

漩涡古镇的现在，能打造成一个能忘却迷失自我，又能记忆寻回自我的地方吗？

2014年6月17日刊载《今日安康》

古今铁佛寺

铁佛寺镇，居秦岭脚下，汉阴县北部山区之中心位置。我们慕其传说之名前来时，镇机关现已由原址的铁佛寺迁建到新址水田坝，周围的站所和住户也同时搬迁到小集镇建设开发区。拆除的围墙，就露出了石板铺成的一条古街，镇上张宗军书记指着原址说："镇政府迁走，主要是招商引资恢复重建铁佛古寺，保护好民国时的一条古街，珍惜难得的文化遗产。"大家听后，无不为此举而赞叹。

铁佛寺最早是金佛寺。这里三面环山，竹林茂密，泉水潺潺，云雾缭绕，可谓修行宝地。曾是巴蜀翻越秦岭过境长安的古商道，官方驿站建置较早。相传在汉代就有佛教传入，随后有僧人在此修建寺院，很多官商过客在此献金捐钱，铸金佛而供奉寺中，以保佑过往人的平安顺利。据说，唐代有一高僧由楚往秦时，路过金佛寺，并写下《过金佛寺鉴》诗一首："北往秦山风催春，寺前流水净无尘，开门仰见堂中佛，奇是金刚铸全身。"

时到宋朝末年，时局泛滥，有盗贼趁黑夜暴雨之机，偷走金佛，换上铜佛，第二天一佛门弟子发现，却不敢声张，仍把铜佛当金佛供。直至元朝中期，又一伙盗贼，深夜用一铁佛偷换"金佛"，得手后才知是铜佛，于是就流传一句"神仙面前没做恶，总把铜佛当金佛"的诫语。后来元末战乱纷争，在此处一次大仗，寺庙店铺皆夷为平地。数年后，此处方圆数里长出一片梨子树林，每当梨熟，过往行客商旅，以梨解渴充饥，便传名为梨树岭。直到明弘治二年（1489），官方重建驿站恢复街铺时，从地下挖出铁佛像一尊，以为幸事，便重修庙宇供奉其中，此地就改名为铁佛寺。

金佛演绎成铁佛，寺街仍是岁月蹉跎。明清时期数遭兵祸匪劫，近代又屡有战火殃及,民国年间,国军与土匪狗大王激战于此,寺院街坊被炸烧成了一片废墟。自此以后,铁佛寺就有其名,而无其实了。

今天我们来到铁佛寺,看到的是一个美丽的小镇,一个充满着希望的现代集镇。河畔,麻柳树郁郁葱葱,霞光在薄薄的晨雾中穿梭,小鸟交替鸣叫更让人顿感惬意,最抢眼的莫过于铁佛寺镇的"大手笔"——北部山区小城镇建设。驻足远眺,四周青山环绕,沿河两岸"喜看稻菽千重浪",巨蟒似的中河水随山势河湾左窥右探,越境而过,将铁佛寺这座千年古镇"绕"成了"S"形的老街新镇。

老街的集镇,拓宽改造的汉铜油路穿街绕镇北去,人来车往熙熙攘攘,一派繁忙的景象。我们看到了,铁佛寺街的安居乐业,铁佛寺人的勤劳精神,沿街的民居楼房预示着内涵;感觉到了蒙乱贫瘠了多年的这一方原野,山岭坡梁都焕发了生机,山水相济的几万亩田地,不再是广种薄收,正荡漾着亩产超千斤的金黄麦浪与金色稻菽。

中河大桥,南座梨树岭的铁佛寺老街头,横跨清波粼粼的中河,北座松树梁的水田坝,宽敞平坦地把铁佛寺老街与新建小集镇连通起来,真可谓是古街新韵,古镇新貌,古河新声。

新镇生机蓬勃,主街三纵两横。崭新的三幢中心校教学大楼,并排矗立在新镇之东,松杉护卫着宽阔的操场,明净的窗户传出清亮的书声;新迁的中心卫生院,坐落在新镇西南的桥头附近,看病就医极为方便;水田村部建在桥头,门前小花园堪为一景;"三纵"是村民集中安置区,上百户人家从高山上、沟边上、滑坡体上搬迁到小集镇,住上了整齐划一、新崭崭明亮亮的两层小楼房;街心花园已有许多老年人,打着花鼓、唱着小调、扭着秧歌,似一群蝴蝶翩翩起舞;打工仔回乡立业的商铺酒楼,如春笋般破土而起。

在我们的眼前,新世纪的铁佛已闪现出金光的色彩。如今在这里,招商引资的鹿鸣、八庙沟金矿,碎矿的机器摇滚出来的是"石头变成金"的流行乐曲;广阔的田野,逶迤的山梁,春天是黄莹莹金灿灿的油菜花,夏天是黄扑扑金亮亮的果实,秋天是黄澄澄金闪闪的稻菽;冬天是红火火金艳艳的叶海。

铁佛寺镇的迁建,是基层干部群众人文资源意识的树立,保护古镇

不仅能带动三产，致富百姓，更重要的是弘扬地方文化，留住千年文化之根的善举。镇长沈朗说得到位："保护古街恢复古寺，不是追求一种时髦、一种经济，而是政府的一项使命、一份责任。"

啊！我们看到了，青郁苍翠的梨树岭，奔涌欢歌的中河水，金碧辉煌的铁佛寺，殷实小康的北山人。

2009年10月1日刊载《陕西广播电视报》

石羊滩的故事（汉阳镇）

汉阳坪有个滩，过去这个地方因为穷不出名。滩上有个故事与死有关，没人敢讲。汉江水波浪滔滔，长年累月地向东流，也流过这个滩，滩上的穷媳妇们也就扑扑通通地生娃子，一辈生下一辈，汉阳坪因为有滩而没有坪，所以滩的故事老人们憋不住硬要讲给下一辈，于是下一辈就含着泪把上一辈埋在这滩的两岸。

没有坪的汉阳坪，街下江中的石羊滩，滩上那一群如羊似的石凸岩耸立在江心。传说这里江中年船一趟，滩上的人称盐、扯布都靠卖羊。说不清哪一辈的上辈当羊娃子时，三天暴雨刚放晴，州里差官收贡，点羊一船，船离岸到江心，赶羊崽们痴呆呆地瞅着船上的羊，同时哼起赶羊调。"咩咩……"船里的羊就昂头齐叫，突然江上游，忽地腾起一道塄坎水，铺天盖地，连船带羊卷入江底。水退了，石羊滩出现了……

这就是石羊滩的故事，街上的刘玉贵说："这故事我们都要忘了，是因为在这几年，他仙人的灵来了，一股强劲的东风吹入了汉江，也吹绿了这个坪和这个滩，政府啥都不要了，还这个补那个助的。滩上的石泉、滩下的火石崖都拦江截流筑坝建起了水电站，把个汉江水整治得乖顺了，洪水期无洪，枯水期不枯，一江春水温馨而清亮地向东流。"

易发新老人张嘴笑了，说："这滩上的事真怪了，没见过满山架岭地掏眼眼、栽杆杆、连线线，嘿！还好得很，把那个'线筋筋'一扯，还有那个'扁丁丁'一按，屋顶吊的那个小葫芦，墙边上的白杆杆就把满屋照得通亮，比那个桐油壶壶、煤油瓶瓶强几十来子。"天池村的刘家清说："这几年滩上不得了，栽桑的、点茶的、种烤烟的、植果树的，把那个荒山秃岭驯服得有条有理，还安个名字叫'绿色企业'。"

滩上的姑娘小伙子眉展眼亮了，自感逢盛世得春意，胆大本事有了。

抓机遇、找项目、寻资金又聚劳力，硬是从街下的河根根上筑起大堤，把个不是坪的汉阳坪建成了好大个坪。千年的吊楼子架架、猪屎坑坑、二里沟的蹦蹦石，自愧不如排排楼、一溜光的街和好几丈宽的钢筋大桥销声匿迹了。滩上的媳妇们傻心开窍了，敢破老规矩干新事，娃子计划着生，"迪斯科"要扭，歌城也敢去唱，还这个店那个店开了一大串。滩上的羊娃子全身都活了，炮声中羊肠变大道，还铺上了柏油、硬化成水泥等级公路，进学堂、放牛羊、上街逛，眯着眼睛也不会摔跟头、蹒趴匍；追小车、爬大车，坐上电动车也过瘾；还能说上一大套"古得猫宁""C当，布里斯""也斯""拜拜"的洋腔腔。

今天，我们来到汉阳镇，夜观其景，感叹不已："江上大坝卧，河堤云中栖；灯影戏石羊，街楼曳河倚。两岸星如雨，嵌在山间里；夜半车声亮，坪客情中迷。"我触景生情，记下这变化而躁动的心境。

观音河之梦

"七十九条沟啊，七十九座山，山山沟沟遛弯弯，到处涌清泉；泉溪涓涓淌，岸边绿色染，魂牵一条观音河，仙境留人间。七十九条沟啊，七十九座山，村村院院遛弯弯，桑田绕山转；公路迢迢伸，电讯迎峰攀，梦系一座观音峡，造福给人间。"这就是观音河独特的地貌特征，这就是观音河变化中的记忆，这就是观音河人梦中吟唱的一曲心歌。

从汉阴县城出发，过四拱桥经杨家坝上黄板梁，绕水围寨跨高岩子，十多分钟的车程，便进入了观音峡水库那宁静、迷人和幽深的天地。与现代山城的喧嚣相比，观音峡水库更像一位迷人而娴静的少女，静静地伫立在秦岭南月河北的翠岭绿梁中。从观音峡水库北上，迎面而来的是一座座直耸而立的山峰，在这些俏丽的山峰拥抱下，观音峡水库似乎就是一方与外界隔离开来的天地。静谧而清幽，神奇而迷人。在观音峡水库的流域中穿行，就是在自然中将心情放飞；竹林、白杨、枞树、杉栎似拥立的卫士，将观音峡水库牢牢地守护在怀里。在这里吸氧，享幽静，心中的浮躁不在意地悄然退去，留下的是人与绿水青山亲密接触的轻松和惬意。

观音河是有来历的，相传在唐代以前，一位怀胎十月的妇女经过八腊庙时，突然肚疼难忍，该孕妇知道快要分娩了，于是，她面向八腊庙的观音像跪拜了三下，求观音娘娘保佑母子平安。结果肚子突然不疼了，然后她昏然睡去。醒来后，没想到就睡在了自家的床上，一个白白胖胖的小子已躺在了怀里。为了感谢观音娘娘的大慈大悲，人们就把八腊庙下的这条河叫观音河，还重新修建了八腊庙，重新雕塑了观音像。新中国成立后，为了民生民计，人们在高岩子口筑起一座高坝，拦蓄的水自然形成似观音坐像的水面展现在眼前。从坝基上远远望去，观音菩萨恬

静、安详、端庄。观音峡水库也因此而得名。

过去乡里、城里人到八腊庙拜观音菩萨，只有山路弯弯，羊肠小道，得走几锅烟，要寻找观音河源头，得三天两夜。如今，一条硬化水泥路，蜿蜒穿行在绿林山腰中，绵延横跨在沟弯里时隐时现。登自行车，骑摩托，开车在这通天大道上，让人们感受到观音峡水库，还有观音河与现代文明融汇得如此亲密和谐，愉悦的激情油然而生。而观音河中那观音峡水库，是人与生灵的"血液"供给源，于是它又有拒人于千里之外的神秘，让人觉得是那么的悠远，那么深沉，那么神奇。

观音河的山奇，观音河的水美，观音河的林幽，观音河的路畅。观音河的山因水的清秀而灵动；观音河的水因山的伟岸而柔美；观音河的路因林的苍翠而乖巧。山与水相依相偎，水与林相缠相绕，林与路相亲相行。使得巴山汉水的美丽景致尽缩于此，使得百里月河川道的坦荡秀美尽显于今。

狮子沟、龙潭沟、陡沟等这七十九条沟，窜出的清清泉水潺潺溪流，穿行于观音河的七十九道弯之间，百折千回，柔美动人。酷暑的夏日里，凉爽的河水就是观音菩萨赐予人间的祥瑞，人在河岸边信步，鱼在碧波间戏水，鸟在山涧中跳动，顿生爽快凉意，即消烦躁暑气。这里夏到秋不时有几汪河水的冲刷，源头那大大小小的鹅卵石，躺满河床，个个光洁如玉，一尘不染。置身于此，怪不得有药王庙、八腊庙、普陀山庄的遗址，"本来无一物，何处惹尘埃"的佛家禅意尽得体会，静坐于岸边，体味那种与自然融为一体的感觉才真叫"绝境"。

观音峡水库源远流长，两岸林茂峰立，可谓"横看成岭侧成峰，远近高低各不同"。大自然的鬼斧神工造就了"水中岛""龙潭沟""燕鱼洞""狮子峰"等十多个自然景点。浑然天成，形态各异，各不相同。感受观音河，就追寻它与别处不相同的神奇；走进观音河，也就走进了一个精彩纷呈的自然；体验观音河，那真的就是梦幻中那迷恋的世界。